河流之齿

ONLY THE RIVER KNOWS

史迈 —— 著

· 长沙 ·

想要得到最漂亮的"珍珠",除了需要提前撬开蚌壳,放入"珠胚",施与善意和恩惠,还需要耐心。

河流之齿

河流之齿

传说，那些不愿意离开人世的灵魂，会慢慢化作一粒光尘，聚集在荫蔽晦暗的河道水湾处。

河流之齿

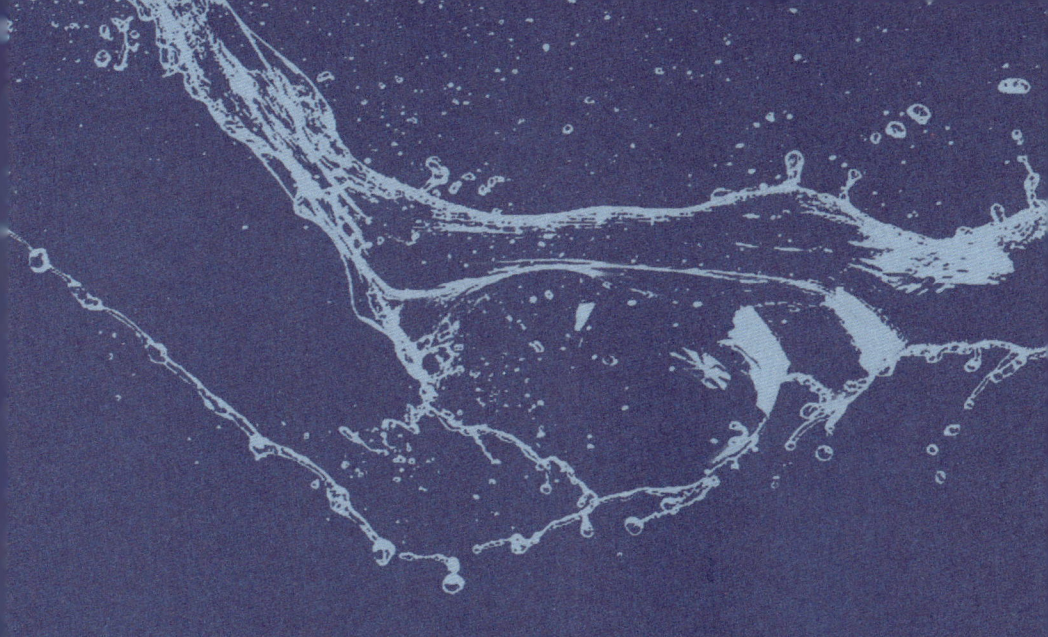

南营河,深二丈一尺,南自寻安县界向北注于江苔。康熙七年地震,城圮数座,沿河云辠村云氏七人陷于河中,瞬隐于水。知县程嶙瑜命人打捞三天三夜,皆寻不见。

乾隆九年中元节,地震,河中忽见一妇人,自称云氏。然,云辠村中老幼无一人相识。

——《江苔县志·河流志·卷二》

楔子·河灯 001

第一章 Chapter 1

01 裂缝 ·006
吕东鸣知道,他们的日子也要像那个八音盒一样,顺时针拧到极限之后,就要往相反的方向转去。

02 箱子 ·014
那个执意打开最后一个房间的女人,明明什么都不知道就可以过上最好的生活,为什么一定要知道所有的事呢?

03 刀刃 ·022
忘记跟伤口结痂一样,是身体保护人的本能。

04 蜻蜓 ·030
面对显而易见的厄运,人都会有逃避的本能,所以当时的姚蔓并不想和这个女孩有更深的纠葛。

05 租客 ·040
在家的时候,姚蔓就像一团窝在角落里的废报纸,努力躲避着四周飞溅的火星。

06 灵桥 ·047
她扭头看向远处,河面上映着夕阳的金辉还有老桥上的人流,桥身上飘荡的红丝带宛如缓缓淌血的伤口。

07 归来 ·057
"为什么连你也相信,是我杀了那个牙医?"

第二章 Chapter 2

08 亮片 ·066
寓言故事的好处,就是不需要认识故事里的人,也可以对他们的一生指指点点。

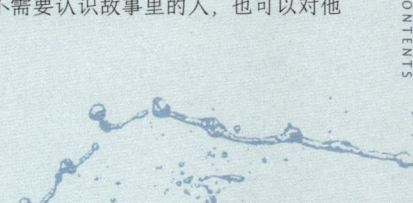

目录 CONTENTS

1

09 **血迹** ·071
如果能找到知道案子的人，或许也能找到关于这笔钱的解释。

10 **招牌** ·077
不，在今天之前，他自认为是了解姚蔓的，她像透明的水一样，喜怒哀乐都很好猜，也不存在什么秘密。

11 **金箔** ·083
"要怎么才能过上这种生活？"

12 **鹅卵石** ·094
"我妈说大人就是这样，人情可以当钱花。反正他们不会做吃亏的事。"

13 **蚊蝇** ·101
这么大的夜，怎么会装不下一个秘密？

14 **胎记** ·107
从辍学打工到谈恋爱，嫁人，回乡，留在这荒野烂地养活孩子，每一步都是自己做的决定，为什么又觉得不是自己选的呢？李桃玉想不明白。

15 **还愿** ·116
"等我们高考完，就沿着这条河走走看，走到大海。"

第三章
Chapter 3

16 **湖水** ·126
"我要有一间可以反锁的屋子"。

17 **百川** ·136
"这些年我一直在想，如果再给我一次机会回到那个时候，重新改变几个选择，这几个孩子的命运会不会不一样……"

18 **崩坏** ·146
李远期身上的韧劲，她很熟悉，不仅仅是千篇一律苦难的底色，还有一点不知指向何处的恨意。

19 **剪纸** ·154
我一直觉得，过去那些不能改变的事，忘掉是最好的办法。

20 病历 ·163

"怎么好好活？你有没有想过一个背着杀人罪名东躲西藏了这么多年的人，要怎么好好活？"

21 传单 ·168

无声的烟花绽放又熄灭，仿佛她眼里的光芒。

22 无影灯 ·177

越迫切，她就越没有退路。

23 美娟 ·184

"我不要过你这样的人生，我走了，赚了钱我会回来。"

24 珍珠 ·191

口口声声帮忙，一副为你好的架势，实际上早就在唯一的出口织好了网。

25 星河 ·198

如果这世上真的有神，为什么一直让好人遭受厄运？为什么在那个时候神帮的是段锐锋，而不是她们？

26 蜈蚣 ·205

"世事无常"之所以是真理，就是因为意外会在任何一个平静的日子里到来。

27 别墅 ·213

就算弄清楚当年的事，对现在又有什么好处呢？

28 枯骨 ·223

"如果你想让我原谅你，就告诉我所有的事。"

第四章
Chapter 4

29 剪刀 ·230

"你喜欢做这件事吗？"

30 蜘蛛 ·241

蜘蛛从来不用出去捕猎，贪心的蜘蛛只需要把网织得更密一点就行。

31 正畸 ·247
人不能像牙齿一样靠外力矫正。

32 丝带 ·255
"救救我,妈妈,我该怎么办?"

33 边界 ·264
可是孩子呢?在他们没有力量反抗的时候,除了忍耐,他们还能做什么?

34 雷声 ·269
爸爸,你说过,打倒你,我就赢了。

35 糖纸 ·274
"我留着他,就是想让他亲眼看看我有多好。"

36 含羞草 ·278
人真的是很复杂的生物,你很难因为一件事去界定一个人是好人还是坏人。

37 田螺 ·284
那个掉进南营河的高中男孩终于找到了。

第五章
Chapter 5

38 清醒梦 ·290
你从来没有骗自己相信一件事吗?因为你太希望那件事是真的。

39 水花 ·294
从一数到二十六,溅起了二十六朵小小的水花。

40 沼泽 ·296
有时候你什么都不用做,河流会有自己的方向。

楔子·河灯

发生地震的那天晚上,是2023年农历七月十五。

中元节,地官赦罪,逝者回家。

传说,那些不愿意离开人世的灵魂,会慢慢化作一粒光尘,聚集在荫蔽晦暗的河道水湾处。所以,这天晚上,越靠近河水的地方,哭声越多。

江苔市最不缺水。

这是一座位于长江中下游的小城,靠近祭祀传统最盛的南方,面积并不大,俯瞰像一口圆滚滚的瓮,"瓮身"被两条粗河挟持而过,绳纹河自西向东,南营河自北向南,在城中心用力拧成一个"十"字,"瓮身"上便碎出细细密密的河道。

靠近"瓮口"的地方是道路宽敞整洁的新城区,街道上不让烧纸,一些人就选择在上游放一盏河灯,以此寄托思念。大部分人还是会回到"瓮底"的老城区,沿着南营河湿漉漉的河岸焚烧金银纸钱,他们固执地相信,今夜的火焰可以呼唤彼岸的亲人。河道两侧火光点点，灰白的烟雾缓缓升起，如同一个个在俯瞰的魂魄。

穿着"江苔环卫"的荧光外套的老李一整晚都站在南营河下游的一座老石桥边，握着一柄长杆渔网兜，打捞着那些从南营河上游漂下来的河灯和贡品。漂到这里的河灯，基本都"死"了。泪盈盈的河灯化作软塌塌的油纸，像干瘪的水母。老李用渔网兜熟练地捞着，挥手甩到头顶的石桥边上。

这座老石桥名为"灵桥"，据说曾是一座百试百灵的许愿桥，石桥两侧的铁链上厚如草垛的许愿锁和红丝带见证了它曾经的辉煌。随着老城渐渐搬空，桥也荒弃了。几年前，桥东建了一个垃圾处理厂，如今，只有垃圾处理车才会每天从桥上经过。所以，老李根本没有想到，那天晚上会有人去桥上烧纸。

那个失踪的男孩，穿着江苔一中的校服，书包里装着厚厚的纸钱，学着大人的样子在地上画圈，点纸。他明显不熟悉这个仪式，黄纸没有事先撕开，因此并不容易点燃，他尝试了好几次，终于护住了一簇火光。如果火光再大一点，也许老李当时就能注意到他，后面的一切就不会发生了。

那时，老李正盯着河面上漂来的一盏河灯。河灯亮着，微弱的火光驱散一小块黑暗，往桥洞的方向缓缓漂来。从上游漂到这里还没熄灭，这几乎是不可能的事，老李困惑地出神看着。

地震就是在这个时候发生的。

河灯的烛芯突然开始剧烈抖动，河面漾起鱼鳞似的波纹，脚下的河滩也开始震颤。平日温顺的南营河像一条缓缓苏醒的巨蟒，抖动着墨绿色的蛇身，水波涌动，老桥摇摇晃晃，桥身上的铁链、铃铛、许愿锁簌簌作响，松散的石块噼里啪啦落入水中，鼓点般的轰隆声从地底传来，如同置身一场远古的隆重仪式中心。老李连忙扔下渔网兜，跌跌撞撞地爬到岸上。

他没有听到身后传来的呼救声。

那个男孩绝望地站在桥的中央,试图站稳,再往对岸跑。可惜,桥太老,就这样断了,缀满许愿锁的铁链如老人骤逝时的手臂,轰然垂落在岸边。那个男孩连尖叫都没发出,就和石块一起直直地坠入幽深的河水中。

地震停止了。断裂的石桥沉入水底,南营河渐渐恢复平静,河面上什么都没有,只有那盏河灯的烛火依然亮着,仿佛一切都没有发生过。

在那盏河灯的附近,慢慢漂来一个女孩。

她双眼紧闭,苍白的手臂悬在身体两侧。她身上穿着一件红色的衣服,许愿桥上的丝带像血一样缠绕着她。她一动不动,如同一根僵硬的浮木,与那盏河灯一起,慢慢漂到了岸上。

河灯倾覆,火光熄灭。

女孩的双手突然摆动,牢牢地攥住了岸边新鲜的草茎。

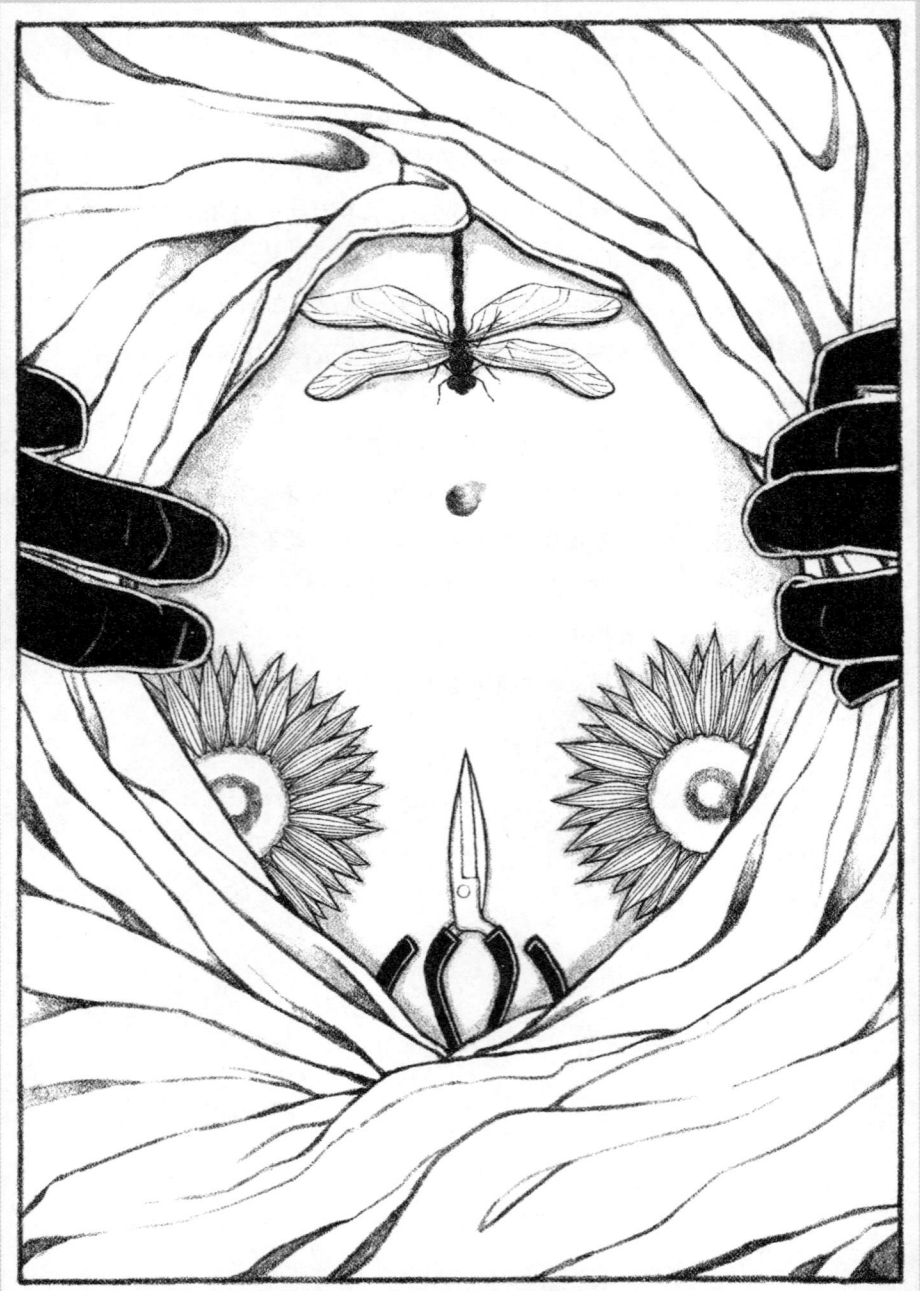

第一章

Chapter 1

01 裂缝

> 吕东鸣知道,他们的日子也要像那个八音盒一样,顺时针拧到极限之后,就要往相反的方向转去。

阳台连接客厅的墙壁上蔓延出一道细如蚊腿的裂缝。

姚蔓把一个鸡蛋轻轻放在深枣色的木地板上,俯下身子,摘了眼镜,仔细盯着鸡蛋和地板接触的那一小块阴影。

没有移动。鸡蛋稳稳地立在原地。

姚蔓又在地板上立了一个更小更圆的鸡蛋,鸡蛋还是没有滚动。仿佛一场漫长的对峙,直到丈夫吕东鸣拿着手机从房间里面走出来,那两个鸡蛋才轻微晃动了一下。

"我问了老胡,他说只要裂缝不超过一毫米就不算危房,昨晚的地震也不大,不用修。再说这套房子都二十多年了,有点裂缝也正常。"

他边说边走到餐桌旁,舀了两勺蛋白粉放进杯子里,冲入温水,像调酒师一样大力摇晃着,杯子里的弹簧撞击杯壁发出巨大的噪声,借着这些噪声,他才把下面那句话说出来:"你要是实在不放心……可以把阳台上的东西搬进来。"

吕东鸣的眼睛紧紧盯着姚蔓的反应,又补了一句:"老胡说阳台放太重的东西不好，超过承重，裂缝可能会变大。"老胡并没有说这句话。

姚蔓依然没有反应，只是默默地站起身，拿起地上的鸡蛋，往阳台的方向走去，之后轻轻地扣上了门。

吕东鸣紧紧盯着妻子的背影，小心翼翼地观察着。他怕妻子会突然情绪崩溃，像以前一样。他还没有找到应对那个时刻的办法。

阳台是他们家的禁忌之地。他不能去，也不能提。

三个月前，他们刚满两岁的女儿谱月就死在了这个阳台上。

早就有人提醒过他们这个阳台不祥。

这个房子位于江苔中心两河交汇的地方，虽在老城区，但过一条河就是新城。八十多平米，两室一厅，窗户朝南，光线很足，户型也正，一切都很完美，唯独是个二手房。

结婚之前，吕东鸣就跟姚蔓商量过，还是买个新房吧，新人新婚，一切都是新的。他说这话的时候底气并不足，因为那时候他刚从江苔一中辞去体育老师的职务，和好哥们胡风易合资开了一家健身工作室。工作室在新城，租金不便宜，加上装修、买设备、找教练，前前后后花了一百多万。胡风易跟吕东鸣同年，但是没上过大学，很早就出来闯荡，什么工作都干过，存了不少钱。他为人仗义，花费只让吕东鸣出了三成，但吕东鸣要身兼教练。尽管三成并不多，却也掏空了吕东鸣这些年的积蓄，结婚和买房的钱只能跟父母要。

吕东鸣本想退而求其次，买一个小一点的新房，但是姚蔓似乎看出了他的窘迫，主动提出买二手房，理由是自己这些年也没攒下多少积蓄，一人一半刚好够。她不想背房贷，只想踏踏实实开始新的生活。

吕东鸣把内心的感激化作对房子的挑剔，他咨询了很多做中介的健身房会员，列出了江苔市条件最好的二手房源，一心想挑到姚蔓满意的房子，但是姚蔓心里似乎早有打算，认定了现在这个名为"锦绣嘉园"的小区。

小区建于 2003 年，开发之前是个无人问津的沿河公园，那时候是老城区的黄金岁月，有个香港的开发商看中了这个被两河环抱的风水宝地，跨河开发了南北两个楼盘，北边叫"锦绣嘉园"，南边叫"前程嘉园"，号称全江苔楼宇最高、绿植覆盖面积最大的小区，开盘当天还邀请了当红的男歌星来助阵剪彩，那是很多江苔人第一次见到明星。

然而，二十年过去，两个小区早已没了往日的神采，曾经光洁的楼体瓷砖挂着空调外机的锈泪，楼顶都是如斑秃一般的积水。小区四周早已围起更高的建筑，当年引以为傲的植被已经成了业主和物业的噩梦。夏季蝉鸣蛙鸣惨叫如屠杀；多雨的时节，整个小区都被嵌在一小片乌云里，空气里都是沼泽的气息。因此，很多上了年纪的人纷纷搬离，空房越来越多，房价也随之下跌。

吕东鸣猜测，姚蔓选这里是为了多留点钱供婚后开销，毕竟两人手里的积蓄并不多。为了挑到更称心的房子，他专门拜托胡风易陪他们一起看。胡风易早年也卖过房子，又懂点风水，经验比他们多。为了不辜负吕东鸣的托付，他把眼光调毒了些，前前后后看了十几个房子，每一个都能挑出点毛病。

最后，就只剩 12 楼的一个房子没看了。

刚推开门，一股中药味像棉被一样迎头盖在他们脸上。厨房和客厅一角的天花板有明显熏黑的痕迹，像驻守空屋的幽灵冷眼俯视他们。不用胡风易开口，吕东鸣心里就暗暗画了叉号。中介忙不迭解释说业主是一位老中医，经常在家煮药，这些味道有益无害，重新刷个墙，散几天味就没了。

"您看这阳台多大，多敞亮！"中介哗啦一声拉开连接阳台的落地窗，"这个小区当年最大的卖点就是这阳台……"

"看见没？这就是我跟你们说的天斩煞。"胡风易打断中介，示意吕东鸣和姚蔓往外看。

阳台是半开放式的，正对着两栋高耸的楼宇，两楼之间留了一条狭窄的空隙，大概五米宽，可以远远望见一褶老城区的景色，密密麻麻的建筑群落像一把胡乱掷下的纽扣，锈绿色的南营河穿针引线，风从那道缝隙里直冲过来，裹挟着河面上腥热的湿气，在房间里打转。

胡风易摇摇头："天斩煞不好，最忌讳了，弄不好有血光之灾。"

"老房子嘛，这栋是最早建的，盖的时候哪里知道前面会盖那么高的楼啊，对不对？"中介的语气里有种被抽筋扒皮的无奈，"您要单看这房子本身，那真挑不出什么毛病，前业主在这儿住了十多年，四世同堂，儿女都开公司了。风水是跟着人走的，人旺也能带着地儿旺。您说是不是？"

吕东鸣看了看胡风易，胡风易挥挥手，中介只好放弃，准备掏钥匙锁门。

"我挺喜欢这房子的。"一直沉默的姚蔓突然开了口。

三人停脚，见姚蔓缓步走到阳台上，两手拍了拍生锈的绿色栏杆，她向外探了探身子，橙红的余晖在她纤瘦的背影上斜斜切下。她把头发捋到耳后，回身看向吕东鸣，说："就这个吧。"

"可是……"吕东鸣皱着鼻子，他倒不是忌讳什么天斩煞，而是忍受不了中药的气味。

"可以买点绿植，通通风，很容易散掉的，真的。"中介眼看有戏，立刻捡起话头。

"是啊，我可以把这里收拾收拾，种点东西。"姚蔓低头看了看阳台，若有所思。

吕东鸣在心里过了一遍所有的房子,这个确实是价格最低的一套。人穷志短,何况姚蔓也满意。他朝胡风易点点头,胡风易最懂眼色,立刻掉转话头跟中介砍起价来。

房子就这样定下来了。

搬进来才知道,要把那些在屋里住了十多年的中药味赶出去有多难。

吕东鸣把家里能拆能扔的东西都清走了,包括中介口中那个价格不菲的实木大床,还请人重新粉刷了墙面。本以为这样就好了,没想到那些味道早已经腌入墙壁,渗到每一个缝隙之中,像金鱼藻一样在墙上生了根,就算敞开全部的窗户,也只能吹走一部分,每到门窗紧闭的深夜,它们又重新开始疯长。唯一没换过的地方就是蔓延全家的枣木地板了。吕东鸣查了查拆地板和换地板的费用,又看了看自己的存款,还是放弃了。

相较于他对药味的焦灼,姚蔓似乎并没有表现出太多的不适应。她搬进来的第一件事,居然是装修阳台。

原先的阳台贴着20世纪90年代南方城市最流行的马赛克瓷砖,但是常年被雨水侵蚀,如今早已爬满霉斑,漾着褐色的波纹,像一片片生病的指甲。姚蔓找人敲掉了所有的马赛克瓷砖,刮掉四周发霉的墙皮,把墙壁和栏杆都刷成明亮的朱红色,贴上了她从网上淘来的地中海风格的蓝色几何拼花地砖,一块块手掌大小的地砖严密咬合,早晨对面楼宇的玻璃把阳光折射过来,阳台就像一汪波光粼粼的泳池。

等阳台装修完毕,姚蔓才去花鸟市场拉回了一车绿植——绿萝、龟背竹、吊兰、鹅掌柴、虎皮兰、柠檬香蜂草,凡是有人提到能帮助散味的植物,她几乎买了个遍。大大小小的花盆堆满了阳台和家里的各个角落,姚蔓按照网上的养护说明,日日精心打理。不知道是植物真起了作用,还是两人已经习惯了那种味道,之后的日子,中药味真的被稀释了很多,使劲嗅才能嗅到一些若有若无的苦味。

中介确实没说错,风水是跟着人走的。阳光日日经过窗棂,落下一方小小的恩泽,他们的生活和绿植一样,一日日蓬勃饱满起来。健身房的生意出奇地好,存款日渐增加,他们刷了墙,重新装修了客厅和厨房,一点点换掉了家里的廉价家具和旧家电,如同一副贫瘠的身体里器官在暗暗康复。

两年后,女儿谱月出生,家已经完全变了样,阳台也变成了花房。

都说婴儿天生不喜欢植物,但谱月是个例外。十个月左右的时候,谱月就表现出了和其他孩子的不同。不小心撞到头的谱月,不肯睡觉的谱月,被噪声吓到的谱月,一哭就停不下来,给什么玩具都哄不好,但是只要一到阳台,让她触摸到绿色的叶片,她的情绪就会立刻平静下来。健身房的人听说了这件事,都以此为奇迹,纷纷说谱月是花仙子转世。只有一位儿科医生面露不安,提醒吕东鸣应该带谱月去医院查查。出于对客人的尊重,吕东鸣没有当场发作,回家跟姚蔓抱怨,姚蔓听后,擦了擦沾满洗洁精泡沫的手,去阳台看了谱月一会儿,第二天就带她去了医院。

谱月被诊断为自闭症。她喜欢植物,并不是什么花仙子转世,而是植物的气味和反射的光能安抚她基因里的狂躁。

诊室里有一个来复查的男孩,他和谱月差不多大,他强迫症似的拧着一个木质八音盒,《卡农》的调子一遍又一遍回荡在诊室里,没有人阻止,每个人都沉默地听着。吕东鸣知道,他们的日子也要像那个八音盒一样,顺时针拧到极限之后,就要往相反的方向转去。

从医院回去的路上,姚蔓坐在后排,紧紧握住谱月的手。车子行驶到中心公园的马路上,这是谱月最喜欢的一条路,盛夏的时候,这条路开满芙蓉花和玉兰，每次开车经过这里，谱月都会高兴地拍手。可惜那时还是2月，春寒料峭，光秃秃的树枝滑过车子的玻璃窗，滑过谱月像鱼一样没有波澜的双眼。等红灯的时候，吕东鸣和姚蔓从后视镜对视一眼，他原以为会看到一双无助的眼睛，没想到姚蔓的目光安静而坦然，仿佛已经准备好奔赴这个猝不及防的命运。

事实也确实如此，姚蔓似乎很快就适应了这种非常规的生活，一回到家，就立刻查阅跟自闭症有关的知识。从那天起，家就变了样。周围的一切都变成了柔软的液体，熨帖着谱月的病情。墙壁刷成谱月喜欢的粉绿色，撤走一切会让谱月觉得不安的东西，角落里摆满各种鲜花。

之后的一年，姚蔓下载各种资料，询问医生，寻访其他家长，参加讲座，打印出厚厚的资料逼着吕东鸣一起学习如何与谱月交流和相处。自闭症没有百分之百有效的治愈手段，只能尽可能实行干预治疗，并祈祷命运松开手指。

听说"园艺疗法"真的有用，姚蔓就找人给阳台装了不锈钢的防护网，每一盆花都用绳子死死锁住，植物还是植物，却有了别的身份，既是灵药，又是俘虏。每当谱月爬去阳台时，姚蔓都像一只受惊的母豹，停下一切动作守在一旁。

即便如此小心，阳台的诅咒还是应验了。

2023年春节刚过，江苔罕见地下了一场小雪。细小的雪粒砸在玻璃上如同越来越快的倒计时，吕东鸣昏睡至半夜，梦见自己赤身裸体地站在悬崖边，脚下的石块不断滑落，他无力挣脱，突然一声尖厉的惨叫将他从悬崖边拉了回去。

他大汗淋漓地睁开眼，发现自己正身处卧室，呼啸的风声却是真的，那声惨叫也是真的。

惨叫来自阳台。

他赤脚跑出去,发现窗户洞开,屋里灌满风雪,姚蔓跪在阳台上,拼命把一个碎掉的厚陶盆和兰花拨到两边。

花盆上的"福"字四分五裂,盖住了谱月小小的身体。

02 箱子

那个执意打开最后一个房间的女人，明明什么都不知道就可以过上最好的生活，为什么一定要知道所有的事呢？

"怎么还不进来？……你还好吗？"

见姚蔓蹲在阳台久久没有动静，吕东鸣放下杯子。他看了一眼表，快一点了，他想起下午还有私教课，于是走过去，在迈过阳台门的时候还是犹豫了一下，仿佛踩到了一个无形的门槛。

谱月去世以后，这个阳台就成了墓园。

三个月前，两人忙完谱月的葬礼，失魂落魄地回到家，才发现阳台门一直没有关严，连日的阴雨把房间涂抹得一片狼藉。碎花盆和干硬的泥块混着谱月的血粘在蓝色花砖上，兰花自知有罪，脱水成一具灰白难辨的干尸，松掉的绳子垂落在一旁，一副束手就擒的样子。砖缝里的褐色印记怎么擦都擦不干净。

吕东鸣怕这些绿植会让姚蔓触景生情，想把它们都搬出去，姚蔓却拒绝了。接下来的几天，她时不时就去阳台待一会儿，摸摸绿色的叶片，闻闻新开的花，一举一动都是谱月的影子。

有一天，吕东鸣下班回家，发现姚蔓正在对着说明书安装一张折叠床。他不明所以地看姚蔓把一颗颗螺丝拧紧，然后搬到了阳台上，又把谱月的褥子和被子铺在上面。为了遮住阳光,她从网上买了墨绿色的遮阳网,找人把阳台封得严严实实,风吹不进,光照不进,即使是白天,屋里也如湖底般阴冷黑暗。

从那以后,她就睡在了阳台上,还把床底下的一个黑箱子拉了过去。

那个暗黑色硬壳行李箱是她结婚时带来的,谱月死后,箱子就变成了两个。姚蔓把谱月所有的东西都装进了那个新的箱子里——三个毛绒娃娃,几套衣服,帽子和鞋,奶瓶,厚厚一摞植物标本,还没来得及拆开的识字书——谱月来到世上的日子只有两年,属于她的东西不多,一个箱子绰绰有余。

姚蔓把两个箱子搬到阳台,立在龙葵、龟背竹、幸福树的中间,看起来像两块无名的碑,入睡醒来,日夜看着。

那个旧箱子上除了密码锁,还挂了一把生锈的铁锁,像藏着什么宝贝。吕东鸣曾问过姚蔓里面是什么,姚蔓只是说,里面都是父母的遗物,留着是为了纪念。吕东鸣便不再追问。尽管那个黑色的箱子总是会让他想起《蓝胡子》的故事,但生活不是童话,没有那么多秘密,第一次读这个故事的时候,他就不能理解那个执意打开最后一个房间的女人,明明什么都不知道就可以过上最好的生活,为什么一定要知道所有的事呢?他从父母的婚姻里学到的经验就是,维持婚姻最重要的东西不是爱情,也不是知根知底坦诚相待,而是对彼此的"需要"。他在上小学的时候就从父母的争吵中知道他们早已不再相爱,但也不妨碍他们在一起生活几十年,因为一个完整的家比什么都重要。

更何况,姚蔓能有什么秘密呢?在他看来,小城市的女孩,命运大都相似,在公园的滑梯上度过童年,在粉尘飞扬的课堂上度过青春期，然后考一个不远不近的大学，找一个体贴的男友，像父母辈一样步入婚姻。就算有什么差池，也不会相差太远。吕东鸣需要的就是这样的女孩，一个和他一样普通的人，一个能照顾他生活起居的人，一个能陪伴他走过事业低谷而不抱怨的人。姚蔓就是这样的人，和他的期待相当吻合。

结婚之后，这个家几乎没有乱过，每天早上都像被田螺姑娘收拾过一样。地板永远光洁，刮胡刀上的胡楂也被冲得干干净净。为了保持身材，吕东鸣有一套严格的食谱，食材非常复杂，早上的一杯果蔬汁要四五种蔬果，每一餐的分量都要精确到克数。他自己做起来都嫌麻烦，然而姚蔓每天都会在他上班前准备好。有一次，一个会员尝了他的午餐，直接预订了一个月的，吕东鸣满口答应，回家才想起来应该先问问姚蔓。姚蔓听后，开玩笑似的问了一个问题："钱归我吗？"吕东鸣连忙点头。姚蔓也就没说什么。从那天起，她几乎一整天都待在厨房，洗、切、烹煮各种蔬果，家里还是整洁如初。

他对这样的生活感到满意，他原本以为这样的日子会一直持续下去，谁知道会以那样的方式突然停止。

谱月离开后，姚蔓整日整日地陷在沙发里，眼神涣散。白天的时候，绒绿色的天光笼罩着客厅，整个屋子仿佛只有秒针在动。堆放在厨房的餐盘满是油星，垃圾桶散发出沤气，砂糖橘憋出粗大的毛孔……吕东鸣只能从脏衣篓里拣稍微干净点的袜子穿。

吕东鸣不知道怎么改变这一切。他也经历过亲人离世，他的父亲在他们结婚后不久就病死在医院，那段时间，他也难过到整夜失眠。幸好时间能治愈一切。面对死亡，他唯一学会的解决办法就是等。他觉得，只要时间够久，失去女儿的悲伤也能像屋里的中药味一样，慢慢消散，或者习惯。

然而，姚蔓并不是这样。谱月离世三个月，姚蔓就枯萎了三个月,毫无回生之意,甚至越发枯槁。

他去请教了一位经常来健身房的心理医生,她在听到姚蔓的情况后眉头紧皱,说人们面对至亲去世,大致会有两种反应,一部分人会强迫自己很快走出来,拼命回到正常生活,用这样的方式斩断痛苦;而另一部分人会陷入哀伤的长河,放弃挣扎的本能。姚蔓可能是第二种,时间对他们来说不是解药,而是毒药,因为时间越久,哀伤越重。情绪低落到一定程度,就会在某个不重要的节点上突然崩溃,没有预兆。这种症状吃药解决不了,只有两个办法可以缓解,要么姚蔓自己想要走出来,要么遇到一个足以拯救她的人。

自己是那个能拯救她的人吗?吕东鸣感到怀疑,这段日子他试过各种办法,送礼物、聊天、试图带姚蔓去旅游,都被姚蔓一一拒绝。她不愿意离开阳台,也不愿意交谈,就算面对面坐着,她的眼睛也没什么反应,像藏了两口死井,灯再亮,也照不到井底,像谱月的眼睛一样。很多时候,吕东鸣强迫自己不要去看姚蔓的眼睛,不要去想那水面之下到底是什么,他怕看得太久自己也会被拖进去。

姚蔓卡在了那个雪夜,连同他们的生活。一切都停住了,可他不想。

他想让以前的姚蔓回来。

让姚蔓离开阳台,或许是拯救她的第一步。心理医生这样说。

所以,地震带来的这道裂缝,出现的时机刚刚好。

吕东鸣踏上阳台,站在姚蔓的身旁,一束光透过绿色遮阳网的缝隙照在姚蔓瘦弱的身体上,她把另一个鸡蛋放到地上,鸡蛋毫不犹豫地往阳台的边缘滚过去,啪,鸡蛋停在墙边。

姚蔓自言自语道:"要塌了。"

"不会塌的,阳台怎么会塌呢?"吕东鸣回头看向那道裂缝,眼神缓缓攀上去，裂缝最上面的缝隙似乎真的要大一些，有种想要挣脱的架势，"不过，这几天你最好还是搬进来睡，我听说有余震，不太安全。过两天我就找人来修修……"

"不要，不要让别人进家里。"姚蔓打断他。她捡起地上的鸡蛋放进灰色针织外套的口袋里，扫了眼阳台上的东西——一张床，两个黑箱子，还有十几盆高低错落的绿植，因为没有打理，它们都有了枯萎之势，地上满是残花落叶。

她想了想，说："除了那两个箱子，其余的帮我搬进来吧。"

"行，你坐会儿。"吕东鸣松了口气。

清理那些大大小小的植物并不容易，看似很小的盆，泥土却很重，吕东鸣搬得浑身湿透，终于把所有植物运到了客厅，还不小心碰碎了一盆千年木。最后，阳台上只有那两个箱子了，吕东鸣刚提起一个黑箱子的把手，姚蔓就从沙发上站了起来。

"这个我自己来。"

"很重。"

"没事。"

吕东鸣只好把箱子递给姚蔓，交接的瞬间，他提前松开了手。

箱子已经很旧了，他刚刚提起来的时候就发现上面的钉帽松松垮垮，拉链也在水汽和阳光的交替折磨下松开咬合，露出了一个漆黑的洞口，手指探进去就可以轻松划开，或者，只需要轻轻一撞。就像现在这样。

他也不知道自己为什么突然想这么做。

箱子砸到地上的瞬间，就如蚌壳炸开，里面的东西倾泻而出，樟脑丸和霉菌混杂的气味扑面而来。吕东鸣屏住呼吸。

几乎全是衣服，颜色艳丽跳脱，如同砸碎的万花筒。衣服中间还有别的东西，吕东鸣蹲下身子，看清了，是钱。

好几沓整整齐齐的钱。暗淡的粉色,皱皱巴巴的,像浸了水的字典,但是银行的封纸还在,外面用保鲜膜裹着。

姚蔓用脚轻轻挑起一件衣服,盖住了那些钱。她抬头看了看表。

"你下午不是有私教课吗?要迟到了。"

吕东鸣进了电梯,手误按成了负一楼,又慌忙按了一楼。

下楼的时间从未如此漫长。

那些钱至少有六七万,还不算没露出来的部分。如果箱子里的东西是她父母的遗物,意味着那些钱在他们结婚前就有了,可是姚蔓从来没有和自己说过。他们在一起的六年间,度过了很多被钱折磨得睡不着的日子。结婚的时候为了省钱,连酒席都没办,还有健身房刚开的时候,遇上疫情,好几个月没有收入,胡风易撑着不让关,那阵子,从手机里导出来的各种账单、扣款通知叠成一小摞,像刀片一样,刮得他夜夜失眠,姚蔓怎么忍心袖手旁观?

电梯慢吞吞的,才到三楼,遍布小广告和脚印的电梯间像一张长满溃疡的嘴,散发着厨余垃圾的沤气。吕东鸣心生厌恶,闭上眼睛,刚刚的震惊已经变成了被欺骗的愤怒。

如果当时买房的时候多几万块,也不至于选这个破小区!

为什么瞒着我?还有什么瞒着我?

他把手探进裤兜,默默攥紧了手里的纸。

刚刚箱子弹落的瞬间,这张纸落到了他的脚边,他趁姚蔓不注意的时候,迅速踩在脚底。一切都是下意识的。信任的崩塌比他预想中要快,他不会再相信姚蔓的话了,问了也是白问。

他展开手里的纸。居然是张寻人启事。

李远期,女,18 岁,身高 168 厘米,体形偏瘦,长发。家住江苔市螺臼镇姚家村79号，于2011年6月1日晚上十一点左右失去联系。走失时身穿一件浅蓝色的牛仔服外套，后背上绣着一只金属亮片蜻蜓，蓝色牛仔裤。手臂上有一道五厘米的烫伤，眉骨有伤。盼望知情者提供相关信息，不管生死，都有重谢！！

寻人信息下面附了一张彩照，左边的照片很明显是一张扫描的大头贴，背景是一片大海，一个女孩的笑脸浮在海面上，五官被照得苍白，一双剑眉和一对漆黑明亮的眼睛分外显眼。她笑着，露出一对小虎牙，靠在旁边的人身上，那个人只露出了一点肩膀，但是脖子上的痣一看就是姚蔓。

这张纸被反复摩挲折叠过很多遍，陈旧的折痕泛起毛茸茸的刺，将女孩的脸和身体分割成大小相等的方块。纸的最下方竖着印了十几列一模一样的电话号码，像密密的齿梳。

这串电话号码他再熟悉不过，是姚蔓的，恋爱的时候这曾是全天下最炙热的一串数字。

可是，李远期是谁？

电梯门刚刚打开，吕东鸣就迫不及待地打开手机，输入这个名字。

可能因为时隔太久，没有什么有用的信息，几乎都是重名的。吕东鸣不断加入关键词：失踪案，江苔市，螺臼镇，姚家村，2011年……终于，在江苔市的贴吧里，旋转的光标弹出了一条旧新闻。

2011年6月2日，江苔市育麟街派出所接到报警，位于育麟街的锐锋口腔诊所牙医段锐锋（男，42岁）被发现死于诊所内。接警后，公安机关迅速展开侦查工作。经过现场初步勘验，被害人颈部被利刃捅伤，死于失血过多，诊所内的保险箱被打开，丢失现金十万元。警方根据现场证据锁定犯罪嫌疑人为李远期（女，18岁），犯罪动机初步判断为抢劫杀人。6月7日，李远期失踪时穿的牛仔外套于南营河下游被人发现。警方迅速组织警力打捞，但是连日大雨，河水暴涨，给打捞工作造成了极大的阻碍，警方也不排除嫌疑人潜逃的可能性。目前案件正在进一步侦办中，望知情者速与本报取得联系。

他的手指悬停在那一行小字上——"丢失现金十万元"。

恐惧冲走了刚刚的愤怒，耳边出现一小片真空。箱子里的钱在他眼前一闪而过。

那些钱，难道是新闻里说的这些吗？

吕东鸣抬起头，看向身后的楼宇。

邻居们的阳台上都是一派欣欣向荣的样子，玻璃上贴着福字窗花，绿植蓬勃招展，晾晒的床单、衣服轻轻飞舞。只有自家的阳台盖着一大片墨绿的网，像在晾晒一床厚重的金鱼藻。

莫名地，吕东鸣又想起了《蓝胡子》的故事，他第一次理解了那个打开最后一扇门的女人。

夏末的蝉鸣轰然作响。

03 刀刃

忘记跟伤口结痂一样,是身体保护人的本能。

新闻一整天都在播报昨天晚上那个坠入南营河的高中生。

地震不大,除了那座桥,几乎没有建筑遭到损坏。桥太老,是这座城市的祖辈,还挂了那么多沉甸甸的许愿锁,断了并不离奇,离奇的是男孩消失了。

南营河的河道宽不过二十多米,河水流速也不快,警方调取了垃圾处理厂外面的监控,可惜隔得太远,设备又老化了,只拍到了桥断的过程,男孩只呈现为一个模模糊糊的白点。警察和救援队以断桥为中心,圈出附近五百米的区域不停搜索,且在南营河中打捞了整整一夜加一个白天,搜索区域不断扩大,甚至动用了搜救犬,还是一无所获。

江苔一直是个平静到有点无趣的小城,这样称得上奇闻的事件很多年都没有了。当地的网红主播纷纷跑到南营河附近直播,想在真相大白之前编出无数离奇的解读。有人说,高中生可能是自杀,因为他在学校一直遭受霸凌。有人说,这座许愿桥之所以逐渐荒废,是因为有诅咒,每年都会有一个"跳河名额"。

电视台也请了一位本地的民俗专家,他找出来一本《江苔县志》,

讲了里面的一个故事,说几百年前一个村庄发生了地震,一家七口人落入河中消失了,数年后有一个女人完好无损地回来,只是周围已经没有人记得她了。

专家讲完,节目现场陷入一阵尴尬的沉默。主持人是个五十多岁的中年男人,资历老,见过的风浪也多,他接过话头:"刘教授的意思是,在孩子没有找到之前,一切都有可能,我们永远不要放弃希望。来,让我们把画面切回救援现场……"

姚蔓面无表情地看着电视,试图去分辨里面每个人脸上的表情,只有这样,才能把注意力暂时从厨房的木质刀架上移开。

电视里,长长的警戒线紧紧绷着,隔开岸边围观的人群,穿着亮橘色衣服的救援人员分散在河里。镜头摇摇晃晃对准了一个正在哭泣的女人,她戴着口罩,眼睛时刻被远处的东西牵动。姚蔓紧紧盯着那个女人,她的手握在胸前,攥得发白,每当河里有什么动静,她就会拼命探着身子,露在口罩外的眼睛就像案板上的鱼一样,死了又活,活了又死。

姚蔓的心被猛然一刺。

那种眼神,明显还是抱着希望的吧。

半年前的那个晚上,把谱月送上救护车的时候,握着谱月还没僵硬的小手的时候,车子颠簸以为是谱月动了的时候,自己的眼神应该也是这样的吧?后来在抢救室的门口,透过门缝和医生的手,看到薄薄的白床单盖在谱月的脸上,姚蔓生命里所有跟希望有关的表情也被一并盖上了。

碰碎的花盆和泥土还散落在地上,散发着和坟冢一样的气息。

姚蔓看向不远处的行李箱,还没来得及收拾,里面的东西摊在外面,像一具刚刚剖腹的尸体。

吕东鸣都看见了吧?可他什么都没问。也好,反正也不知道从何讲起，里面有什么东西姚蔓也记不清了。总之，几乎都和李远期有关。

十二年前，李远期也和谱月一样，完全没有告别就突然离开了她，也像电视里的男孩一样，消失在河中，给她留下了至今未解的疑问。这种陡然的失去留给她的是漫长的折磨。

不记得是谁说过，忘记跟伤口结痂一样，是身体保护人的本能。人要活下去，就必须丢弃一些事，像每个月流出身体的血，长出的指甲，分叉的发梢，清理掉那些"废弃"的东西，才能长出新的。可是秘密如何丢弃？

无法从身体里丢弃的东西，只能忘记。这十二年，她刚刚习得忘记李远期的本领，老天爷又带走了谱月，仿佛一场恶毒的轮回。

姚蔓闭上眼睛，稳了稳情绪，起身关掉电视，突然感到有什么湿湿的东西滴落下来。她伸手一摸，是口袋里那两个被挤碎的鸡蛋。

姚蔓来到厨房洗手，水流声盖过了电视的声音，一柄白皙的骨瓷小刀静静地躺在水池旁边。

她的手腕又开始隐隐作痛。

谱月离开之后的三个月里，姚蔓试着割腕了至少四次。左右手都试过，自以为割对了位置，但每次都会在丈夫下班前醒来，手腕的伤口已经结痂，流出来的血也变得黏稠，粘在胳膊上、脸上。很奇怪，发现自己还活着的瞬间，心里不是痛苦，不是难过，而是羞耻。巨大的羞耻。像一个挤满人的黑屋子突然开了灯，而她正赤身裸体地站在桌子上。

是那个声音唤醒她的——"你知道你在干什么吗？"

每当听到这个声音，她都会立刻爬起来，走进卫生间，拉开最下面的抽屉，找出碘酒、绷带，用以前学的急救知识处理好伤口，清理完地上的血迹，从冰箱里拿出一颗巧克力含在嘴里，然后迅速躲进厨房开始准备晚餐。蓝色火苗吧嗒燃起的那一刻，刚刚的一切仿佛没有发生，时钟又开始走了。

割腕并没有电视上演的那么简单，网上也没有特别具体的教程。当然不会有，搜索相关信息，总会弹出"这个世界虽然不完美，但总有人守护着你"的自杀帮助热线。姚蔓试着打过一次，还没接通她就挂断了。

"你知道你在干什么吗？"

不知道从什么时候起，每当她做一个决定时，这个声音都会跳出来质问。有时候是丈夫的声音，有时候是妈妈，有时候是高中时期的葛老师，甚至是对面的邻居奶奶，可姚蔓明明没有跟她说过话，连她的声音是怎样的都不知道。有几次，姚蔓很想听清这个声音到底属于谁，但它像烟一样，一靠近就散了。

那个意大利品牌的酒心巧克力，冰箱里只剩最后一颗，金灿灿的格纹锡纸勾勒出鱼子酱一样的细密纹路，被她藏在咖喱包装盒里。其实根本没必要藏，吕东鸣是不会打开冰箱的，除了阳台，厨房是另一个他不会涉足的领地。吕东鸣禁止姚蔓吃这些东西，他说巧克力是高糖高热量的垃圾食品，产生的多巴胺也是廉价的，还不如运动来得多，来得健康。

他说："人唯一能掌控的东西就是自己的身体，你摄入进去什么，身体就会反应出来什么，一个人就算身无分文，这个身体也会受自己掌控。"为了证明这个观点，他甚至把自己十几年的烟瘾强行戒掉了。

姚蔓想反驳，如果身体可以受自己掌控，为什么人会长白头发？为什么牙齿会坏掉？为什么会有人在不想怀孕的情况下生出孩子？为什么溺水挣扎的人无法自救？

脑子里过完这些问题，就预知到了他的反应："你在抬杠吧？我们说的根本不是一回事。"

没错，不是一回事。但姚蔓想问他："每次我想死的时候，都是靠着'好想再吃一颗巧克力'这个念头挺过来的，那要怎么分辨是我在掌控身体，还是身体在掌控我呢？"

巧克力很贵，一盒里只有五颗，前四颗已经用掉了，可她现在连打开冰箱的欲望都没有。

结婚那么多年，姚蔓依然无法从容应对一些夫妻间习以为常的话题，因为她从未真正适应"妻子"这个身份。姚蔓觉得自己好像一个匆忙上场的演员，拿到了一个最普通不过的人生剧本，为了适应这个不合适的角色，小心翼翼地背着里面的台词，学着其他家庭主妇的样子，像扫地机器人一样在家的范围内安置自己的脚步，生怕被戳穿。

现在，终于不用假装了，姚蔓失去了母亲的身份，也不需要再对丈夫做出任何回应。反正他也越来越不爱回家。偶尔，姚蔓在空荡荡的客厅里回过神来，通过虫鸣声判断外面可能已经是深夜，每到这时，她就会来到阳台，趴在谱月死去的地方，看着客厅的方向，想象谱月还在这个世界的样子。

光滑的地板反射着客厅的灯光，余光里是谱月留在墙上的涂鸦，眼神的尽头是她房间里的小床。姚蔓只要看得够久，就能看到谱月正躺在淡黄色的月亮床单上熟睡，怀里抱着她喜欢的彩虹小狗。姚蔓不敢眨眼，一眨眼，一切都会消失，眼前只有湖水的颜色，屋里的一切仿佛被水浸泡过，家具都在朽烂，霉菌掀起墙皮，福字窗花褪成白色。

每到这时，姚蔓都逼迫自己从头开始想——那天为什么会不记得把门关上呢？

出事那天是健身房的店庆日，姚蔓凌晨五点就起来了，要赶在开业活动开始前做五十盒减脂餐。平时都是根据客户的预订做，顶多也就一二十盒的量,那天是她第一次做这么多。

卤牛肉溢出来的褐色汤汁,沉在浑浊碗底的鸡蛋碎壳,滴着水的生菜,溅在菜板上的沙拉酱,写着"免费品尝"的手写便笺,印着"泰来健身"logo(标识)的包装袋……全部都是这些。在看见谱月的血掺着泥水流出来的画面之前,脑子里全都是这些。

所以,谱月人生中的最后一天过得快乐吗?她那天做了什么?脑海里在想什么?又学会了什么?姚蔓想象着,想出了一万种可能,可空白就是空白,她不会再知道了。

听说有一层地狱的惩罚,就是不断重复人生前最痛苦的一幕,姚蔓觉得自己早已身处其中。去阳台关门的那一瞬间的动作在她脑子里反复碾压。锁了吗?锁了吧。为什么不拧一下试试呢?明知道晚上刮风,为什么不再确认一下呢?

这些问题,吕东鸣也想过吗?还是说,他根本不在意这些,只知道害死谱月的人是她。有时候,姚蔓希望吕东鸣能痛痛快快地跟她吵一架,把跟其他人说的话全都当面说出来,可以骂她,也可以打架,这样她就能顺势疯掉,把堵在心里的话也一股脑扔出去——你凭什么觉得自己一点责任都没有?你那天为什么不帮我?为什么要我做五十份餐?!然后她可以把所有的碗摔碎,把鸡蛋甩到电视上、冰箱上、结婚照上,再把自己扔到沙发里堵上耳朵尖叫。

她渴望争吵大过现在的平静。可是她没力气了,时间越久,就越没力气。或者说,她不觉得争吵还有什么意义。她只能把内疚、痛苦、眼泪和表情一起咽下去,咽进一个永远不会被打开的箱子里,然后再躺进去,永永远远都不出来。

有一天,姚蔓无意间看到镜子里披头散发的自己,突然觉得眼熟。

从前村口经常坐着一个脏兮兮的女人,搂着一个烂了的地瓜喃喃自语。村里的奶奶说,好几年前,这个女人背着刚出生的孩子去赶集，孩子没哭没闹睡了一路，回到家摘下背篓才发现里面躺着一个大地瓜，她根本不知道孩子是什么时候没的。从那以后女人就疯了，怀里永远抱着这个地瓜，吃饭睡觉也不松手，眼睛一刻都不离开。

姚蔓还记得，那个女人看向地瓜的眼神里，仿佛安放着全天下最柔软的草席，要把那个皱缩成一团的地瓜永永远远装进去。她是怎么骗过自己，把地瓜当成自己的孩子的？姚蔓当时不懂，现在全明白了。

最近这段时间，姚蔓越来越频繁地梦到小时候。

长满黄色小花的回家小路，绿茸茸闪着金色条纹的桥底，铺满零食的荒芜坟地，冒着白烟的煤球炉，黄铜把手，还有奔跑的李远期，她手腕上的蓝色手链在姚蔓眼前晃成蜻蜓，李远期用力握紧姚蔓的手腕，声音却从身后传来："别松手，跑快点，会被追上的。""被什么追上？"姚蔓赶紧大步跑起来，最后，她总是喘着粗气，睁眼坐在一张病床上。白生生的病房里坐满产妇，每个人手里都握着笔面无表情地做着试卷。周围是婴儿的啼哭声和翻试卷的沙沙声，小小的黑色宋体字像蝌蚪一样游到她的眼前——"请在下列四个选项中勾选正确答案"。可答案不止四个，密密麻麻根本数不清。题错了！姚蔓大声喊，可是没人听见，直到丈夫突然握着手术刀出现，用充满怒意的声音吼道："错？明明是你的错！"

每到这时，姚蔓都会瞬间惊醒，体温和理智渐渐流回身体里。她在黑暗中睁着眼睛，很久才能反应过来自己正睡在阳台上。为什么睡在阳台上？因为谱月死在这里。谱月为什么会死？因为你。

姚蔓凝视着眼前的黑暗，目光所及的地方，谱月的房间漆黑一片。

什么是正确答案？

以前的正确答案是结婚，买房，生孩子，把这普普通通的一生快快过完。现在的正确答案是去厨房，拿起那柄画着紫色喇叭花的骨瓷小刀，刀刃向内，放在手腕上。

天黑了。阳台的瓷砖吸收了白天的温度变得温热，这温热在很大程度上稀释了疼。但姚蔓的身体越来越冷，千百根银针从手腕处密密麻麻地扎进她的大脑，将她与地板紧紧缝合在一起。

意识弥散之前，她看到阳台的角落有一只细长的蓝色蜻蜓。那只蜻蜓不知道在那个角落待了多久，不知是死是活。它的翅膀微微抖动，看上去像风吹的，也像在挣扎。

姚蔓闭上眼睛，身体缓缓嵌进地板。接着，手机响了。

手机在客厅，在距离她的手四五米远的地上。可她明明记得已经关机了。

铃声尖锐如哨，像沸水浇在耳朵上。

为什么？为什么不停下？

缠绕的丝线被利器凌空划开，地板松开了她。瞬间的清醒带来了大片的疼痛，姚蔓用力捂住手腕，慢慢从地上坐起来，跌跌撞撞地来到客厅。

手机已经被她格式化，上面显示了一串陌生的号码，姚蔓本想挂断，手却不听使唤地按了接听，对面传来一阵窸窣的响动，接着是一个熟悉又遥远的声音。

"你是姚蔓吗？"

姚蔓的头皮瞬间被人攥紧，眼前的世界骤然聚焦，血滴在了沙发上。

"你是谁？"姚蔓迟疑地问。

那声音带着水汽，漫过她的耳朵。

"我是李远期。"

04 蜻蜓

面对显而易见的厄运，人都会有逃避的本能，所以当时的姚蔓并不想和这个女孩有更深的纠葛。

每次回想起第一次见到李远期的那天，姚蔓依然会感到后怕。

升入初中前的那个暑假，姚蔓求母亲梁生枝带她去牙刷厂打工。梁生枝一开始不同意，因为她太小了，虽然工厂每年都会招一些未成年的暑假工来应对骤增的订单，但是包装车间要一直站着，又是三伏天，三百多平米的车间里只有几台悬空的大风扇，还要穿着工作服，一天下来，连大人都受不了，更何况姚蔓一个十三岁的小孩。但姚蔓态度坚决，承诺会上交一半的工资，梁生枝这才勉强同意。她欣然以为姚蔓长大了，想替家里分担压力，实际上姚蔓是想偷偷攒下一点钱，去医院看一看那颗一直折磨她的牙齿。

小学的时候，镇医院的医生每年都会给镇三小的学生做免费体检，每一年的检查结束，班里都会多几个小眼镜，或者戴牙套的孩子。姚蔓特别喜欢体检的日子，因为不用上课，最好的学生也放下书本，老老实实地拿着表格排队，老师也温柔和蔼很多，收表格的时候还会夸她一句"身体真好"。那是姚蔓从未怀疑过的夸奖，从小到大，她最得意的就是自己的身体，用梁生枝的话来说，她就像个不怕疼的铜豌豆，摔到腿、磕到头也不怎么哭，伤风感冒喝点药睡一觉就好。那时候姚蔓不知道，其实人的身体从出生那一天就开始折旧，一点点坏掉，慢慢变重，她根本不会想到有一天身体会成为她的拖累。

小学毕业前夕的那次体检，排到最后一项牙科检查，医生是一位矮胖的中年女人，一头离子烫，从背影看很像梁生枝。姚蔓把表格交给她，她用雪糕棍一样的木片在姚蔓的嘴里捣了两下，眉毛一皱，眼皮聚起一汪细纹，然后拿起一个金属棒伸进姚蔓的嘴里，轻轻敲了两下，姚蔓的脑子好像被扯紧的一根线头。

"疼吗？"

姚蔓点点头。

"平时爱吃糖？"没等姚蔓回答，她就低头在纸上飞快地写了一串符号，用订书机订了一张名片，然后头也不抬地交给姚蔓，"上颌第一磨牙有轻微龋齿，有时间来医院补个牙。"

"补牙多少钱？"姚蔓尽量压低声音。

"看你的情况，有可能几十就弄好，有可能两三百。"

两三百？母亲包装一小时牙刷还不到两块钱。

手里的纸瞬间变得沉甸甸的。浑浑噩噩检查完所有的项目，姚蔓想清楚了一件事，决不能让妈妈知道。

因为她的父亲姚启顺两年前治过两颗烂牙，前前后后花了近七千块钱，这是家里好几个月的开销。梁生枝现在动不动就提起这件事，说把父亲卖了都没他的牙贵。如果妈妈知道自己也有牙齿的问题，还不知道要怎么骂自己。更何况，她知道牙齿坏掉完全怪自己。她从一本课外书里看到"巧克力会让大脑产生幸福的感觉"，于是迫切想试一试。可是家里从来不买基本生活物资之外的东西，上次吃巧克力还是奶奶住院的时候，有人送了一袋，自己不舍得吃，只吃了两颗，剩下的都送给了病房里一个老是痛哭的男孩。现在家里不可能有巧克力,也没有糖,糖只有过年的时候才有。姚蔓翻遍家里,盯上了厨房里的冰糖。

廉价的甜在齿间扩散,门外父母的争吵声真的会渐渐小下去,这种神奇的感觉让她越来越上瘾。从此以后,每当难过时,姚蔓都会在嘴里含一颗冰糖入睡。谁知道会种下今天的恶果,所以一切必须自己解决。

于是那个暑假,姚蔓忍受着高温和困倦,坐在车间角落的工位上一刻不停地干活。工作很简单,把红黄蓝三种企鹅图案的儿童牙刷分好类,装到红黄蓝的盒子里,十盒一组,交给一旁的人。流水线的工作台是藻绿色的橡胶皮,一根根白炽灯悬在上面,台面锃亮,像结冰的湖,她的汗滴在上面,很快就干了。在那里干了三十多天,加上之前省下来的一点零用钱,姚蔓终于凑齐三百块钱——那个离子烫医生说的"有可能两三百"的顶格,只有这样,她才有底气自己去医院。

但是她千算万算,没有想到看牙必须家长陪同,因为医院以前有过几起很严重的医疗纠纷,他们不愿意单独接待未成年人。

那天是暑假的最后一天,姚蔓沮丧地站在医院门口,思考着是跟母亲摊牌,还是再想别的办法。

医院外面的那条槐荫街是当时最热闹的小吃街,人流量大,病人、家属、医生、药贩子、等客的出租车司机都在那里吃饭。正值中午饭点,人来人往,卖什么的都有,凉皮、鸡柳卷饼、炸串、肉夹馍、雪糕、冰水。姚蔓的目光一一扫视着。

那天太阳很大,地面万物都有些褪色似的发白,在一排灰突突的商贩当中,突然挣出来一个女孩。她穿着深蓝色牛仔背带裤,里面是一件缝着亮片的黄色T恤,端着一个一次性纸杯,在太阳下跑来跑去,亮晃晃的粗马尾在脖颈处用力晃动,身上的亮片反射着光芒,像只金色的蜻蜓。

不知为何,姚蔓的目光一直被她牵引着,听到她脆生生地喊:"炒田螺,好吃的炒田螺!"

姚蔓这才注意到不远处的墙边蹲着一个瘦弱的女人,用一条印花丝巾盖着脸和半个窄窄的肩,靠着一个黑色行李箱休憩,行李箱上贴着一张手写的招牌——"好吃的炒田螺"。字很漂亮,有种飞扬的美感,像句短诗。

和别的商贩不同,女人面前没有三轮车的摊子,脚边只有两个不锈钢保温桶,很明显是临时来的,有树荫的黄金地段早已被其他商贩抢光。为什么要卖炒田螺呢?田螺吃起来麻烦,又不能充饥,加上那段时间新闻里整天都在播北京"福寿螺事件",导致田螺也受了连累。姚蔓看到女孩半天都没有卖出一袋,但她没有沮丧,而是踮着脚尖继续寻找买家,然后她看到了姚蔓。

"吃田螺吗?可以尝尝,一块钱一袋。"

女孩飞快地跑到姚蔓面前,鼻尖满是汗珠,眼眸闪闪发亮,丝毫没有羞怯。见姚蔓迟疑,她又补了一句:"我妈妈自己做的,很干净。"

姚蔓不爱吃炒田螺,以前梁生枝做过几次,她没有耐心一个个剪掉屁股,所以味道很腥,还有泥。姚蔓本想拒绝,可是看着女孩的眼睛,她莫名说不出口。她身上有钱,她可以买。

于是姚蔓点点头:"给我拿一袋吧。"

女孩笑着露出两个浅浅的梨窝,轻快地跑回去,舀了满满一袋递到姚蔓的手里。

姚蔓正准备掏钱,意外就发生了。

一个穿花衬衫的光头男人不知道从哪里冒出来，直奔那个正在休憩的女人而去。

那个人很瘦，右胳膊内侧有一个黑乎乎的骷髅文身，身上像刚卖完血一样干巴巴的。可他力气很大，一把揪住女人的衣襟，像拎一只风筝。"看你往哪儿躲！"他一喊，周围的人都看过去，但是没人上去帮忙。这是医院门口，发生什么样的纠纷、争吵都再正常不过，没人想多管闲事。姚蔓也愣了，只有女孩迅速反应过来，一把夺过旁边一个炒饭阿姨的铁铲，冲过去对着男人的脑袋狠狠敲了好几下。

女孩还没有男人高，胳膊里却像长着钢筋，那几下力道不小。男人一边哀号一边捂着头在地上翻滚，指缝里流出血来。女孩趁机拉起女人及那个行李箱转头往旁边的一个老小区里钻。等男人再站起来的时候，她们早已消失在密匝匝的人群里。男人骂骂咧咧地一脚踢翻保温桶，也冲着那个方向跑去了。只剩下姚蔓手里拿着钱和田螺，看着那个保温桶像人头一样在地上滚动，汤汁撒了一地。

那天晚上回家之后，姚蔓心神不宁，完全忘记了牙齿的事，满脑子都是女孩跑走的身影。那个男人是谁？她们为什么要"躲"？他追上了吗？姚蔓想起那个小区是快拆迁的，那些房子平时都租给一些病人家属，以前奶奶住院时他们曾短暂租住过一个单间。那里人多混杂，走廊曲折幽暗，堆满杂物、垃圾，应该有很多地方可以躲。

梁生枝发现了那袋炒田螺，以为姚蔓又偷买不干净的零食，吃完一个之后就不数落了，问她在哪里买的，姚蔓怕母亲知道自己去看牙的事，所以什么都没说。

以姚蔓当时的阅历，根本脑补不出那个看上去和自己一样大的女孩正身处什么样的厄运，只是单纯觉得不安。之后的几天，她开始无意识地关注电视上的新闻，尤其是当地的民生频道，一直祈祷不要看见与母女两人有关的报道。电视上都是有关伊拉克战争进入白热化阶段，国际原油价格剧烈波动，冥王星被开除出太阳系行星之列等大事，姚蔓只好默认两个人一定平安逃脱了。

面对显而易见的厄运，人都会有逃避的本能，所以当时的姚蔓并不想和这个女孩有更深的纠葛。她一直祈祷再见到这个女孩，只是想确定她平安无事，把欠的一块钱给她，仅此而已。

可是神理解错了她的意思。

再次见到这个女孩，是在初中开学两周后的英语课上。

她一进教室，姚蔓就认出了她，可是班里的气氛却变得有些微妙。

早自习的时候，班里消息最灵通的男生赵凯就预告了今天会转来一个新同学。

"女的。"他加重语气，试图吸引更多的关注。因为他们班是出了名的"和尚班"，可能是分班失误的缘故，四十五个人的班里只有十二个女生，所以男生们迫切希望再多一些女生，他们从"李远期"的名字推断，这应该是个温婉娴静的女孩，所以对她的到来显得更加振奋。

可是，李远期的出现很明显打破了这种振奋。

那天她依然穿着那件胸前亮晶晶的黄色T恤，换了条绣花的束脚牛仔裤，背着一个玫红色的旧书包。这身打扮在街上没那么突兀，进了教室却很扎眼，说白了就是有点土气。她看上去很瘦小，脸和胳膊晒得黑黑的，一头马尾因为刚刚洗过，所以很蓬松，更显得头重脚轻。

姚蔓看到班里的男生在偷偷交换眼神，咧嘴唇的，挤眉弄眼的，轻轻摇头的，没人认真听她的自我介绍。

不知是谁先轻轻叹了一口气，另外的人也叹了一口气，又有人跟上，教室里接二连三响起叹气声，像是比赛，一声比一声重，最后变成了哄笑。

范老师拍桌子制止住笑声，让她把名字写到黑板上。

更大的灾难来了。

李远期抬起手，几乎每个人都看到那件黄色T恤从腋下到身侧裂开了一道刺眼的口子，白色的线头绽露，里面的粉色胸衣若隐若现，随着她手臂的起伏一张一合，像一张拼命挣脱缝合的嘴。

之前的叹气比赛变成了此起彼伏交叠攀升的"哦""咦"，像蜘蛛网一样罩着整间教室。尽管那不是针对姚蔓的，但她的脸颊还是迅速发烫，仿佛回到了她噩梦般的一幕。

小学一年级的第一次体检，姚蔓没有经验，不知道量身高是要脱鞋的。当时她也没有多想，脱掉鞋的那一刻，她才意识到，脚上穿的是一双补过的破袜子。那双袜子是白的，梁生枝却用了一块红布来补，补丁像一块没抠掉的血痂。旁边一个嗓子尖细的孩子立刻发现了这块突兀的红色，他像被火钳烫了一样大喊大叫，引众人来看。小孩子不懂分寸，但懂合群，每个人的笑声都夸张而统一。其实没有那么好笑，镇上的小学，半个班学生的家长都在各种工厂里工作，家境又能相差多远呢？可能也是因为这样，他们才分外需要在这种小事上找到优越感。可那时的姚蔓不懂，只能呆呆地站在原地，双手双脚开始发凉。她偷偷扫视大家的脚，一只只蠕动的小脚，裹在紧绷绷的袜子里面，白的、黄的、花的，完完整整。

明明家里那么多袜子，为什么不穿一双好的？她在懊悔的同时迅速想到，家里的袜子几乎都是破的，每一双都被梁生枝用针线缝补过，拼图一样的脚尖，起球的脚底，失去松紧的袜筒像荷叶边一样泛着褶皱。

后来是怎么做完检查的姚蔓已经不记得了，她只记得自己去角落偷偷把袜子脱下，也是在那一刻，她知晓了"羞耻"这种情绪。体检结束之后她光脚穿进鞋子，黏腻的鞋底满是沙砾。那天姚蔓哭着跑回了家，报复似的把所有的破袜子都扔进了垃圾桶。梁生枝为此狠狠打了她一顿，说她虚荣，不当家不知柴米贵。

一双袜子能有多贵呢？那天站在地板上的所有小脚，最贵的和最便宜的袜子能差多少钱？只是从那天起，每次别人的目光不小心落在姚蔓的脚上，她都有种冲动，想脱了鞋告诉那个人："看，我的袜子是好的了。"可是没人在意了，好像就是从那一天开始，班里人不再和她说话了，每当她经过，正在叽叽喳喳的人群就会立刻噤声，体育课的沙包也没有再砸中过她。

姚蔓偷偷抬起头扫视全班，她仿佛又置身那间体检教室，窒息的失重感瞬间充满全身。那一瞬间，姚蔓几乎料定了李远期接下来三年的处境——她会被这些急于宣泄躁动、急于彰显独特的小势利眼无情嘲弄，他们会给她起各种难听的外号，会永远记得她胸衣的颜色，他们会把今天这一幕像口香糖一样在齿间反复咀嚼，直到找出新的甜味。

姚蔓紧紧攥着拳头，她很想为李远期做点什么，可是她却低下了头。

姚蔓突然害怕了，怕李远期还认得她，怕被班里的人知道她们是一类人。因为那时候的姚蔓，正置身于一个新的处境。

开学之后，看到分班名单上有好几个小学同学的名字时，姚蔓就做好了继续当透明人的准备。她原本以为初中三年也会在孤独中度过，可是她却意外受欢迎起来。

只是经过一个暑假，周围的同学，包括姚蔓，好像一夜之间成熟羞涩了很多，脱掉小学稚嫩的校服，换上了整齐划一的白T恤黑长裤,课间没有那么吵闹,男女同学之间对视的时间都变短了。开学没几天,班里就流传着一张神秘的名单,男生们把全班所有的女生统称为"十二金花",还依照颜值做了排名,姚蔓莫名其妙排了第一。为了奖励前三名,他们在名字后面"赐"一个"妃"字——姚蔓是"蔓妃",郭晓晴是"晴妃",肖妙妙是"妙妃"。肖妙妙对此深恶痛绝,郭晓晴却欣然接受,只是不满意自己的排名。"凭什么姚蔓第一?"组织这次排名的赵凯说,因为蔓妃的侧脸很像小龙女。

那一年,《神雕侠侣》热播,课间走廊时不时会回响起一句"看似花非花雾非雾,滔滔江水留不住",神仙姐姐刘亦菲是大家心目中美人的顶配。姚蔓没看过这个电视剧,家里那个厚如牛背的黑壳电视只能睡眼惺忪地播几个台,遥控器永远在母亲手里,每天都是《新闻联播》《天气预报》《动物世界》来回放。那时候村里很流行装一种收信号的"小锅",只要把一个锅盖似的金属片支在房顶上,据说就可以收到很多其他地方的台,什么动画片、电视剧都能看到,但是母亲没舍得那几百块钱。所以每个课间,每堂体育课,姚蔓都是那个站在旁边默默听大家讨论的人,从来插不进话。她没看过《美少女战士》,不认识数码宝贝,听不懂"葵花点穴手",只会跟风哼两句《隐形的翅膀》。

听到这个评价后,姚蔓跑到房顶上安了"小锅"的敏超小卖部看了两眼,顺便买了一张刘亦菲的贴画和一面小镜子,晚上把镜子夹在课本里,对着贴画看了半天。可惜,除了眉毛有点像,其他的一点都没看出来。

其实在那之前,姚蔓没怎么注意过自己的长相,家里只有一个半身镜,椭圆形的镜面上有斑驳的彩喷梅花和贴画留下的胶痕,只能大致照出衣服样式和发型,妈妈评价工厂里那些爱照镜子的年轻女工是"臭美""没出息",导致她一直不敢在镜子前停留太长时间。直到一年前来了初潮,姚蔓的胸部开始胀痛,母亲给她买塞海绵的胸衣和更加肥大的外套，叮嘱姚蔓少跟男生单独待在一起，她才注意到自己已经有了一些成年女人的神韵。后来知道，这也是她排名第一的很大一部分原因。

尽管不喜欢"蔓妃"这个称呼，可是它带给姚蔓的好处是实实在在的。进出教室会被注视，擦黑板有人帮忙，女生们会在课间和姚蔓讨论星座、喜欢的歌和明星，以前嘲笑过她的小学同学也像失忆了一样和她分享零食。可姚蔓的衣物依然很旧，还是没钱买零食，听不懂她们聊天的内容，但是这些让她窘迫的东西好像一夜之间变得不再重要了，那些千斤重的东西像浮尘一样被轻巧拂去，以前通往学校的荆棘道路变成了温柔的芦苇荡，一种前所未有的平静和喜悦包裹着她。那感觉像是没吃过的糖果，尝过一次就很难戒掉。

所以，直到李远期从讲台上走下来，姚蔓都没有再抬头看她。

下课之后，姚蔓飞快收拾书包，拒绝了几个想和她同行的同学，她不想多停留一秒。可姚蔓还是忍不住回头看李远期，目光又撞上了，那眼神分明是记得。姚蔓迅速低眉，快步走出教室。走过一楼大厅的仪容镜时，姚蔓发现李远期远远跟在她的后面。姚蔓走出校门，拐到回家的必经小巷，李远期还在身后。

姚蔓恍然想起来不及给的那一块钱，是因为这个吗？她看了看四周，没有什么同学，于是快步向李远期走去，给了她一枚硬币。

"这是上次欠你的钱，我不是故意不给你的，不要再跟着我了。"

李远期收了硬币，从兜里拿出一张皱巴巴的纸："我没有跟着你，我在找这个地方。"

上面龙飞凤舞的圆珠笔字清清楚楚地写着，姚家村79号。

姚蔓的家。

05 租客

> 在家的时候，姚蔓就像一团窝在角落里的废报纸，努力躲避着四周飞溅的火星。

姚蔓的家在学校附近的一个村里，走路十五分钟就到，那个四四方方的院子是爷爷奶奶留给父亲姚启顺的遗产。

露天的院子，中间是个方方正正的小菜园，除了厨房和厕所，还有四间屋子。在姚蔓上幼儿园的时候，瘟神突然在这个四方小院里安营扎寨，先是爷爷在修灯泡的时候突发心脏病而亡，一家人刚忙完葬礼，奶奶就得了中风，在市医院的病房里躺了两周就去世了。父亲大病一场，高烧不退，体检查出了慢性肝炎和肝硬化。

那阵子，家里总是有苍蝇，豌豆大小的绿豆蝇和花脚蚊子，像故意欺负人似的老爱落在人的脸上、手上。姚蔓虽然小，却也能读懂大人脸上的表情，梁生枝鼻梁和额头上最深的褶皱就是那个时候种下的。从此以后，钱就成了这个家的秒针，无时无刻不在转动，白天热闹点还好，有事做，不想就注意不到，但是到了夜深人静，那就是最大的噪声，吵得谁都无法入睡。

姚蔓的父母都是惠笑牙刷制造厂的员工，那是当年镇上最大的牙刷厂，现在已被夷为平地，据说要开发成一个公园，但是迟迟没有动工，一直荒在那里，姚蔓的童年也几乎无迹可寻。姚启顺是牙刷厂的门卫，梁生枝原本在注塑车间当注塑工人，后来转到了包装车间，工资砍了一半。

因为有自己的房子住，加上两个人的工资，原本钱是够用的。不幸姚启顺身体不好，挣的钱大部分都要用来给他看病买药。他有很多慢性病，一年四季咳嗽，加上他又高又瘦，总穿一双黑色的大鞋，远看像个竖弯钩。疾病夺走了他的表情和精力，也夺走了他做父亲的兴趣。从姚蔓记事起，姚启顺就没怎么关心过她，就算姚蔓在他面前摔倒，锅炉着火，他的眼睛也不会离开手里的书。而梁生枝是个急性子，每天五点起床，睁眼就开始吵架，不管是跟活物还是死物，都能吵起来：点不着火的煤球炉，找不到的铁铲，过期的饼干，没晾干的鞋。姚蔓每天都在吵吵嚷嚷的声音里醒来睡去，有时候稍微没让母亲满意，母亲的怒火就会转移到她的身上。所以在家的时候，姚蔓就像一团窝在角落里的废报纸，努力躲避着四周飞溅的火星，变成了一个更小的父亲。

但是姚蔓理解母亲的怒火，所以并不怨恨她。

姚蔓曾经翻出过一张母亲年轻时的照片，她和另外一个女孩站在照相馆的幕布前合影，背景是鲜花簇拥的长城和天安门，天空是那种不真实的蓝。那时母亲还很瘦，穿着一身牛仔服，显得英姿飒爽，旁边的女孩穿着大红色波斯菊连衣裙，两个人都烫着张扬的卷发，戴着墨镜，角落印着四个褪色的金字——"青春万岁"。照片的背面，是几行歪歪扭扭泪迹斑斑的圆珠笔字：丽华，抱歉，我确有身孕，决定结婚，无法和你一起去广州了。祝你前程似锦，祝我们友谊长青。1992年冬。

照片就压在一个枣红色的旧木箱里，这是母亲唯一的嫁妆，夹在她的结婚证中间，压在箱子最下面的一个暗层里，很明显没有寄出去。那一瞬间，姚蔓谅解了母亲所有的刻薄。她时常想，母亲要是和这个叫丽华的阿姨一起去了广州会怎么样？会不会也像牙刷厂的高厂长一样，开办一家自己的工厂？以母亲风风火火的性格，倘若生在古代，一定是那个替父从军的女人，带兵打仗，开疆拓土，或者投胎到一个富裕的人家，也一定能给这个家族带来兴盛。可惜她嫁给了父亲，成了自己的母亲，从此只能为水电费、空药瓶、苛刻的车间组长和自己不上不下的成绩操心。从工厂到菜市场到家，没有一个地方能让她喘息，食物和水不足以维持她的生命，她必须摄入别的东西才能存活，于是她选择了骂人，嘴巴一张一合，吸进去泥沙一样的麻烦，吐出来愤怒和抱怨，等同于呼吸。

姚蔓自知是她命运的累赘，所以努力降低自己的存在感，对她所有的要求言听计从，尽量不给她添任何麻烦。小时候，姚蔓曾对画画产生过兴趣，偷偷参加了一个市里举办的美术比赛，得了金奖，老师建议姚蔓去少年宫学画画，可是，一包好一点的素描纸就要十几块，少年宫的学费一年也要两三千，她根本不可能跟梁生枝开口，所以想都没想就拒绝了。姚蔓至今都记得那个老师眼里的惋惜。

姚蔓上小学的时候，姚启顺的身体越来越差。梁生枝要照顾两个人，所以不能出去打工，只好又找了个服装厂的兼职，经常抱一大堆牛仔裤和衬衫回来剪线头，和姚启顺一起剪到半夜。姚启顺的身体和眼睛都吃不消，提议学村里其他人那样，把自家房子租出去两间，这样每个月就多了几笔收入。

于是他们在最大的堂屋中间砌了一堵墙，这样就多出了一间。那几年经济增长很快，贸易繁盛，小镇的工厂又多，从来不缺外地来这里打工的人。所以从姚蔓记事起，家里就总是有陌生人进进出出，有男有女。

新的问题也接踵而至。遇上素质好的租客还行，遇上酒鬼、小混混、家暴狂，还有其他不知底细的人就是灾难。

曾经有一家人从很远的南方来这里打工，他们一家都很瘦，像三枚型号不一的螺丝钉，那个女孩和姚蔓同龄，没上过学。妈妈觉得他们很可怜，有时候会买牛奶给那个女孩喝。有一天，那个女人跟妈妈要了院子里的一小块地，说想种一点老家的菜。妈妈欣然同意，但是等那些"菜"越长越大，妈妈一眼就看出那是罂粟。她吓坏了，又不敢直说，只能假装不小心打翻开水，把花全烫死了。没过几天，那家人就悄悄搬走了，只留下了一箱牛奶，妈妈没敢喝，全扔了。从此有人来问房子，母亲都会先旁敲侧击地聊上半天，问问背景和身份。不过就算是这样，也有失手的时候。

姚蔓上小学二年级时，租客是一个中学老师，姓屠，太阳穴附近有个长毛的瘊子，脸很白净，文质彬彬的，还经常辅导她做作业。可是每隔几天，就会有打扮时髦的年轻女人上门找他，自称是来找屠老师辅导的学生，每次都不一样。这些女人钻进他的门帘之后就不走了，屋里吵得像打架，经常闹到半夜才没动静。父亲说，她们其实是镇上洗头店的"小姐"，姚蔓偷听父母讲话才大致知道那些声音是怎么回事，也想明白了为什么每次辅导自己写作业时，他那双蛇尾一样冰凉柔软的手要一直放在她的双腿之间。前几年，姚蔓还遇到过那个屠老师，他在一个二手电子市场里卖电脑，人变得又黑又胖，手指断了两根，手机屏保是一个穿学士服的胖男孩。

有一个在省城读法律的大学生来租，母亲本来欢欣鼓舞，让姚蔓好好跟哥哥学习，谁知道他是个欠了高利贷的赌鬼，来这个偏僻的小镇是躲债的，住进来没一个月就被找到了。追债的人半夜踹门砸门，往院子里扔砖头和垃圾，墙上、门上都喷上了乱七八糟的油漆，又是杀又是死的，母亲吓得连房租都没要就把他赶出去了，原本的老木门也换成了现在的红漆铁门。

经历了这些租客之后，父母只愿意把房子租给牙刷厂里相识的老员工，宁愿少收一点钱，但是知根知底，心里也安宁。

可惜一年前，牙刷厂的老厂长死了，他的大儿子高建林立刻接手，成了五百多名员工的新厂长。高厂长和姚蔓父亲同龄，当时还不到四十岁，但是胆子很大。那一年，还没有多少人听说过电动牙刷，使用过的人也寥寥无几，但是欧美已经普及，他意识到这在未来一定是个避不开的势头，于是下血本开辟了一个电动牙刷研发生产车间，花重金买设备，从国外请顾问，招聘和培训新技工。有了这个"吸血车间"，工厂就必须开源节流。他虽在螺臼镇长大，但是高中就去了外地读书，与小镇关系淡漠，更何况老厂长一走，也带走了和老员工之间纠缠复杂的人情关系。所以他没有顾虑，像割掉臃肿的息肉一样"遣散"了很多看着他长大的老工人。

姚蔓家最后一任租客就是其中之一。他们是对老夫妻，丈夫是流水线的维修工，妻子是保洁员，两人都有点驼背。丈夫被"遣散"之后，仅靠妻子的薪水难以为继，连房租都交不出来，他们就收拾行李回老家种苹果去了。梁生枝也是那个时候从注塑车间被"贬"到了最边缘的包装车间，家里的房子也空了很久。

前不久，梁生枝突然开始打扫那两间屋子，还添了一张旧沙发和茶几，说有一对母女要来租。两人从外地来到这边不久，一直没地方落脚。两人看着面善，女孩和姚蔓差不多大，说不定两人能做个伴，当个好朋友。

当时姚蔓一点都没往心里去，谁会想到这么巧，这个女孩就是李远期。

回家的路上，两人几乎没有交谈，姚蔓故意走得很慢，一种从未有过的失落感笼罩着她。

家,是比袜子还要隐秘的东西。就算是再好的朋友,姚蔓也不会把她带回家。一路上姚蔓都在脑子里回忆院子里那些彰显着贫穷的零件,光想想就觉得难堪——水泥剥落的青苔砖墙,堆放在墙角的灰白煤球,院子中央乱糟糟的菜地,剖开晾晒的丝瓜瓤,卫生间一整箱从工厂拿回来的次品牙刷,衣架上五颜六色的塑料袋和松松垮垮的内裤,当然,还有总是边干活边从牙缝里数落自己的母亲。现在,李远期即将了解跟自己有关的一切,她不得不像开膛破肚一样袒露自己所有的秘密。

其实除了失落感,还有不安。

那天那个文身的小混混应该是认识李远期母女的,看样子三个人一定有矛盾。李远期打了小混混,假如小混混找过来怎么办?之前被租客债主砸门的阴影又浮了上来。如果母亲已经同意她们搬进来,说明她们并没有跟母亲说这件事。

事实也跟姚蔓猜想的一样。

母亲一边热情地跟她们介绍家里的压水井、煤气开关、水电费计算之类的注意事项,一边让姚蔓跟她们做自我介绍。姚蔓只觉得脸颊涨得通红,扭头钻进屋里,远远又听见母亲数落自己不大方。

那天晚上,姚蔓听着李远期母女在两个小屋里乒乒乓乓收拾,翻来覆去睡不着,一直在想白天的事。她们的行李不多,就是一个箱子和几个编织袋,脸盆、毛巾都是在村口的敏超小卖部现买的。姚蔓还偷看了一眼编织袋里的东西,除了一些破破烂烂的课本,剩下的就是各种颜色的碎布,大大小小的毛线团、毛衣针,五颜六色缝了补丁的袜子……客观来说,全是些不值钱的东西,本应该出现在垃圾堆的东西,却被当成宝贝一样收在一起。如此熟悉,像拉开了自己家的抽屉。

说实话，那一刻她有了一种前所未有的放松感，她不再害怕李远期会嫌弃自己家，两个人未曾谋面的童年严丝合缝地接在了一起。在某种意义上，贫穷带来的羞耻，不再是她一个人捍卫的秘密。

晚上，父亲还在厂里守夜，姚蔓钻去母亲的房间，一边给她挠背，一边偷偷问："妈，她们两个人什么来历啊？"

梁生枝叹了口气："可怜人，老家挺远的，以前家里养鸭子的，前两年不是禽流感吗？他们家养的鸭子都被杀了，一只都没留。那女孩她爸爸一着急，就过去了。"

"过去了？"

"就是死了。"

"我知道，怎么过去的？"

"这就不知道了，人家的伤心事不要细问。"梁生枝翻了个身，狭窄的木床咯吱作响，"你们俩也是有缘分，分到一个班。我看那小姑娘挺机灵的，你们俩以后可以结伴上下学。你不是一直想要个妹妹吗？她生日就比你小七天，你认她当妹妹也行。"

当妹妹？姚蔓皱了皱眉，想到今天自己对李远期的态度，她担心李远期已经讨厌自己了。

她还想问什么，母亲的鼾声已经响起。她轻轻给母亲关上门，经过客厅时看了一眼窗外。

隔着院子，姚蔓看到她们的窗户还亮着灯。那盏灯瓦数很低，光束盈盈一握。夜晚太凉，里面烧水的蒸汽凝聚在玻璃上形成磨砂的纹路，李远期穿着红色睡衣在那里晃来晃去，像透亮冰灯里的一盏烛火。

当时的姚蔓还不知道，这个女孩日后会成为她最重要的人，并将彻底改变她的一生。

06 灵桥

> 她扭头看向远处，河面上映着夕阳的金辉还有老桥上的人流，桥身上飘荡的红丝带宛如缓缓淌血的伤口。

住在一起一周，姚蔓和李远期都没有结伴上下学，两个人好像都在故意避开对方，一个人出门了，另一个就多收拾一会儿书包。姚蔓原本以为她们会一直这样不远不近地相处着，像两条被迫养在一个鱼缸里的鱼一样。

直到那天放学，姚蔓再次遇到了那个胳膊上文身的男人。

那天是周五，最后一节课是自习，黑板上早早写满了周末作业，班主任也不在。还有十分钟才打下课铃，但是教室里已经没人坐得住了，到处都是收拾书包、整理桌洞、讨论去哪儿玩的声音。除了李远期。

姚蔓不用回头也知道，李远期绝对在安安静静地看书，或者已经开始做卷子，周围的噪声对她来说仿佛灰尘。

无论是课间还是午休，李远期除了上厕所，都会一直钉在座位上，她不理睬任何人，对姚蔓的无视也就没有那么明显了。任谁都能感觉到整个班对李远期的排斥。姚蔓本来以为她会和以前的自己一样,和大部分遭受过孤立的人一样,选择缩小自己,降低自己的存在感,尽量不被他们注意到,甚至弯曲一些角度,努力与他们贴合。可李远期没有。不仅没有,她好像还在故意放大自己的独特。

班里每个人的课本拿出来都是霜打的白菜叶,而李远期却用旧报纸给每一本课本包了封皮,再用水彩笔一一写上"语文""英语""数学"。她每节课都坐得笔直,认真举手回答问题,一丝不苟地跟老师鞠躬问好,再小的作业都会按时完成。由于她的校服一直没到,那些天李远期还是穿着自己的旧衣服,包括那件曾让她当众出丑的黄T恤。如果是姚蔓,她此生都不会再碰一次这件衣服,可李远期仿佛忘了那天的事,依然穿着它上课、跑操、擦黑板。那道裂口当然已经被缝起来了,可是李远期每次穿,班里那几个调皮的男生还是会嗤笑出声。她好像很喜欢颜色鲜艳或者带亮片的衣服,在人群中很扎眼,尤其是做课间操的时候,像狙击手投在额间的红点,让人无法移开眼睛,但李远期仿佛毫无察觉,动作做得比所有人都认真。可是她越认真,伴随她的哄笑声就越大。

也许是因为李远期的特别,欺负她似乎成了一件过于顺理成章的事,于是班里的人变了策略,收起"枪口",改挖"陷阱"——他们想尽办法要激怒李远期,想逼她先露出破绽。

所以那几天李远期的书皮经常被人撕破,每当她经过他们的桌子,他们都会夸张地捏住鼻子;每次去操场跑步,她都会被安排在最外圈;每次上英语课,只要老师叫李远期起来念单词或者课文,班里就像撒了鱼食一样,每个人都伸长脖子等她出声,她每念一句,下面的人就阴阳怪气地跟着念一句。其实班里没人学过英语,谁又读得标准呢?连英语老师都经常把字母读成拼音,一串句子念下来像个方轱辘在石子路上滚。不过这都不重要,逼李远期失控才是他们乐此不疲的目的。

姚蔓常常替李远期捏一把汗。她永远不会忘记李远期打那个光头男人的样子，一个成年男人都能被她轻易打倒，她又怎么会怕这几个还没有讲台高的男生呢？姚蔓怕李远期真的会被激怒，做出不可控的事情，正中他们下怀。

周五那天结束，刚好轮到姚蔓那一组大扫除，组长给别人安排的都是不痛不痒的小活，唯独安排李远期去扔垃圾。又来了。倒垃圾这个活从来没有轮到过女生，因为那两个黑橡胶垃圾桶又臭又重，常年积着水，装满垃圾的话一个男生只能勉强拎动一个，而且扔垃圾的地方要横跨操场，去学校后面的一个荒地里，每次都要往返两趟，是个人人避而远之的脏活。姚蔓终于看不下去了，质问组长为什么要这么做，组长耸耸肩，说："因为她拎得动啊。"

姚蔓这才发现，一转眼的工夫李远期和两个桶都不见了。姚蔓只好快步跑出去，想追上李远期帮她分担，也许可以借此跟她说上话。姚蔓刚走到楼梯口的时候，从窗户那里看到李远期的身影，她肩上扛着一个拖把，像挑扁担一样挑着两个垃圾桶往操场走去。

姚蔓赶紧往下跑，迎头就撞到了那个男人的身上。看到他胳膊上的骷髅，姚蔓吓得惊呼出声。

那个男人还穿着那天的花衬衫，额头包着一个白网和纱布，嘴里喷着槟榔的臭气，见姚蔓愣在那里，他一边道歉一边说："同学，不好意思，我来找个人。"

姚蔓没敢说话，盯着地板上的花纹和他黑灰色的脚趾，思考他为什么会出现在学校。

"你认不认识方阿金？"

"谁？"姚蔓一时没反应过来。

"方——阿——金，"他普通话很不标准，从牙缝里努力捋着这几个字的发音，"可能改名了吧，我问了好几个人都不知道，但肯定是在这个学校。"

姚蔓隐约记得母亲说过李远期的父亲姓方,她现在的名字是后来改的。不会有错。他在找李远期。

姚蔓轻轻用余光瞥了一眼窗户,李远期已经快走出操场了。又是那件该死的黄T恤,只要他现在扭头,一眼就能认出来。

该怎么办?姚蔓默算了一下路程。李远期扔完垃圾回来,还会经过操场,加起来有两三分钟的时间。其实只要在她进教学楼之前下去拦住她就可以。在此之前,姚蔓能做的就是让这个男人不要看向这扇窗户,并且尽量拖延时间。

"她长什么样?说不定我见过。"姚蔓故意装出热心的姿态,并往旁边挪了几步,让他的身体微微转向自己,以确保自己能看到操场,而他不能。

"她大概这么高,"男人在腋下的位置比画了一下,"长得很俊,精瘦精瘦,长头发,眼睛大,牙齿白,嘴巴那里有两个酒坑,屁股上有个指甲盖那么大的胎记……"

"屁股?"姚蔓以为自己听错了。

"没到屁股,大腿根儿吧。大概这个色儿。"男人指了一下木质的红漆扶手,似乎没觉得有什么不对劲。

"你跟她什么关系?"刚问出口姚蔓就意识到不对,立刻换了个问法,"你是她爸爸吗?如果是家长的话可以去教务处问……"

"我有那么老吗?"男人龇开发黄的牙,眼角炸开槟榔渣一样的纹路,"我是她老公。"

有两个拿着扫把的男生从姚蔓身后嬉闹跑过,掀起一阵凉风。姚蔓的后背慢慢沁出一层汗。

见她没有反应,男人用长长的小拇指指甲挠了挠头上的网罩。

"你们城里小孩不懂这个。算了,我再找别人问问。"

姚蔓迅速瞥了一眼他身后的窗户。

李远期已经在回来的路上了,拖把夹在胳膊上,一左一右拎着两个空桶,正把一个滚到她脚边的足球轻轻踢回去。

男人正要往楼下走,姚蔓连忙叫住他:"你上去问问吧。"

"行。"他没怀疑,转过身,踮着脚尖踏上楼梯。

等他的身影消失在楼梯拐角的一瞬间,姚蔓就以最快的速度冲下楼梯,冲出一楼大厅,拦住了正要进教学楼的李远期。

"别上去!跟我走!"

"怎么了?"李远期被吓了一跳。

"别管了!快走!"姚蔓急出了哭腔。

李远期盯着她的眼睛,好像瞬间明白了什么,扔下空桶,拽住姚蔓的手就跑。

她们迅速绕到教学楼的后面,弯腰穿过战壕般的自行车停车棚,来到学校后门一个被灌木掩盖的栅栏破口,那里是男生们新发现的逃学通道,钻出去之后就是南营河,河岸边有一条被树丛掩映的羊肠小路,她们沿着那条路一直跑,一分钟都没有停下。李远期比姚蔓跑得快多了,她紧紧攥着姚蔓的手。

好奇怪,明明是自己救了她,却像是她带着自己逃离了什么。

姚蔓还记得那天傍晚的风湿热稠密,裹挟着落日的余温和河水的腥气,从树缝里追上她们。不知道为什么,刚刚弥漫全身的恐惧像干燥的草籽一样从姚蔓身上一点点抖落,取而代之的是一种失而复得的喜悦,就像找到了一盒遗失很久的礼物。姚蔓看到李远期后背沁出汗水,虫鸣隐没在草丛间,马路上的车笛和懒洋洋的放学铃被她们远远抛在身后,姚蔓只听得到自己的喘息,以及她们越来越趋近一致的脚步声。

"我们去哪儿?"李远期的声音从风里飘来。

"往前跑！去灵桥！"姚蔓大声说。

灵桥是南营河下游的一座老石桥，离姚家村不远，周围都是土路，本来是个很荒僻的地方，周围只有零星几家商铺。其中一个超市老板脑子活络，兴许也是受当时一些偶像剧的启发，在老桥旁边支了个摊子，去五金超市批发了一堆小铜锁，摆上红丝带和水彩笔，许愿布两块一条，爱情锁五块一把，虽然不便宜，还是吸引了一大批正在品尝爱情甜苦的年轻人过来，老桥上的铁链栏杆很快就红彤彤一片。没过多久，老板就被举报了，摊子被迫撤掉，但是灵桥的名字和上面的锁却保留了下来，时不时会有一些人自己带锁过去，偷偷许下一些愿望。

姚蔓也写过，祈求那一年的期末考试可以考双百，一年级之后，她就没有考过双百了，这个愿望几乎就是奢望，谁知那一年她真的考到了。从那天起，她把灵桥当作一个神圣的地方，但她没有再轻易许愿，她担心老桥分给每个人的灵力是有限的，她要把自己的灵力一直攒着，攒到一个万不得已的时刻再用。

在小学最孤独的那段时间，家里都是来来往往的陌生租客，姚蔓时常觉得自己无处可去，而老桥下面是最让她感到安心的地方。桥身宽厚，像一只布满皱纹的手掌，静静扣着流速缓慢的河道。有一次，姚蔓在那里发现了一张被人遗弃的小桌子，从那天起，每当她不想回家时，她就找个石块坐下，借着未暗的天色，还有桥洞反射下来的水面波光，做完作业再回家。

这是姚蔓第一次和别人分享这个地方。

两人在桥洞下惊魂未定地喘息了很久，才终于松开了已经浸满汗水的手。

"谢谢你。"李远期说。

看来李远期应该是知道大致发生了什么，姚蔓决定问清楚。

"那个男的是谁啊？为什么一直在找你？"

李远期看起来很犹豫。

"如果你连我都不相信的话，我也不知道该怎么帮你了。"姚蔓看着她。

"他叫任钢，是……是我老家的……"李远期有些担忧地看着姚蔓，"他是不是跟你说什么了？"

"他说……"姚蔓顿了顿，不知道该怎么重复任钢说过的话。

"他是不是说，我是他媳妇？"

姚蔓愣了一下，点点头："差不多，不过谁信啊，他那么老……"

"是真的。"李远期的目光从她脸上移开，找了一块石头坐下，"我爸爸收了他的彩礼，只是定金，一千块，他就认定我是他未来的老婆了。"

"一千？"姚蔓张大嘴巴。

"对，不过鸭棚是任钢家的，我爸后来一分钱都拿不出来了，这份彩礼应该也顺便抹了房租……"

"那还给他不就行了！我可以借你，我这里有三百，我还能跟我妈妈要……"

"钱已经还了，我爸一死我妈妈就还了。但是任钢又拿出来了两张纸……"李远期突然停住，抬头看着姚蔓，"我接下来要说的事，你可以不告诉别人吗？"

"当然，今天的事我对谁都不会说。"姚蔓学着电视上的样子举起三根手指。

李远期从河道边缘捞起一块平滑的石头在手里用力揉搓，仿佛下了很大的决心才说出接下来的话。

"他拿出来两张纸,都是我爸写的。一张是十万块的欠条,另一张是承诺书,承诺还不上钱的话,我到十六岁就必须跟任钢结婚……也就是大后年。"

一辆车从桥上碾过,轰隆声让两人仿佛置身鼓中,姚蔓差点以为自己听错了。

结婚?在这个连恋爱都是禁忌词的年纪,同龄女孩最大的苦恼除了成绩,也就是青春痘、喜欢的男生之类的事,可是眼前这个看上去还没有自己高的女孩,要面对的麻烦居然是她根本无法想象的东西。

"什么意思?……你爸爸欠的钱,要用你结婚来还?"姚蔓半天才捋清楚这里面的逻辑。

"对,我也不知道他什么时候借了任钢那么多钱,还有那些钱去哪儿了……"李远期把手里的石子用力扔到河里,"任钢说,他可以再给我们一次机会,两张纸选一张。要么大后年还他十万,要么我嫁给他。"

姚蔓盯着水面,河水映着落日的金辉,刺得姚蔓眼睛生疼。

"必须选吗?欠条承诺书又不是你写的,你爸爸也不在了,凭什么还要听他的?"

"凭我们理亏,凭没有办法跟他讲道理,如果不给他钱,他就会像鬼一样缠着我们,坐在我们院子里不肯走,我上厕所他都跟着。村里人也站他那边,说我们不讲信用,因为十几岁结婚这种事在村里很常见……我和我妈都是外乡人,本来就不受待见。"

李远期垂下眼睛:"所以我和妈妈是半夜走的,怕被人发现,连三轮车都没骑,徒步走到镇上才敢坐车。那辆大巴车又闷又臭,好多人晕车,我也一直在吐,妈妈就让我看窗外,说看外面就不晕了。所以一路上,我除了睡觉,就是在看外面的景色。忘了是哪个拐弯之后,窗外就一直有一条河跟着我们,大巴车开到哪儿,那条河就跟到哪儿,怎么都到不了头,一直到下车都在。我问我妈这里是哪儿,妈妈说,是一个很远很远的地方。"

李远期抬起头,轻轻叹了一口气:"我以为一切都能重新开始,我甚至还改了名字,没想到这么快就被他找到了……"

"那怎么办?"姚蔓此刻不知道还能说什么,她隐约有种感觉,李远期的故事已经刻意避开了一些残酷的部分,语气也故作轻松,像是找了块薄纱盖在一摊血迹上,可渗出的部分依然清晰可怖。

"没办法,真的。我想过去打工,可是妈妈不同意,她不想再让我过她那样的生活。她说钱可以慢慢挣,但是嫁给任钢一辈子就完了……"

"万一他找到你们怎么办?"姚蔓想到今天的事,还是有些担忧。

"你放心,如果真的找到,我和妈妈会搬走,我们不会给你们添麻烦的……"

"我不是这个意思……"

"我知道,"李远期抿了抿嘴巴,"谢谢你今天救我,我本来以为你不喜欢我的……"

姚蔓赶紧摇了摇头,她想到了那节课上自己避开的目光,巨大的内疚将她瞬间淹没。她扭头看向远处,河面上映着夕阳的金辉还有老桥上的人流,桥身上飘荡的红丝带宛如缓缓淌血的伤口。

姚蔓突然想到了什么,从包里拿出笔。

"你知道吗?这座桥许愿很灵的。"

当天晚上,姚蔓在床上翻来覆去地睡不着,好像吞下了一颗滚烫的珠子。她撞破了李远期的秘密,就不能假装什么都不知道。十万块,这听起来是个天大的数字,姚蔓在心里默默掐算母亲要剪多少裤脚才能挣到,算完之后她陷入了一种难以言说的焦灼。她干脆从床上爬起来，拧开台灯，从书包的夹缝里拿出自己要去看牙攒的那三百多块钱，卷进了一张作文纸里，写道："我只有这些钱，虽然很少，但是希望能够帮到你，等你以后挣钱了再还我吧。我一定会帮你守住秘密。"她想了想，又在后面加了一句："明天放学可以一起走吗？"

姚蔓趁着课间，把字条偷偷塞进李远期的笔袋里。等她从厕所回来，课本里多了一张字条。

希望我们每天都能一起上学放学。钱我会加倍还你的。你是我第一个朋友，谢谢你。

姚蔓小心翼翼地将字条折成小块，夹到笔记本里。她能感到背后有一双目光灼灼的眼睛。

那几天放学，她们会像间谍一样，先仔细观察走廊、大厅、校园，确认没有任钢的身影之后才小心翼翼地走到校门口。接连好几天，她们都没有再看到那个瘟神一样的身影，于是终于放下心来。

某天放学，两人一前一后跑着，步伐轻快。正值傍晚，家家户户炊烟四起，快走到家门口时，姚蔓闻到了熟悉的香味，她猜今晚妈妈肯定又做了她最喜欢的炖鱼头，于是迫不及待地抢先进了门。

她一下子停住脚。

"怎么了？"李远期随后进门，也愣住了。

院子中央，任钢抽着烟，眼睛像苍蝇一样落到了两个人的脸上。

07 归来

"为什么连你也相信，是我杀了那个牙医？"

疾雨，不知道从什么时候开始下的。

姚蔓撑着伞在路边站了很久，终于拦到一辆破破烂烂的出租车。听到是去螺臼镇，司机从后视镜里看了她一眼，故意指了下蓝光电子表，二十三点四十七分。

"去那里耽误我收班，不打表，二百，行就走，不行就下车。"

姚蔓往窗外看了一眼，马路无人，车也很少，红绿灯还有几个小吃店的霓虹灯牌在水洼里晃晃悠悠。

"行，走吧。稍微快点。"

司机踩下油门，一路上，他像是故意宣泄不满似的不停急刹车，车子跟跟跄跄。黏腻的烟味弥散在四处，空调几乎没用。黏腻的臭气刮着姚蔓的神经，她使劲吞咽不断翻涌上来的酸水。

她知道司机为什么不满。

螺臼镇在江苔最南边，是现在最偏最穷的一个镇。螺臼镇出身的人会在认老乡的时候下意识抹掉这一点，笼统地把自己称为江苔人。但是那里安置着姚蔓的家，还有她十八岁之前的人生。它辉煌过，在

20世纪80年代的时候,那里沿河建了很多工厂,牙刷厂、纺织厂、手套厂,把江苔一手抚育成一个远近闻名的手工业小城。进入新世纪以后,经济重心北移,年轻人也被吸引走了,这些工厂慢慢倒闭,留下的几个纺织厂也规模紧缩,像烧剩下的炭火,不温不灭,勉强为生,煨着那些离不开镇子的老人。靠近镇子的路大多是泥路,家家都有电动车,很少有人会选择打车。这个时间点,加上刚下过雨,路难走不说,还意味着司机至少要空跑四十多公里。

驶进螺臼镇之后,路越来越颠簸,司机不停叹气,挂在后视镜上的流苏挂饰像被扔进了油锅一样翻滚。手腕很疼,姚蔓只能用力按住纱布,抱紧手里的书包,扭头看向窗外,靠着回想刚刚那通电话来转移注意力。

这么多年没有换手机号,终于等来了回音。

李远期的声音一点没变,还是像拨浪鼓一样脆生生的,只是多了一层厚厚的疲惫。那一瞬间,太多问题像涨潮一样堵满姚蔓的胸口,最后却只问出来"你在哪里",她说"姚家村",然后就挂了电话。

姚蔓还想问,这么多年你去了哪里?是怎么回来的?

还有,十二年前,为什么突然不辞而别?

很多江苔人都记得2011年高考那一段时间的暴雨,连续一周没有停息,天和地仿佛连接起来,雨声淹没了一切。城市的主干道上都积了小腿深的水,马路上除了高考接送车,就是交警。为了保证考试顺利进行,那一周学校组织大部分学生在校复习。从窗户向外望去,整个城市的人仿佛消失了一般,包括李远期。

整整一周没有李远期的消息,给她打电话发短信都没回复,姚蔓心里的不安越来越大。6月6日,姚蔓跟班主任葛老师请假,说想回家一趟,一向温和的葛老师严厉地拒绝了她。姚蔓隐隐觉得不对劲,趁着午休冒雨跑回家，问妈妈李远期去了哪里，梁生枝一脸紧张，打车送姚蔓回了学校，让她好好考试，不要分心，考完试李远期就会回来。

老师和母亲的反常让姚蔓心生疑惑，回学校前，她进了校外的一家网吧，登上了许久没有登录的QQ，突然看到毕业之后就没联系过的初中同学疯狂给自己发消息，点开之后就看到了一篇报道——《牙医惨死诊所内 凶手竟是曾经资助的贫困生》，配图是李远期和段锐锋的一张合影，只是两人脸上都打了马赛克。

窗外的暴雨声，烟雾缭绕的网吧里，四处嘶吼着打游戏的声音，风扇嗡嗡作响，QQ还在嘀嘀嘀响着，姚蔓如坠真空，耳朵听不到任何声音，四周晃动的人影也变成了模糊不清的色块。

报道里，每个字都认识，盯着看又好像是乱符，姚蔓读了好几遍，才大致看懂是怎么回事。五天前，也就是6月1日晚上，李远期闯入牙医诊所，用一把剪刀结束了那个牙医的生命，偷走了十万块钱，然后就消失了。

之后两天的考试，姚蔓根本不记得是怎么开始怎么结束的，也不记得自己写了什么。只记得英语考试一结束，天就突然放晴了。回到教室，班里所有的人都把课本试卷扔到了窗外。

天空湛蓝，纸片飞舞，人人自由。

除了姚蔓。

从那之后，她就再也没有见过李远期。

路灯越来越暗，远处近乎漆黑。姚蔓看到"螺臼镇中学"那一行破旧的铜制校名在窗外一闪而过，校园里几座矮矮的楼宇静默如墓碑。再开一段，就到姚家村了，司机却在靠近村口的水泥路上停下了车。

"怎么不开进去？"姚蔓抱紧怀里的书包，一股巨大的不安轰然而至。

"前面都是泥路，也没灯，我开进去不好出。也没多远，你自己走吧。"

"可是……"

司机转过身，递来一张收款二维码，他肥壮的身体挤得座位咯吱作响。姚蔓看了看外面，雨几乎停了，不知是失血的缘故，还是晕车，她的眼前一阵阵发黑，忍不住作呕。还是下车吧。她打开手机，结果手机不知什么时候没电了。她摸了摸外套，出门太快，钱包也没拿。

"美女，你不会没带钱吧？"司机把二维码放在座椅上，摇下车窗，点了根烟，食指飞快地敲着方向盘，"没带钱，用东西抵也行。"他油腻腻的目光从后视镜抛过来，不知是戏谑还是威胁。

车里回响着滴滴答答的声音，像倒计时，那根烟越来越短。姚蔓把手慢慢探进包里，摸着那几捆硬邦邦的纸币。不行。不能动这些钱。姚蔓把手抽出来，看到了无名指上的戒指。

就算是丢了，吕东鸣应该也注意不到。

她把戒指脱下，放到二维码上。

村口还是土路，房屋却长高了。以前沿路都是坑坑洼洼的平房，现在几乎都是两层小楼，方方正正，装着统一的不锈钢大门，一眼望去，白生生地排着。不用刻意寻找，姚蔓一眼就能看到那个矮下去的房屋，像方阵队伍里奄奄一息的瘸腿士兵。前几年母亲去世之后，她只回去过一次，打扫好卫生，放上父母的遗照，锁上门，屋里只剩下一些不值钱的老物件。偶尔有邻居打电话过来，想买走旧屋，她都明确表示，这是父母唯一的遗产，不会卖掉。村里人以为姚蔓嫌出价太低,或者在等虚无缥缈的拆迁,反复告诉她螺臼镇已经不可能再发展了,未来几十年都不会有拆迁计划。姚蔓便不再解释,她该怎么告诉他们,她是在等一个几乎不可能回来的人?

或者说,她就是在等今天。

再往前走十米,拐弯就能看见那扇熟悉的红漆铁门了。消失了十二年的李远期就在里面。

突然,姚蔓想到一件事。她停下脚步,心跳如鼓,——她有点害怕见到李远期现在的样子。

她们最后一次见面,是案发前三天,那天是姚蔓的生日,李远期约姚蔓去桥下见面。两个人都刚满十八岁,人生像未拆封的糖果一样新,李远期那天看不出有任何异样,穿着姚蔓送她的那身牛仔服,笑容干净温暖。唯一反常的是李远期那天不像之前那么健谈,大部分时间都在听姚蔓说。临走前,她送了姚蔓一条自己做的金属手链,上面缠绕着绿色的花纹藤蔓,她说这条手链可以保佑姚蔓考上大学,到时候她一定会去送她上学。

手链的祝福应验了,李远期却食言了。这条手链姚蔓至今还戴着,但是花纹早已磨光了,链子也有些弯曲。这些年虽然没有李远期的消息,光想想也知道她一定过着十分辛苦的生活。这么多年要躲避警察追捕,隐姓埋名,还没有学历,她是怎么活下来的?就算老天有眼,不让她遭受更大的苦难,过最普通的生活,十二年的岁月会把一个人折磨成什么样子?看看自己就知道了。

姚蔓低头,这才注意到自己匆忙出门胡乱穿上的衣服。印着健身房 logo 的黑色 T 恤,因为布料舒服她一直当睡衣穿,款式陈旧的牛仔裤残留着没洗干净的汤汁,防晒外套很久没洗了,像烟盒里的锡纸一样皱皱巴巴。头发胡乱扎着,脸也没认真洗,更要命的是手腕上那层厚厚的绷带,已经隐隐渗出血印。

她很后悔没有好好收拾一下再出门，这狼狈的模样，无异于跳过寒暄的哭泣，让人突兀不安。不过，也好，如果开门之后看到的也是一张饱经沧桑的脸，总比自己衣着光鲜地与之相见显得命运公平。

坑坑洼洼的红色砖墙泛着白霜，与邻居家平滑的鼠灰色水泥墙粗暴地缝合在一起，门上的铁锈与红漆早已相融，门楣上还钉着"模范家庭"的铝牌，姚蔓拨开干枯的丝瓜藤，敲了敲门。除了空荡荡的铁门回声，再也没有其他声响。姚蔓搬开门前的一块水泥石砖，藏在下面的钥匙还在，几乎和泥土融为一体。

没用钥匙，那她是怎么进去的？

墙边叠着几块砖头，围墙上掉了几块瓦片，丝瓜藤也被扯掉一些，明显有人从这里翻墙进去。

这么多年过去，不记得钥匙放在下面也正常。姚蔓开门进去。

月光下，院子里的杂草和人一样高，雨水落下，窸窣作响，到处散发着沼泽的气息。姚蔓轻轻喊了几声，没有人回应。

她摸黑走到厨房，拉开电闸，几个屋的灯同时亮了。姚蔓看到她以前住的屋子里闪过一个人影。

"是我，姚蔓。"姚蔓走到院子里，尽力压制住颤抖的声音。

门檐下那盏低瓦数的灯的光框出一小块柔和的金色，杂草一阵晃动，那个人影慢慢走出来。

看清那张脸的瞬间，姚蔓恍如隔世。

是李远期。

准确地说，是十八岁的李远期。

她穿着那身熟悉的牛仔外套，身上闪着亮片。只是头发很乱，额头有一块明显的擦伤，除此之外，她和姚蔓最后一次见她时的样子一模一样。

为什么会这样？

姚蔓握紧手腕，疼痛提醒她她现在是清醒的。李远期的表情看上去和她一样错愕，只是眼神异常冰冷。

姚蔓曾经见过这个眼神，但不是对她。

"别动。"是李远期的声音。

李远期慢慢向姚蔓走近，有什么东西在黑暗中一闪。姚蔓低头，看清了。

那是一把锋利的刀。

"你在干什么？"姚蔓惊呼，"你不认识我了吗？"

"姚蔓，"李远期慢慢把刀顶在姚蔓的腰间，冰冷的声音像蛇一样攀上了她的脖颈，"为什么连你也相信，是我杀了那个牙医？"

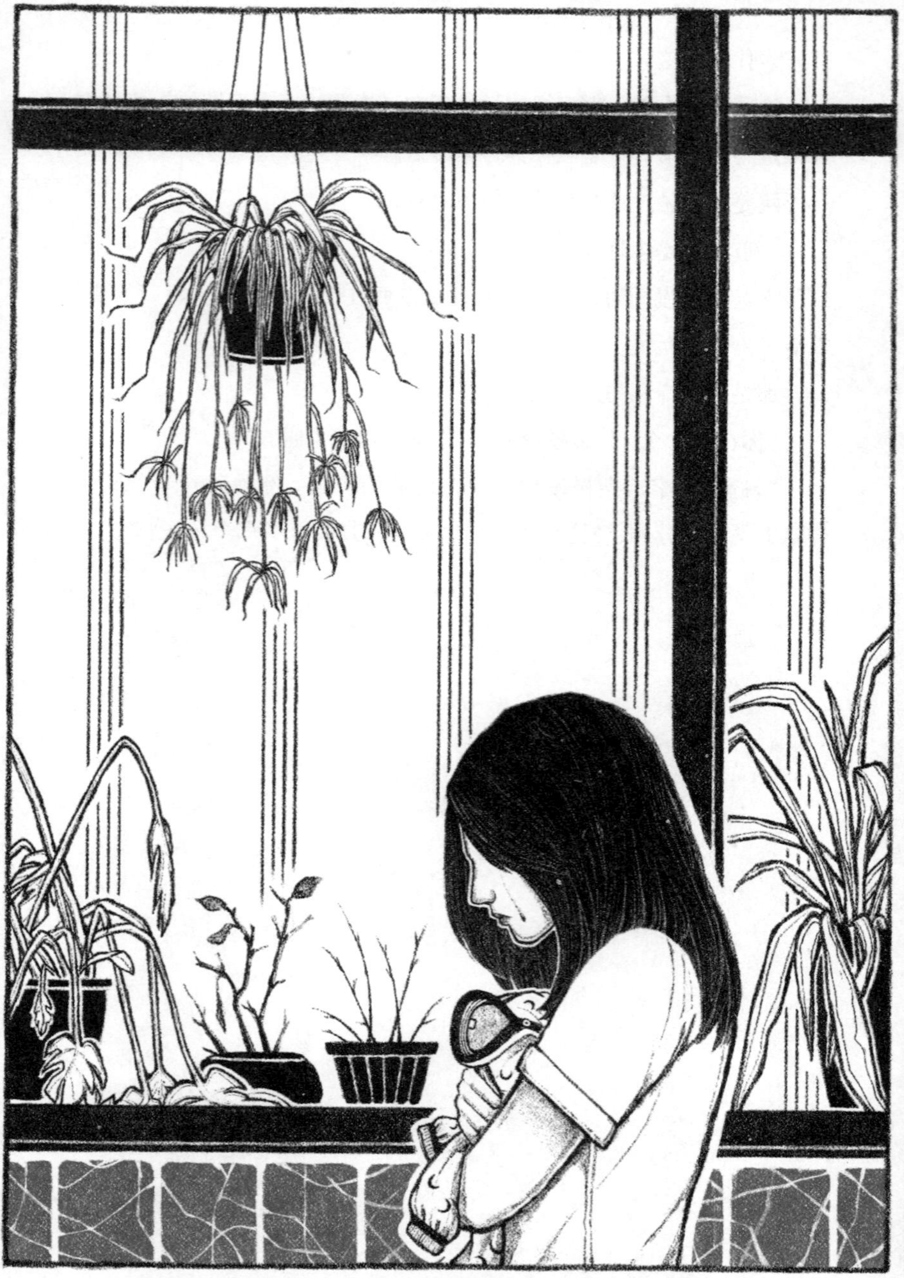

第二章

Chapter 2

08 亮片

> 寓言故事的好处，就是不需要认识故事里的人，也可以对他们的一生指指点点。

直到今天，段锐锋的照片还挂在螺臼镇中学的礼堂里。

说是礼堂，不过就是比篮球场大一点的集体教室，简陋的木质舞台，进去永远都有一股鲜花烂掉后发臭的气味。左边的墙上挂着爱因斯坦、牛顿、居里夫人的画像，右边的墙上则挂着建校以来从这个中学走出去的荣誉校友。

段锐锋的照片挂在倒数第三的位置，对面是贝多芬的画像。

照片已经有些发白，隐约能看出是个身形高大、笑容宽厚的中年男人，穿着白大褂，侧身抱肘，标准的职业照。下面密密麻麻的小字介绍了他的基本信息——

段锐锋，1969年出生，江苕市螺臼镇人，毕业于苏南大学口腔医学系，现为江苕市牙科协会会员……

下面好几行都是一些看不懂的荣誉术语，夹杂着英文。

牙医，听上去是个体面的工作，放在别的学校可能根本算不上什么"荣誉校友"的级别，但是对螺臼镇中学而言，已经够了。

螺臼镇中学有一个别称，叫"骡子中学"，因为每年中考结束，考上高中的光荣榜连一个橱窗都填不满，百分之七八十的毕业生都会分散到各个职校，男生基本上会去学汽修或者电力，女生则会去学美容美发、护理或者幼师，剩下连职校都不想上的，就会找个工厂开始上班挣钱，像"骡子"一样背上命运的缰绳。

不过段锐锋能登上这面墙还有一个原因，就是学校一直有一个由他资助的奖学金。获得"锐锋奖学金"的人需要符合三个条件：成绩优异，家庭贫困，女生。每年期末考试结束后，他会选出三个人，各奖励一千块。

钱虽然不多，但他是光荣墙上唯一一个毕业之后来回馈学校的人。加上段锐锋经常来学校义诊，在老校长和老师们的口中，他一直是个知恩图报的大善人。

李远期上台从他手里接过奖学金的合影，最开始挂在学校宣传栏里，再后来，就印在了案发之后的那张报纸上。

报纸上面另一张照片，是"锐锋口腔诊所"的门头。口腔诊所位于江苔市的西郊，位置偏远，附近多是养老院和月子中心，再往外就是一大片正在开发的别墅区。

诊所位于一排小商业街上，两米多宽的门头，门口放着两盆发财树，左右两边都是汽修厂，零星有几间饭店，大部分的商铺都闲置着，案件发生之后，闲置的商铺就更多了。诊所分为上下两层，一楼是工作区，分布着候诊区、卫生间、两间诊疗室、一间办公室，还有一个无菌消毒室，二楼是两间卧室和一个书房，整个二楼的窗户都被大大的广告布遮挡着。

那张黑白照片上，尸体已经被运走，只剩下一大摊黑乌乌的血迹，周围是警察和围观的人。卷帘门拉开一半，发财树耷拉着叶子，看样子已经死了，只有诊所广告布上那个温婉美丽的女人依然展露着洁白整齐的牙齿，告诉路人——"一口好牙是幸福人生的开始"。

可惜并不是。

直到案件发生之后，大家才知道，广告上的女人，就是段锐锋的妻子刘婉琼。

刘婉琼原本也是牙医，是段锐锋的大学同学。当年她是全年级公认的校花，追她的人从导师排到学弟，可她偏偏看上了沉默寡言的段锐锋，因为有一次上口腔实践课，段锐锋直接指出教授的目测判断有误，教授下不来台，拉着病人去做了CT，最后证实段锐锋是正确的。那门课，段锐锋一直挂科到大学毕业，任谁都知道，跟教授低低头就可以补考及格，但是段锐锋硬生生考了四年。刘婉琼莫名被这种拧劲吸引，两人毕业就领了证。刘婉琼跟着段锐锋回到了他的家乡江苔，在当时的市中心租了四十多平米的小门头，开了间牙科诊所，配备了当时最贵的牙科椅、治疗床，为了省钱，她自己当模特拍了那个广告。

1990年左右，小城市的私人牙科诊所不多，位置选得也好，在汽车站附近，加上夫妻二人热情周到，诊疗价格合理，还经常去小区、学校做义诊，攒下了不少好人缘、好口碑，诊所的生意自然一天比一天好。仅仅三年后，他们就在靠近市郊的地方买了一个一百多平米的房子，买了新车，还生下了一个健康的男孩，取名为段正翼。

可惜，美好的日子刚开始没多久，就在段正翼小学毕业那年，刘婉琼在一个深夜喝酒驾车，横遭车祸，当场就死了。段锐锋去认尸的时候，整张脸惨不忍睹，那些贝壳一样的牙齿只剩下黑漆漆的孔洞。

段锐锋就是从那个时候起性情大变，关了当时市中心的门店，迁到了现在这个荒僻的地方，从此深居简出，独自抚养段正翼。也就是从那个时候起，段锐锋开始做慈善，资助贫困学生，李远期就是被他资助的学生之一。

由于远离市中心，客源很少，段锐锋偶尔会雇用一些学生帮自己去市中心的商铺发发传单，所以附近修车厂的人经常看到年轻学生模样的人在诊所内进进出出。李远期也曾经在他那里兼职。

2011年6月1日晚上，江苔市开始突降暴雨，诊所不远处的一个水果店老板听到街上的狗叫了一整夜，他以为狗是被雷声吓的，没有在意。第二天五点多，他照常起来搬水果，街上灰黑的雨水已经积了薄薄的一层，远远看去，所有的建筑都像矗立在无边无际的河水中。路灯还亮着，像一柄柄昏黄的刀刃，刀尖向上，刀柄融化于一扇扇卷帘门下。他走了两趟突然发现，牙科诊所卷帘门下的雨水颜色不对劲，像条黑蛇尾巴似的从卷帘门下钻出来，随着水流蜿蜒。他赶紧拍了拍门，没有人回应，于是赶紧找来一根铁棍撬开了门。

路灯的光蔓延进诊所，段锐锋趴在门厅的地板上，血像一张黑红的蛇皮，从他的身子下面一路铺展到门口。

经过法医检测，段锐锋的死亡时间是前一天晚上十一点四十左右。身上有明显的搏斗痕迹，打斗地点是办公室，段锐锋后脑勺曾受过猛烈撞击，但不是致命伤，真正的致死原因是颈部的刺伤，法医根据伤口的形态推断，凶器应该是一柄长4—5厘米的剪刀，剪刀从右颈斜向上刺入，刀尖插入右颈总动脉，造成总动脉破裂。死亡之前，段锐锋从办公室一路爬到了前厅，最后失血而死。

现场没有找到凶器，凶手在行凶后曾仔细清理过现场，所以暂时没有找到凶手的DNA和指纹。

位于办公室的保险箱敞开，里面空无一物。死者的儿子段正翼告诉警察，他见父亲打开过一次那个保险箱，只记得里面有十万块钱。警方核对了诊所内的财物，一同丢失的还有段锐锋的手表和手机，暂时没有发现其他物品丢失，凶手的犯罪动机暂定为抢劫杀人。

警察在段锐锋的手心里发现了一枚紫色的圆形亮片，这种亮片很明显是衣服上的装饰物。经过走访询问，以及调查与段锐锋有交集的关系人，警察发现曾在诊所兼职的学生李远期穿过这样一件有亮片的衣服。

警察锁定李远期之后，李远期就失联了。最后一个见过李远期的人就是水果店老板，案发前一晚，他曾看到李远期在诊所附近转悠，但是并没有进入诊所。

之后几天，警察把当天晚上在诊所附近的人都盘问了一遍。除了水果店老板，还有一个修车店员工当晚也在店里睡觉。不过他也只听见了狗叫声，连打斗声都没听见。牙医诊所内原本有一个监控，但是被提前拆下。门诊前面的监控也由于接连的大雨导致短路，没有拍到任何有用的信息。

几天后，李远期的外套在南营河下游被找到，经过比对，外套上的装饰物与牙医手里的亮片相吻合，但是李远期本人下落不明。

报道上的信息大致只有这些，和那个耸人听闻的题目配合在一起，人们轻而易举地就能联想到那个"农夫和蛇"的故事。寓言故事的好处，就是不需要认识故事里的人，也可以对他们的一生指指点点。

没有人知道的是，高考前一天，警方解除了对案发现场的封锁，有一个穿绿色雨衣、涂着鲜亮指甲油的人在诊所门前献了一束菊花，里面塞了一张小小的贺卡。

贺卡上用钢笔写着：段锐锋，希望你一辈子都在地狱。

可惜，那一天的雨太大，这行字很快就化作几行蓝色的斑痕，和那个身影一起，消融在密林般的雨幕里。

09 血迹

如果能找到知道案子的人，或许也能找到关于这笔钱的解释。

吕东鸣在门口站了整整五分钟，确认里面没有声音之后，轻轻取下电子门锁的电池，用备用钥匙开了门。

他本想趁姚蔓睡着，再去确认一下箱子里的东西。可是屋里一片漆黑，只有洗手间的灯透着亮光，却没有一丝声响。

吕东鸣往前走了几步，空气里有股奇怪而熟悉的味道，像蛇的芯子，勾勒出一种难以言说的恐怖氛围。隔了几秒，他反应过来，是血。

吕东鸣立刻冲进洗手间，然而没有人。只有洗手池上凌乱地堆放着洗面奶、润肤乳，还有一卷小小的绷带。吕东鸣的目光在狭窄的洗手间扫视，最终停在不锈钢水龙头上。

光洁如镜面的把手上，有一滴褐色的血。

姚蔓不在家，电话也打不通，一直提示已关机。

姚蔓平时除了去超市买菜很少出门，也不和邻居交流，在一起这么多年，她几乎没有夜不归宿过。现在是凌晨一点，她能去哪里？如果突然有事,为什么不和自己说?

他想到上个月,曾经看到姚蔓的手腕上箍着一个护腕,还以为姚蔓自己在家健身,联想到刚刚那滴血,吕东鸣心里的不安越来越大,他在屋里焦灼地踱步,走到餐桌的时候,突然看到蛋白粉的塑料桶下面压着一张字条。

老家的房子塌了,我回去处理一下。估计一两周就回来。那边信号不好,没有急事不必联系。

是姚蔓的字迹和语气。
看来姚蔓没事。吕东鸣松了一口气。
可是,这么巧吗?
那张寻人启事上写着"姚家村",他本来准备明天去那里看看的,顺便问下有没有知道这个案子的人。结果现在姚蔓说她在那里。从认识到现在,他从没去过姚蔓的老家,也没听她提过,怎么偏偏今天出了问题?姚蔓知道自己要去吗?
吕东鸣放下字条,快步走到阳台上。
碎掉的箱子还在,可是除了衣服,再也没有其他东西。
吕东鸣仔细翻拣着这堆散发着霉菌气味的衣服,从大小和样式上来看,不可能是父母的遗物,更像是未成年少女的风格,大部分衣服上都镶着亮片。不像是姚蔓的,她的穿着一向朴素简单,吕东鸣不记得她穿过这种风格的衣服。
亮片。
他想到了那张寻人启事,李远期失踪的时候,穿的好像也是一件带亮片的衣服。
如果这些衣服是李远期的,姚蔓为什么一直带在身边?箱子里除了钱，她还带走了什么？

吕东鸣一屁股坐到沙发上，掏出手机，翻出下午拍的照片。

下午，他改了私教课的时间，开车去了新闻里提到的育麟街，想找找锐锋口腔诊所的旧址。

说实话，他对这个案子并没有太大的好奇，那则短短的报道里虽然没有讲更加具体的案发经过，但是看起来非常简单明确——一个人为了十万块钱杀了一个牙医。

这笔钱是最让吕东鸣疑惑的一点。虽然2011年还没有普及移动支付，但是牙科诊所不是银行、当铺，一个牙医为什么在诊所里面放这么多现金？一个牙医真的能赚这么多钱吗？还有，李远期又是因为什么动了抢劫杀人的念头？

虽然没有直接证据证明姚蔓箱子里的钱和案子里丢失的是同一笔，可是寻人启事、箱子里的东西都指向李远期和姚蔓两个人的关系非同一般。他害怕的就是这个。一个人抢了钱杀了人又消失了，钱却出现在姚蔓手里，怎么想都觉得不对劲。

还有一点让他不舒服，认识这么多年的妻子居然会对自己隐瞒一个这么大的秘密，那种不安就像家里的一盆绿植突然开口说话了一样，你既不相信这是真的，又想弄清楚这一切到底是怎么回事。

如果能找到知道案子的人，或许也能找到关于这笔钱的解释。

吕东鸣重重踩了一下油门，后视镜上挂着的全家福晃晃悠悠，一家三口笑容甜蜜，他望着后车窗里扬起的烟尘和逐渐远去的城区。

育麟街在老城区的最西边，却没有继承和老城区一样的命运。那里依山傍水，和邻市的一片风景区接壤，从很多年前就开始盖别墅和度假村，曾经一度烂尾，后来被政府接手了。自从那一片建设好之后，江苔就流传起"西贵东穷，北新南旧"的说法，据说现在住在那里的都是一些有钱人。几年前，吕东鸣带着姚蔓参加过一次露营活动，露营地点是一个小山头，可以远远看到下面一片小别墅楼，如镶嵌在铝塑板里的药片一样洁白整齐。那天晚上，两人喝着酒，缩在帐篷里，吕东鸣指着那一小排别墅，说希望有一天两个人也能住在那种地方。姚蔓没有说话，只是侧着头，静静地盯着一个方向看了很久。

现在想想，姚蔓盯着的，就是育麟街的方向。

语音导航提示还有五分钟到达，道路两旁看不到城市街景，几乎都是闪着银光的植被，写着"育麟街道"的蓝色路标出现在道路旁。吕东鸣把车停到一小排商业街的路口。

虽是夏末，空气却比盛夏的时候更加闷热，蝉鸣仿佛浸泡在开水里一样。

吕东鸣打量了一下街巷，马路两边都是商铺，小吃店、蛋糕店、手机维修店、超市等等，几乎都是两层楼的布局，一楼开店，二楼住人。与城里聒噪的商业街不同，这里的每家店都给人一种假装在营业的感觉，店员躲在柜台里，喊好几嗓子才能出来。大部分的店员得知吕东鸣不是买东西，而是打听什么案子，基本都一脸晦气地挥挥手，说店是新开的，上哪儿知道十几年前的事。

一路问到街尾，终于有一个烟酒超市的老板表示听说过这个案子。老板是个矮矮胖胖的中年人，正在整理货架，他说自己的老爸当年在这儿开水果店，就是他发现的尸体，还报了警。

"您父亲现在在哪儿？能见见他吗？"

老板指了指脑袋，摇摇头："这儿不行了，连我都认不出来，你能问他什么？"

"那他有没有跟你讲过跟这个案子有关的事？"吕东鸣还是不想

放弃,"或者您还认不认识知道这个案子的人?"

老板皱了皱眉,看上去有些警惕,问吕东鸣是干什么的,吕东鸣随口撒了个谎,说自己是电视台的,跟踪一下当年的案子,如果有新的消息,可能带团队过来拍片子。

得知自己有可能上电视,老板突然有了兴趣,从茶几上拿出一根烟递给吕东鸣,吕东鸣盯了几秒,摆摆手。老板笑笑,叼在嘴里,啪的一声点燃。烟草被点燃的声音总是很悦耳。吕东鸣后退了一小步,强迫自己从点燃的火星上移开目光。

"我认识他儿子。"老板喷出一口烟。

"他有个儿子?"吕东鸣忘了屏住呼吸,咳嗽了几下,"他现在在哪儿?"

老板走出店门,往十几米开外的地方一指,说:"关门的那个就是。出事的诊所也是那儿,我爸说牙医把那个门头买下来了,二楼自住,出了事之后没人敢租,闲置了好几年,他儿子就接手了。"

明晃晃的日光下,街道上统一的蓝底白字招牌,一行字刺到吕东鸣眼前——正蔓工艺品装饰。

正蔓?刚刚只顾着问人,根本没有注意到商铺的招牌。吕东鸣突然觉得一把图钉撒到了他的喉咙上。

"他儿子叫什么名字?"吕东鸣声音发紧。

"我还真不知道,我跟他不是特别熟,他有时候过来买点矿泉水、零食什么的,我们就顺嘴说两句话……"老板深吸一口烟,眯起眼睛,"我爸好像叫过他的名字……好像叫正义,反正是个挺好的名字……"

段正义?这个名字,总觉得在哪里听过。

吕东鸣努力让自己冷静下来。正,蔓,会是巧合吗?

不知道是这个招牌带来的不祥预感,还是萦绕在周身的烟味的缘故，吕东鸣觉得心烧灼起来，他用力搓了搓鼻子，烟瘾犯的时候鼻子总是会痒，像四周飘着看不见的鹅绒。他强迫自己不要看货架上那些花花绿绿的小盒子，转而从冰柜里拿了一瓶冰水放在鼻尖。

"你怎么了？"老板看出他脸色不太对。

吕东鸣摆摆手，指了指那家店："老板什么时候回来？"

"昨天刚回来一次。"

"他平时都不在？"

"两三天回来一次吧，这儿生意不好，他养了条狼狗，时不时就回来喂一下，不过从来没见他遛过。"

吕东鸣点点头。

"行，我回去跟领导报一下选题，"吕东鸣还没忘之前撒的谎，他拿出随身带的笔，在一张空白纸上写下了自己的联系方式，"要是您想起什么跟案子有关的事，随时跟我说。不管用不用得上，肯定给您报酬。"

"对了，"吕东鸣突然想起自己还有一个更重要的事没问，走了两步又折返回来，"我看到新闻里说，牙医被抢走了十万块现金，您父亲有没有和您说过，这个牙医还有什么别的副业？还是说，那时候的生意就是那么好？"

老板突然露出一个意味深长的笑："你也听过那个传闻，对吧？"

"什么传闻？"吕东鸣一头雾水。

"我也是听说的，"老板神神秘秘地压低声音，"都说那个诊所就是个幌子，私底下在做见不得人的生意……"

"什么生意？"

"还能是什么？拉皮条呗。"

10 招牌

不，在今天之前，他自认为是了解姚蔓的，她像透明的水一样，喜怒哀乐都很好猜，也不存在什么秘密。

两点了，吕东鸣毫无困意。他又一次拿出手机，点开下午拍的照片。

正蔓工艺品装饰的招牌鲜亮崭新，门楣上镶着"育麟街624号"的小蓝牌，没有监控，两米多宽的灰色卷帘门坑坑洼洼，厚厚的灰尘上有几枚清晰的手印，其他地方贴满了修下水道、开锁的小广告，下面坠着一个沉重的铁锁。吕东鸣试图掀开卷帘门，透过门缝，看到好几个黑漆漆的影子，仔细看才发现是凝固的工艺品。楼上隐约传来狗叫，二楼的窗户被那个铁质招牌死死挡住，好在，右下角留了一行电话号码。

吕东鸣把电话号码输入屏幕，手指悬停在拨打键上。

事情的发展有点超出他的预料，本来他就是想去碰碰运气，没想到真的碰着了。这本来也是计划内的一步，找到跟牙医有关的人，不管是亲人还是同事，只要问到这个案子的后续，打探一下那笔钱的下落就行。万一钱已经找回来了呢？万一警方后来找到李远期了呢？总之，只要确定和姚蔓无关，那他就可以放下心来，找个时间和姚蔓好好聊聊。

可是这个招牌和传闻像从天而降的两个刀片，倏然穿过他的身体，很疼，但找不到伤口在哪里，因为一切都是推测。

先说招牌，"正蔓"的"蔓"字，和姚蔓有关系吗？这么小的地方，也不是不可能，更何况，姚蔓认识李远期，李远期杀了牙医，那么牙医的儿子很有可能和姚蔓认识……这三个人究竟是什么关系？还有那个有点离谱的传闻，拉皮条？如果是真的，说明李远期不单单是抢劫杀人那么简单了。不过超市老板说他没什么证据，警察也没往这个方向查，应该就是传闻而已。

无数的念头像接触不良的灯泡一样一明一灭，搅得吕东鸣心生烦躁，鼻子又开始痒了。他干脆起身，来到厨房给自己倒了一杯水。

冰箱上还贴着几张合影，大部分都是结婚之前拍的，空白的地方留着发黄的胶痕，那里以前贴着谱月的照片。正中央是姚蔓和吕东鸣结婚一周年纪念日的合影，好像从那之后，他们就没有再过过结婚纪念日了。

吕东鸣凝视着照片里姚蔓的眼睛，还是那张脸，却突然有了一种陌生的感觉。从认识到现在，六年了，经历了恋爱，结婚，生子，还有谱月的离世，两人几乎朝夕相处，按理说他们之间应该越来越了解对方才对。不，在今天之前，他自认为是了解姚蔓的，她像透明的水一样，喜怒哀乐都很好猜，也不存在什么秘密。她为什么一下子变得这么捉摸不透，他对她反而不如当初认识的时候更了解了呢？

他还记得第一次见姚蔓的时候是 2018 年，他在江苔一中当体育老师。那天临近放学，有学生把排球打到了操场边缘的围墙外，他就让学生先下课了，自己翻墙去捡。

围墙外是一条宽阔的柏油马路，前段时间这条路被纳入整修规划，政府重修了马路，种了绿化带，给马路对面的公交站修了一个带遮阳棚的候车亭。正值中午，没什么车，刚铺好的沥青路面像张发烫的粘鼠板，散发着机油和香樟混杂的气味。候车亭里挤了一堆学生，由于人太多，还有几个小孩站在遮阳棚外，掀起绿校服的下摆遮挡太阳，像浮萍一样挤挤挨挨。

　　遮阳棚下，一个穿着一条蓝底白花长裙、拎着红色帆布包的女人，看了眼遮阳棚外的小孩，走出去，把孩子轻轻推到阴影里，自己则站在了阳光下。那时的姚蔓头发很长，垂到腰间，露出一截白到发亮的脖颈，她没用手遮挡太阳，也没扇风，灼热的阳光仿佛饶恕了她。车来了，还没停稳，浮萍推挤动荡，所有人一个劲地往前蹿。她轻轻闪到一边，伸出手，护着学生一个一个登上了车，她最后才上去。

　　车门关上，姚蔓修长的手指攀上拉环，抬头往吕东鸣的方向瞥了一眼。

　　就这一眼，吕东鸣彻底沦陷，后悔当时为什么只是待在原地，而不是立刻跑过去找她搭话。不过他注意到那个帆布包上的图案好像是江苔市少年宫的标志，离江苔一中不远。于是当天下午他就请了假，跑到少年宫，一间间教室找，终于在顶楼的美术教室里发现了坐在教室中央，正在当写生模特的姚蔓。

　　他跟少年宫的老师打听到，姚蔓并不是那里的老师，只是助教，来了一年，一直是单身。

　　从那天开始，吕东鸣几乎每天下班都会跑到少年宫等姚蔓，等了整整两个月才要到她的微信。但是在一起的过程并不顺利，吕东鸣以前追女孩的经验都派不上用场。他请姚蔓去高档餐厅，姚蔓坚持AA，连打车钱都要算清楚还给他。姚蔓不喜欢收礼物，就算是一束玫瑰花，她都要回一个差不多价位的东西，生日礼物也是有来有往。有一次，吕东鸣发现姚蔓经常背的一个绿书包的拉链坏了，于是托人买了一个最新款的香奈儿背包，在美术教室外面送给了她，周围一片艳羡起哄的声音。姚蔓看了一眼包装袋，笑了笑，放进了衣柜。等到晚上两人一起回家的时候，姚蔓还是把袋子还给了他，淡淡地说："书包拉链修一下就好了，还能接着用。如果我想换包，我可以自己买。谢谢你的好意。"

吕东鸣回去看了看，袋子完好无损，连包装都没打开。

吕东鸣在姚蔓那里感受到了从未有过的沮丧和困惑，他感觉自己和姚蔓的关系，就像一个扔在水里的乒乓球，要自己使劲按着才能沉进去，一不留神一松手，球又瞬间弹回水面。可是，她如果不喜欢自己，为什么答应和自己出去？她如果喜欢自己，为什么不同意在一起？难道姚蔓在嫌自己的家境？

的确，他不是本地人，他的老家在距离江苔两百多公里的地方，叫盐洋，是一个比江苔还小的沿海小城。他的父母一辈子没离开过那个马路上都嵌着鱼鳞的小城，从出海捕鱼的渔民一步步奋斗到海鲜市场的批发商贩，再到如今开水产超市的小老板，他们用一船船的鱼虾蟹贝把他和姐姐拉扯成人，还成了渔村里第一个在城市买房的家庭。他的家庭条件在盐洋算是好的，他大学一毕业，所有的亲戚都赶着给他介绍对象，但是他不想和父母一样一辈子留在家乡。好在他的父母也很开明，支持儿女出去闯荡，吕东鸣的姐姐考上了一所美国的大学，还在那里结了婚，好几年没回来了。他成绩不好，只考上了江苔的一所体育学院，本来他还想毕业后去北京闯闯，但是江苔生活安逸，美食也多，好朋友也都是江苔的，所以他一毕业就把去北京的事忘到了脑后，在江苔一中当了老师。

自己家的确不是大富大贵，但也算小康，他的自身条件也不错，上学的时候还有人说他长得像潘玮柏,当了老师之后天天有人要给他介绍对象。而且姚蔓无论从衣着还是打扮,都不像他高攀不起的富二代,他不知道问题出在哪里。巨大的挫败感让他打了退堂鼓,思来想去,他决定再试最后一次。

他约姚蔓去学校后街的一个烧烤摊喝酒,那天晚上他一个人喝了大半箱啤酒,借着酒劲把自己对姚蔓的喜欢、自己的父母和姐姐、五年级尿裤子、大学在球队被排挤、初恋初吻初夜全都抖搂了一遍,后面又说了什么他已经不记得了,只隐约记得姚蔓问了他一句:"如果在一起的话,可不可以不要问我以前的事?"

他点点头,然后一头栽进花生壳里,第二天在自己的卧室醒来,兜里还揣了一把花生。想起昨晚在姚蔓面前出的糗,他以为自己再也没有机会了,没想到,姚蔓却同意和他在一起了。

吕东鸣也遵守了承诺,没有问她以前的事,他一直觉得,姚蔓不想提的"以前的事",或许是某个让她至今难忘的前男友。一开始他还有点难受,但是渐渐就忘了,因为姚蔓的生活简单得像一杯清澈的水。

他带姚蔓回去见父母,一向挑剔的母亲对姚蔓赞不绝口,说这样的女孩才能踏踏实实过日子。哪样的女孩?无非就是朴素、温柔、会照顾人,而且姚蔓的父母也不在了,她像一株没有任何枝丫的小树枝,可以毫无牵挂地嫁接到他们家里,成为他们中的一员。

他选在姚蔓二十六岁生日那天跟她求了婚。戒指很小,因为他知道送大送小对姚蔓来说没什么区别。送戒指的方式也很俗套,藏在蛋糕里。他神色紧张地看姚蔓吃下那口蛋糕,下一秒,姚蔓的牙齿被硌出了血。他手忙脚乱地抽纸巾给姚蔓,姚蔓却一个人冲进了卫生间。过了一会儿,姚蔓出来了,冲他笑了笑,将那枚洗干净的戒指戴在了自己的无名指上,一个约定就这样成了。

现在想想，在这段感情里，似乎每一步都是自己在做决定，在推进关系，姚蔓一直是随波逐流的状态，像一盆含羞草，靠近的时候才会有回应。以前，他只是觉得姚蔓性格冷淡，不善言谈，现在想来，他只觉得困惑。姚蔓真的爱过自己吗？不拒绝爱意，也可以理解为爱吗？

姚蔓不想说的以前的事，会不会和那个牙医的儿子有关？

吕东鸣停下脚步，拿出手机，把那串号码输入微信，点击，弹出来一个名片。已经添加过了。

是"段正翼"，他写的备注是"圣诞装饰"。怪不得觉得耳熟。

去年健身房的圣诞节活动，吕东鸣从本市评价最好的一家饰品店预订了一批装饰花环和圣诞树，他隐约记得送货的是一个身材高挑的年轻男孩，戴着口罩，帮忙装了圣诞树，挂了很多灯饰。那天，姚蔓也在。吕东鸣一整晚都在忙着招呼客人，根本想不起来那天晚上姚蔓都干了什么，有没有和什么人交谈过。

吕东鸣点开段正翼的朋友圈，一眼就看到了背景图。

那是江苔一中校门口的两棵芙蓉树。

江苔一中。

姚蔓的母校。

22 金箔

"要怎么才能过上这种生活?"

自从那天,任钢不打招呼地出现在姚蔓家里之后,两家人的生活都发生了剧变。

他对梁生枝和姚启顺介绍自己,用的身份是李远期的小叔,因为怕李桃玉母女在外面讨生活,容易被欺负,他专门从老家过来保护她们。

这当然是谎话。

姚蔓还记得李远期听到这句话时,用力攥紧了拳头,她死死盯着任钢,好像一只瞄准鬣狗脖子的鹰,姚蔓觉得如果不是自己用力拽住她的胳膊,她一定会毫不犹豫地扑上去。任钢却装出一副亲切的样子,说好久没见又长高了。

李桃玉站在一边,应该也没有从当时的状况里反应过来,只能顺着任钢的话点了点头,略显歉疚地看着姚蔓父母。梁生枝没有说什么,因为租房的时候并没有规定那两间屋能住几个人,梁生枝也没有立场赶任钢出去,更何况,她怎么会想到这三个人之间真正的关系是什么呢?

姚蔓还记得，那天晚上，两家人的灯很晚都没关。梁生枝在客厅小声对姚启顺抱怨："说好母女两个人，我才同意的，清净，还能跟蔓蔓做个伴。现在倒好，又来个男的，房租又不能涨，那大文身，看着就吓人，别到时候又是个麻烦。"

姚蔓趴在窗户前，看着李远期他们屋里晃动的人影，能看到他们在争论着什么，但是听不清，只能从动作上猜出，任钢在屋里悠闲地踱步、抽烟，李远期一直在安抚哭泣的李桃玉。

没一会儿，门开了，姚蔓看到是李远期。她走到姚蔓卧室的窗前，轻轻敲了敲，从窗缝里递过来一张字条。

对不起，我们会尽快搬出去。希望我们以后还是好朋友。

姚蔓赶紧打开窗户，叫住李远期，偷偷拉着她来到厨房，两人蹲在漆黑的角落很久没有说话。锅台的油污和剩饭剩菜的味道包裹着两人，水滴落的声音像节拍器一样在空气里回荡。

"你们要搬到哪里去？"姚蔓小声开口。

李远期摇摇头："总之先换个地方，不能让你们沾上这个麻烦……"

麻烦，的确是。可是她们能搬去哪里呢？再找个像江苔一样的小城市？万一又被找到呢？难道要一辈子过着像逃犯一样的生活？可她们犯了什么罪？

姚蔓只觉得胸口发闷，很多话堵着说不出来。如果告诉父母呢？他们可以帮忙赶走任钢，毕竟这是自己家。

李远期好像猜到了姚蔓的心思，轻声说："赶走任钢是没用的，他说以后我们住哪里他就住哪里，不让睡屋里就睡门口，总之，他不会再让我们跑了。如果不给钱，他就每天去学校闹，让所有人知道我是他老婆这件事，逼我退学……"

"真无耻。你们怎么可能一下子拿出那么多钱?"

"他说一下子拿不出来就一点一点还,什么时候还完他就什么时候走,我们甩不掉的……"

院子里有动静。任钢出来了,在院子中央悠然地点了一根烟,烟雾腾飞,像一团幽魂飘在他的周围。

姚蔓心里突然涌起一股前所未有的愤怒,从小到大,她很少发火,也没什么主见,连买个发卡都要梁生枝给她挑颜色,但是此刻,一个坚定的念头突然在她脑子里扎根,怎么赶都赶不走。现在想想,那种心情或许就是有一只手在漆黑的水里浮动,即将沉没,只有你看到了,而你的手指刚好碰得到。

"现在把你们赶出去,我做不到。"姚蔓听到自己的声音微微发涩,"我会劝爸爸妈妈的,你们不要走,他不就是要钱吗?你也可以反过来拿这一点保护自己。"

李远期有些惊讶地看着姚蔓。

"既然可以慢慢给,那他就不敢对你们怎么样,十万块,早晚有一天会挣到的。而且光天化日,又在江苔,他也不能逼着你去结婚。"姚蔓的喉咙越来越紧,"我看到电视上说,在北京、上海工作的人,一个月就能挣好几千,很容易的。你得熬过去,不能让他毁了你的生活……"

"可他以后会住在这里……"

姚蔓打断她:"有我爸妈在,他敢做什么?出了事我们也可以报警。你们要是搬走和他一起住,只会更危险。"

"谢谢你,姚蔓,"李远期的眼睛在黑暗里闪闪发亮,"我不知道该怎么报答你。"

"报答?"姚蔓没想到李远期会用这么老气横秋的词,她笑了笑,从架子上摸出冰糖罐,自己吃了一颗,又给李远期一颗。她在黑暗中想了想,轻轻说:"如果你想报答我的话,就教我学习吧。我知道你成绩很好。"

"学习?"

"对,"姚蔓把冰糖咬碎,牙齿传来一阵轻微的刺痛,"其实……我想考江苔一中。"

本来,江苔一中完全不在姚蔓的人生规划里。

刚上小学的时候,姚蔓的成绩其实还不错,偶尔甚至会考双百,可是梁生枝并不会像别的家长那样,看到这么漂亮的数字会骄傲地对她大夸特夸,或者带着姚蔓去吃好吃的,而是很平淡地点点头,说一句"能识字就行"。有一次,姚蔓赌气,故意考了两个不及格回来,梁生枝看到了也没有生气,还是那句"能识字就行"。

在梁生枝的观念里,识字太多并不是一件好事。为了照顾家里的弟弟妹妹,她十四岁就远离家乡到处打工,十八岁那年,她在一家夜校当食堂工,认识了每天只吃一个馒头、整天抱着书本的姚启顺。她没有上过学,只会写自己的名字,非常羡慕看书多的人,所以对当时纤弱瘦高、眉宇忧愁的姚启顺有着金沙金粉般的滤镜。可是这么多年过去,梁生枝发现姚启顺脑子里的知识并没有让他们的生活变得更好,反而变成了一种拖累。

后来姚蔓才知道,父亲和高厂长曾经是同班同学,姚启顺的学习成绩是班里的前几名,考上大学板上钉钉。可是高考前一天,姚启顺突然上吐下泻,高烧不止,医生说是因为情绪紧张导致的。高考当天,姚启顺拔了针头跑去考场,结果自然可想而知。他不甘心,又去夜校复读了一年,可是依然没有考上,只好顺从家里的意思和梁生枝结了婚。从那之后,父亲的精神和他的身体一起垮掉了,什么工作都不想找,别人也不想用他,说他身上有种深深的晦气。他也心灰意冷,二十岁的小伙子像个退休干部一样每天在家对着墙打乒乓球,对刚出生的姚蔓也不管不问。姚蔓的爷爷看不下去,给老高厂长送了好几趟礼,说看在自己是老员工的分上,两个人的儿子又同学一场,拜托帮姚启顺谋个闲职。

所以从那年开始,姚启顺就在牙刷厂门口那座六平米大小的蓝玻璃房里当门卫了,平时除了开门关门,剩下的时间依然埋头读着那些"没有用的书"。

梁生枝对知识分子光环的憧憬就这样被消磨殆尽,她甚至觉得姚启顺身体不好是因为脑子里的字太多了,侵蚀了他的大脑,他才会整天垂头丧气,想一些不着边际的东西,实际上连蒜都剥不好。对姚蔓,她没有别的指望,学得好就学,学不好也不用强迫。在她的观念里面,女孩子终归是要嫁人的,只要能认字,会做简单的加减乘除,就不会在买菜的时候被骗钱。嫁一个什么样的人才是女人一生最重要的决定,而自己就是一个失败的例子。都说"知识改变命运",确实,自己的命运就是被姚启顺的知识活生生改变的。

自从发现好成绩也不会换来什么"奖励"之后,姚蔓也找不到什么努力的动力了。学习好像变成了一件可有可无的事情,母亲给她的人生规划是初中毕业后去市里学幼教,以后当个幼儿园老师,赚了钱回镇上买房,再找个门当户对的人结婚生子。姚蔓心里知道自己不喜欢这样的安排,可是又说不出来自己喜欢什么,将来想干什么。连"我的梦想"这种最简单的作文题目她都要看范文参考,然后硬挤出一篇"我的梦想是当一名救死扶伤的医生",可她连割破手指都害怕。

暑假热播的电视剧里,那个漂亮的女孩一眨眼就喊"我的目标是嫁个有钱人!",当时班里的很多女生都把这句话当作口号,姚蔓对此感到困惑。她们和自己一样,像从小生活在浑浊河水里停止发育的蝌蚪，根本想象不到岸上有什么，也不知道自己能变成什么。

小学五年级时，家里来了一个短租的客人，是个二十多岁的姐姐，名字很好听，叫秦明媚。她是北京人，大学毕业之后就开始全国到处转，专门找一些不太热门的城市生活一个月。江苔是她生活的第二个城市。姚蔓很喜欢她，不仅因为她声音温柔，身上有种奇异的香味，更因为她那台像书一样薄的电脑。那台灰黑色的笔记本电脑里盛满了姚蔓没见过的东西，秦明媚给姚蔓看自己旅行拍的图片，一些生活照，还有在北京的家。姚蔓最喜欢的一张，是她公寓的阳台。

照片里，那个半开放式的阳台种满了各种姚蔓没见过的鲜花绿植，叶片宽阔，秦明媚捧着一杯水望向即将隐没的夕阳，远处是密齿般的建筑和红虚线一样的车灯，宛如丛林碎钻。站在那么高的地方俯瞰城市，在某种意义上是不是也在飞行？那一瞬间，姚蔓似乎知道了自己一直想要抓住的东西是什么，她问：" 要怎么才能过上这种生活？"

秦明媚笑了笑："你长大了就可以。只要好好学习，考上大学，到时候去北京找我玩。"

考大学，就一定要考高中，这是跳不过去的。在秦明媚离开之后，"考上高中"这个愿望突然从一片混沌里挣脱出来。但姚蔓不敢告诉任何人，包括梁生枝，因为她不知道自己能不能做到。

很快，现实就给了她答案。梦想是好东西，但是在"想做到"和"做到了"之间，还有很多很多需要跨越的东西，尽管已经努力了，但是她的脑子好像一片漆黑，怎么都找不到开关，成绩自然纹丝不动。那种感觉就好像种子撒进土里，浇了水，却没有等来发芽一样失落。

姚蔓不知道自己少了什么。

直到看到李远期,看到那个在吵闹的教室里依然认真做题的身影,姚蔓心里的困惑变成了羡慕,那时候她还不知道是什么在支撑着李远期,只觉得她身上有股莫名的狠劲。她是为了什么在学习呢?姚蔓不知道,但是这个女孩身上的力量正是她想习得的。

从那天起,任钢真的住下来了,两间屋子,他住外面大的一间,李远期母女住里面一间。他就像个狱卒一样,用这样的方式看守着李远期母女。李远期告诉姚蔓,任钢同意以"分期"的方式给他这笔钱,每个月她们赚的钱都要分给他一半,至于多久付清,她算不清楚。不过任钢已经答应,只要一直给钱,他就不会做出伤害她们的举动。

于是那段时间,李远期、李桃玉和任钢像一个诡异的三口之家一样生活在一起。好在,任钢白天几乎不会在家,天一亮就出去,晚上醉醺醺地回来。李桃玉母女把里面的房间上了三道门锁,以免他喝醉闯进来。许是忌惮院子里有姚蔓父亲这个男人,任钢几乎没有闹过事,只有几次没控制住自己,砸碎了几扇窗户,除此之外,倒也相安无事。毕竟,他只要钱。

或许是因为内疚,为了弥补她们带来的"麻烦",李桃玉仅仅用了几天时间,就把姚蔓的家从头到尾换了个样子。

以前,梁生枝每天都要在嘴里检阅一遍家里需要处理的事情——厕所前面长苔藓的石板要刷,压水井的螺丝松了,还有院子中间那块种菜种花的小园子,杂草和烂根的菜占了一大半,不清理清理都没法种东西……以前每一天,她都要在早饭的时候说一遍,说完就去上班了,晚上回来再念一遍,念完就去洗澡睡觉了。一天天过去,石板还是长着苔藓,螺丝还是松的,菜园子的葱永远横七竖八,这个家像童话书里睡美人的玫瑰园,一百年过去还是老样子。

可是李桃玉破除了这个魔咒。姚蔓做梦都想不到，那个病恹恹的院子还能被打扫得那么干净透亮。不仅梁生枝抱怨的地方修好了，没注意的地方也被依次"救活"——常年堆放在门前的废白煤球成了门口丝瓜地里的肥料，院子的四角摆上了十几盆蓬勃明亮的鲜花，所有窗户擦得锃亮，每一扇房门都挂上了拼成繁花图案的塑料珠帘，连常年照不到太阳的厕所都亮堂堂的。姚蔓不止一次想，如果没有任钢，李远期母女的生活，该是多么清澈透亮。

为了尽快挣钱，李桃玉经梁生枝介绍，进牙刷厂工作了一段时间，但是工厂挣钱太慢，她也不识字，唯一的长处是做饭好吃。可是饭馆的薪资远远抵不上她折损的身体，最稳妥的方式就是自己创业。其实刚到江苔的时候，她就发现了这个小城隐藏的商机。

江苔的水道很多，靠近郊区的地方有很多水沟池塘，水流缓慢，长苔藓的石头也多，所以田螺的个头很大。她发现当地人很爱吃田螺，但是饭店很少做，嫌麻烦。而且田螺没有成本，是河神送给穷人的礼物。于是那段时间，她每隔两天就坐车去郊区捞回整整一桶田螺，放到一个大盆里吐整整三天的泥，再拿毛刷把每一个都刷得圆润透亮，纹路清晰，然后用尖嘴钳子的钳尾去肠，再清洗三遍。起锅烧黄豆油，上最好的葱、姜、蒜、花椒、八角、红辣椒，用大火痛痛快快地炒一大锅，然后放到小铝锅里，煤球炉煨着小火，用三轮车推到医院、集市或者车站附近售卖。白天生意不好，但是一旦夜晚降临，夜宵时间，那一锅田螺很快就销售一空。

姚蔓至今回想起来，还是觉得那是她吃过的最好吃的炒田螺，各种滋味汇聚在一个小小的螺肉里，像上瘾一样，吃得嘴角通红也不愿意停下，手指怎么洗都是一股鲜辣的香味。

后来摊子挪到了校门口，李远期放学后就会跑到摊子前帮忙，她并不介意别人知道那个头发花白、脸颊粗糙的女人就是她的母亲。放学的高峰期，家长、老师、学生，每个来往的人都必须经过校门外那条破破烂烂的水泥路，在挤挤挨挨的摊位、灰头土脸的摊主中间，李远期像一颗在灰尘里跳跃的露珠。

尽管这些小小的田螺赚了不少钱，但是每个月一半的收入都被任钢拿走，有时候他会拿走更多，只留给李远期母女一点生活费和学费，所以李远期的生活还是很拮据。她还是穿着那些旧衣服、旧鞋子上学放学，周围的嘲笑声也没有停止过。

所以，当姚蔓主动申请跟李远期同桌，和李远期坐到了教室的最后一排时，班里大部分人都不理解，姚蔓重新回到了她以前避之不及的"孤独"里。随之而来的生活，也没有想象中那么可怕——班里没有人叫她"蔓妃"了，也没有人来跟她分享零食、明星、八卦，情书也越来越少，好像只是失去了这些东西。

而这些小小的空缺，轻而易举地就被其他东西补上了。

从那时起，两个人几乎朝夕相处。在学校，只要自己上课打瞌睡，李远期就会把她拧醒。考得不好时，李远期会一遍遍给她讲错题。姚蔓觉得李远期的脑子里好像有个小灯泡，她说到什么，什么就亮一点，那些字母和数学符号在姚蔓眼里终于变成了有意义的东西。晚上回家，如果任钢在屋里，姚蔓就让李远期到自己的屋里和她一起做作业，晚上就可以顺理成章地让她在自己家吃晚饭，然后睡在一起。也是在那段时间，姚蔓发现李远期睡觉很不安稳，总是做噩梦并尖叫着惊醒。每次她都会学着妈妈的样子，轻轻抚着李远期的后背，哄她再次入睡。

姚蔓的变化，梁生枝看在眼里，她从来没有见过女儿这一面，心里既欣慰又内疚。姚蔓成绩单上不断上涨的数字确实抚平了她一部分焦躁，那段时间她很少发火，嗓门也小了很多，只要姚蔓开始写作业，她都会把电视的声音拧小。

直到今天，姚蔓都在怀念那段充满力量的日子，虽然那时候她还是不知道以后要成为什么样的人，但是她心里安定了很多，就好像一根纤柔的藤蔓，终于找到了可以依托的墙壁，她不知道墙的外面是什么，但是能清晰地感到自己的心和骨头都在发芽，想长出点什么。可李远期离开之后，它们又悄悄地死掉了。不过，那都是后话。

初一期末考试结束，李远期考了全年级第一，甩了第二名一大截，英语是全年级唯一一个满分。原本成绩处在全班中游水平的姚蔓也考到了第五名。

李远期的成绩震惊了全班，范老师念完那串成绩，教室里的嗡嗡声比李远期第一天转来那天还要大。之后几天，整天蔫头巴脑的范老师也开始变得红光满面，上课的声音也洪亮了很多，老远就能听到他在办公室里冲其他老师炫耀："我的班终于来了个好苗子！"

有一天下课，范老师把李远期叫到办公室，从抽屉里拿出一张申请表。

"这是咱们学校的一个奖学金，之前没什么人得过，我都差点忘了。"

范老师把表推给李远期。"标准也挺高的，必须是成绩优秀、家庭贫困的女生……"范老师顿了顿，"我看到你申请了学校的助学金，没什么问题，这个也申请一下，要是条件符合，每年还能多一千块钱。"

李远期接过，纸上写着"锐锋奖学金申请表"，上面是姓名、成绩、家庭成员等基本信息，下面用订书机订着一张小小的名片，写着"锐锋口腔诊所 段锐锋"。

"怎么还有一张名片？"李远期问。

"哦,这是个私人奖学金,申请的话,还得去找他面试一下。"

"面试?"李远期不解。

"也不算面试,就是核实一下情况,要是家庭条件非常困难,或者成绩特别优秀,他还有可能帮着出学费。"范老师往椅子上一靠,"放心吧,他是我老同学,人很好,做牙医赚到了钱,想回报学校。"

真是个好人。这是李远期当时的想法。

李远期谢过班主任,走出办公室,发现姚蔓等在门口,一脸喜悦,看来她已经听见了。

刚拖完地的大理石走廊反射着细碎的阳光,姚蔓举着申请表细细看着。

"真好,学习好还能挣钱!"姚蔓很羡慕,"我也要努力,争取下次和你一起申请。"

"你下次肯定可以。"

"你打算什么时候去面试?"

"范老师说下周末。你能陪我一起去吗?"

李远期拿起那张名片,指着反面印着的几行广告——"学生免费口腔检查,拔牙、补牙、洁牙、镶牙等八折优惠"。

"你把治牙的钱给我了,牙也得治啊。刚好可以让这个医生免费检查检查,说不定没那么贵。我觉得他是个好人,应该不会坑学生。"

那颗牙很久没疼,不说都忘了。姚蔓点点头:"没问题,我陪你一起去。"

"要是能通过就好了,最好能免学费,还能帮我妈减轻点负担。"李远期把申请表举在眼前,挡住太阳。

那张纸亮得像一张金箔。

12 鹅卵石

"我妈说大人就是这样,人情可以当钱花。反正他们不会做吃亏的事。"

尽管名片上有地址,但是位置并不好找。李远期和姚蔓从家里出发,坐了近两小时的公交车,换了三趟车才在一个叫"育麟天珍月子中心"的公交站下车。站牌很旧,尘土飞扬,远处可以看到很多小山和隐没其间的白色建筑,不远处是一片蓝色瓦钢板围起来的工地,工地西边有处两层楼的板房。看不到什么人影,只有起吊车像僵尸一样机械地挥舞,板房的窗户里冒着白烟,提醒着这里还有人存在。

两人趴在板房的窗户上往里看,有几个赤裸着上身睡午觉的工人,两人没敢敲门。李远期转头看到工地边上停着一辆破旧的银灰色面包车,车身上贴着"迅豹搬家"四个字,一个中年男人躺在驾驶室抽烟。

男人的手指被烟熏得焦黄,他捏起名片看了一眼,上下打量了一下姚蔓和李远期,一句话没说,随手指了个方向。李远期还想再问什么,却被姚蔓拉走了。

"怎么了?"李远期小声问。

"这里好奇怪啊,都没什么人。"姚蔓回头确认了一眼刚刚的面包车,男人还时不时回头瞥她们一眼,"你说诊所开在这种地方能赚钱吗?"

"我听范老师说,这个牙医很有钱,不靠看牙挣钱了。"李远期没放在心上。

两人又走了一小段,终于看到了一条小商业街,在拐角处找到了口腔诊所的招牌。

从门店看,也看不出什么"有钱"的迹象。招牌已经有些褪色,颜色接近于蓝白,广告上的女人明眸皓齿,但是脸色惨白。不知道为什么,姚蔓觉得这个女人看上去很熟悉。

门叮当响了一声,一个留着斜厚刘海的女孩含着一根棒棒糖走出来,年龄看上去比她们大一点,化着绿闪闪的眼妆,身上的香水味很刺鼻。看到姚蔓和李远期时她显得很诧异,也上下打量了她们好几眼,眼神和刚刚的男人很像。

没等两人进门,段锐锋就出来了。那是她们第一次见到段锐锋。

他身材高大,白大褂的衣角垂到小腿,身形笔直,步伐矫健,从背影看很像二十几岁的年轻人,但是他脸上皱纹很多,一笑就更多了,眼角像藏了两把小折扇。

"哪位是李远期?"段锐锋的目光在两人脸上来回打量。

"是我,"李远期朝他鞠了一躬,"这位是我朋友姚蔓,她陪我一起来的,她想检查一下牙齿,您这儿是不是……学生免费检查?"

"对。"段锐锋的目光在姚蔓脸上停留了一会儿,柔声问,"你怎么了?"

"我有一颗牙很疼,您能帮帮我吗?"

"当然。"段锐锋露出一个温和的笑容,转身面向李远期,"那不然这样,我先做本职工作,帮这位同学看看牙,你先在我办公室等一下,之后我们再聊。"

姚蔓躺在牙科椅上，段锐锋给了她一面小镜子，拿出一根探针伸进姚蔓的嘴里，一边解说一边让姚蔓自己看。或许是看到了自己牙齿上的黑斑，也可能是她第一次在一个男性面前这样张大嘴巴，姚蔓心里竟然涌起一丝羞耻的感觉，她屏住呼吸，生怕呼出不好的味道。但是段锐锋的目光一直垂落在她的齿间，熟练而没有一丝波澜，像在蚌壳里寻找珍珠。很快，他收起工具，说："只有一颗牙有轻微龋齿，补一下就行。"

"那要多少钱？"姚蔓漱了漱口，心里估算着段锐锋会说出的数字，如果大于三百，她就借口回去再想想。

"你爸爸妈妈是做什么的？"段锐锋话题转得有点快。

姚蔓有些意外，但还是老老实实回答："他们是牙刷厂的。"

"惠笑牙刷厂？"

"对，您知道？"

段锐锋点点头："我跟那个高厂长很熟……"他顿了顿，补充道："就是在一些场合见过几次。既然有熟人关系，我免费给你弄吧。"

"免费？"姚蔓很诧异，初二上学期她都被这颗牙困扰，生怕越来越烂，越拖越贵。但是在这个男人的口中，这件事似乎像吹走灰尘一样简单。

"你的牙不难弄，学生有优惠，也没多少钱，"段锐锋看了眼墙上的钟表，从抽屉里拿出一张表格，推过去，"填一下吧，我去后面做一下准备。"

段锐锋推门出去，姚蔓难以置信地看着手里的纸。

段锐锋提到的高厂长，姚蔓其实只见过几次。每年临近过年，母亲都要拉着她去高厂长家送礼。高厂长住的地方好像离这里不远，总之也是转好几趟车，再走一大段路，才能看到一扇金闪闪的大铁门，门口的保安拦住她们问好久才放行。这是最让姚蔓痛苦的过年回忆，她还记得母亲每次都会带上一只活鸡，装在百货大楼免费提供的袋子里，让姚蔓抱着，说可以保暖。姚蔓永远记得那些鸡的眼神，平静又惊恐，想逃又懒得动，就像自己一样。其实每次见高厂长的时间都不会超过五分钟，他连鞋都不让她们换，就在玄关处聊两句"客气了""过年好"，然后让她们把鸡和牛奶都拿回去，说牛奶喝不完。确实喝不完，姚蔓记得他家门口堆满了她见都没见过的牛奶箱和水果，玄关处放着一尊大而精致的送子观音，屋里的暖气和檀香的味道熏得姚蔓直迷瞪。

于是每次两人都要把这些东西再原封不动地拎回家。姚蔓曾问过母亲，既然知道送不出去为什么还这么折腾。梁生枝说："还不是为了你爸，要不是高厂长看在同学一场的分上不辞他，他现在连门卫都当不上，做人要知恩图报。"

姚蔓根本想不到，这种七拐八拐的人情关系居然能免掉一颗牙的治疗费。

她觉得有些不安，脑子里有两句话在疯狂打架，一句话是"天下没有免费的午餐"，另一句是"世上还是好人多"。她环视了一下诊所，墙上挂着医疗基本操作规范，还有好几面红通通的锦旗，写着"皓白无私 仁济苍生"之类的话，看上去不像骗人的地方。她记得诊所进门的地方还摆了一尊小小的观音像，和高厂长摆在玄关处的那尊很像，满屋子都是消毒水和檀香混合的气息。妈妈说，信佛之人必有佛心，再说，还有李远期在外面，能有什么危险？这样一想，第二个念头逐渐占了上风。

姚蔓拿起笔，稀里糊涂地填完了整张表格，事后她才回想起来，这张表不是病历，更像是一个内容繁杂的同学录，除了身高、体重、血型等基本信息，还有爱好、特长、家庭收入等等，但她当时并没有觉得有什么问题。

第一次补牙的感觉和在理发店的感觉很像,整个人被固定在一个位置,接下来就是一动不动地静静等待。尽管也有紧张和担心,可是只能全身心地交付信任给面前的人。好在,段锐锋莫名给人一种安心的感觉。他的手掌宽厚柔软,骨节隐藏在饱满圆润的皮肤下,指甲干净平整,掌心指尖温热,像河床上晾晒了一天的鹅卵石,靠近脸颊时,有微微的湿气。牙科椅的弯折刚好贴着身体的弧度,巨大的灯光夺走视野里的其他东西。段锐锋让她闭上眼睛,眼前只剩下一片落日般的红光,因为打了麻药,她能清晰地感受到牙钻针在齿间轻微游走的路径,但是不疼,给人一种被悉心照料的安全感。

姚蔓突然听到了一阵奇怪的铁链声,有人焦躁地在楼上将铁链拖来拖去,似乎想要挣脱开。她睁开眼睛,盯着声音发出的地方。

觉察到姚蔓的目光,段锐锋轻声说:"没事,我在楼上养了条狗。"

姚蔓没有多想,缓缓闭上眼睛。之后,耳边只有钻头发出的嗡鸣声,灯管的细小电流声,再往外,是窗外刮起的风声。不知不觉,她就陷入了沉沉的黑暗之中。

"一分钱没要?"李远期很意外。

"对,还说之后有什么问题还能再去找他。"姚蔓看着手里的名片,药膏的苦桔梗味还在齿间弥散,心里奇异的感觉还是挥之不去,"他说是看了高厂长的人情,可是高厂长应该连我叫什么都不知道。"

两人一前一后往车站的方向走着,夜幕还没降临,远处的工地亮起巨大的白光,四周也喧闹了很多。

李远期点点头:"我妈说大人就是这样,人情可以当钱花。反正他们不会做吃亏的事。"

"你说会有这么好的人吗?我们跟他非亲非故,给你奖学金我可以理解,为什么还给我免费弄牙?"

"我以前就想过,如果我有钱的话,我也会这样帮助别人的。我看到他办公室里挂了一张全家福,他有一个儿子,看上去和咱们差不多大……"

李远期突然朝身后的牙科诊所指了指:"对了,你知道广告上的那个女人是他老婆吗?"

"是吗?"姚蔓转头看向那个广告布。夜幕笼罩,灯光照在上面,女人的脸色显得更加惨白。

"他老婆好美,广告都褪色了,看不太出来,那张照片里她跟明星一样,"李远期突然转头打量了一下姚蔓,"说实话,跟你还有点像。"

"什么呀?!"姚蔓拍了李远期一下。

李远期笑了笑,若有所思地看向远方,语气里有些羡慕:"他们家应该很幸福吧,会去拍全家福,还把老婆的照片印成广告,每天都能看见……我妈妈说,对老婆好的人骨子里不会太坏的……"

姚蔓点点头,没错,他还养了条狗。

"你怎么样?面试通过了吗?"姚蔓突然想起今天的正事。

"挺顺利的,他说我成绩没什么问题,一定会拿到这个奖学金。"李远期眉头渐渐舒展,"他让我定期发成绩给他看,如果能一直保持这么好,之后几年的学费也可以帮我出。"

"你肯定没问题。"姚蔓舔了舔牙齿,有微微的酸涩感,她突然想起自己填写的那张表格,"他下午有没有让你填表格?"

"你是说有很多问题的那个?"李远期看向姚蔓,"写了,我还挺奇怪的,我又不看牙。不过他说是为了建档,就是资助过的学生都留一份信息。我看到他放到了一个很厚的黑色档案盒里,这些年他应该资助过很多人吧。"

"所以你面试了那么久?"姚蔓想起自己治牙的过程前后不过二

十分钟,却等了李远期快五十分钟。

"不是这个原因,"李远期低着头,有些欲言又止,"其实我在里面睡着了……"

"你也睡着了?"姚蔓在站牌下面停住脚,周围扬起细小的尘土,"你不是没有看牙吗?"

"对,就是你弄牙齿的时候,我在他办公室等你,他办公室里的沙发你看见了吗?白色的,很软,我坐着坐着就睡着了。被他叫醒的时候还有点不好意思,他说我才睡了五分钟,可我感觉睡了好久,我还做了一个特别奇怪的梦……"

李远期望向姚蔓身后的方向。一辆灰白色的公交车从墨蓝色的天际缓缓驶来,车灯鲜红,宛如赤目。空旷的地方风真大。

两人上了车,走到最后一排坐下。窗缝里都是风声,裹挟着李远期的声音,一句句钻进姚蔓的耳朵。

"我梦到,我好像沉到了一个很深很深的河底,但是没有水,周围很亮,有股很奇怪的松树香,我看到自己躺在一片很干燥的鹅卵石上,一动不能动,然后……然后,有人脱了我的衣服……"

"什么?"姚蔓大吃一惊,她想起自己在看牙的时候也睡着了,不过完全没有做梦,都不知道是什么时候结束的,"怎么会做这么奇怪的梦?"

"我也不知道,"李远期脸上现出一丝困惑,"肯定是梦,我还特意去厕所检查了一下,衣服扣子都没什么变化……我觉得好丢脸。"

"这有什么丢脸的?"姚蔓拍了拍她的肩膀,"就是一个梦而已。"

李远期望向窗外,瞳仁里闪烁着远处不知名的灯火:"也对,就是一个梦而已。"

23 蚊蝇

这么大的夜,怎么会装不下一个秘密?

那个奇怪的梦很快被她们忘在了脑后,因为不久之后,她们就在螺臼镇中学的礼堂里再次见到段锐锋。

他作为嘉宾站在主席台上,念着李远期的名字和奖金的金额。在稀稀拉拉的掌声里,李远期跑上台,从段锐锋的手里接过了奖状和那个薄薄的信封,段锐锋拍了拍她的肩膀,两人站在一起,面向镜头。那是他们的第一张合影。不知道是舞台灯光的缘故,还是李远期真的长大长高了一些,姚蔓觉得眼前这个穿着洁白衬衫、笑容灿烂的女孩和当时在街上拉着行李箱逃跑的女孩,已经完全是两个人了,看上去更自由、更明亮,虽然她那时候还没有逃离任钢的控制。

姚蔓坐在台下拼命鼓掌,心里却涌起难以言说的酸涩。李远期能够站在台上领奖,是因为她的成绩战胜了所有人,她用自己的能力获得了某些奖赏,这是公平的。可是任钢的存在又让姚蔓觉得,这世界毫无公平可言,一个人为什么要为了他没做错的事遭受惩罚?

刚开始的两年,任钢还算老实,按照约定,每个月都拿走李桃玉所赚的钱的一半。李桃玉和李远期会想尽办法留下一些。那时候李桃玉的田螺生意刚开始有了一点眉目，她在潭云街农贸市场里租了一个小铺位，那里以前是一片棚改区，附近有一个很大的菜市场，很多店铺门头都是居民自建的，深邃的街巷如蛛网般蔓延，隐匿着各种作坊，所以租金十分低廉。李桃玉的摊位旁边都是些卖包子、馒头、鸡蛋灌饼的店，她心思活络，没多久，就在"桃玉田螺"招牌的旁边又竖了一个小板子，添上了卤味、凉菜、咸菜、烤肠之类的小吃，买面食的人看到了也会顺带捎点凉菜回家，所以生意越来越好，放学早的话，李远期就会直奔摊位帮助母亲。

在李远期失踪一年多后，不知为何，南营河的田螺开始越来越多，卖田螺的人也多了起来。刚好北京的一个美食节目组来到这里，专门做了一期《江苔田螺》主题节目，一时间，不起眼的田螺瞬间火了。无数人慕名而来，政府反应也快，赶紧建了一条田螺美食街，顺势打造出"江苔田螺"的招牌，让小贩自由出街，开发田螺的各种做法。那一阵子，市里河道的田螺被搜刮得干干净净，人们便到水田多的乡镇去收集。然而这种田螺有别于螺蛳，不是一年四季都会繁殖，很快，田螺的生长速度赶不上食客的胃，端上餐桌的田螺越来越小，来的人也越来越少了。现在那条美食街还在，不过大部分都是卖臭豆腐或者烤串的，已经没几个卖田螺的摊位了。不过姚蔓每次经过那条街的时候还是会想，如果一切意外没有发生，说不定李桃玉今天已经拥有了自己的饭店，和李远期一起，在这里过着安稳的生活。

可惜，这些都不会再发生了。

升入初三之后，李远期的成绩考上江苔一中几乎没有悬念，姚蔓也可以踩线考入。本来以为一切都在渐渐好起来的时候，任钢突然像一团只生不灭的蚊蝇，开始频繁出现在她们的周围。

这几年不劳而获却有吃有喝，他两手一闲，就迷上了赌博。他常去的那家棋牌室就在农贸市场附近，每个月一拿到钱他转头就钻进去，赢了，就请棋牌室的人大吃大喝，输了，就去李桃玉的摊子前闹事，嚷嚷着让她们提前还钱。李桃玉拿不出钱的话，他就会把正在买东西的客人赶走，把调料盆和碗碟掀翻，直到找出钱盒，连零钱都一分不少地搜走。摊子上找不到钱，他就会去学校门口转悠，大摇大摆地跟在李远期的身后，直到李桃玉再次拿出钱为止。

班里开始出现谣言，说李远期招惹上了黑社会的人，还有人说她被校外的人看上了，也有人差点就猜对了，说小混混是讨债的。只是他们并不知道这里面的"债"是什么，再往里究竟有多么难堪。

那阵子，李远期母女每天的生活，全部决定于任钢捻开牌的瞬间，连姚蔓一家也跟着提心吊胆。梁生枝和姚启顺拦过几次，任钢倒也识趣，几乎不会在梁生枝和姚启顺在家的时候发疯。梁生枝提议让李远期搬到姚蔓的屋里，两个人一起睡，至少任钢不会骚扰到李远期。李桃玉内心感激，也为了减少任钢在家里闹事的次数，她时常睡在店里。菜市场的店铺不是用来住人的，又潮又湿，蟑螂不计其数，加上那个店本身就小，晚上要把锅碗瓢盆、剩下的食材全都收进去，才勉强放得下一张小床。插线板的线像藤蔓一样攀着墙壁，酱油调料和枕头紧挨着。李远期心疼母亲，却也无可奈何。

临近中考的时候，班里的气氛逐渐起了变化，对未来的不同选择把班里的人划分成了三派。一派决定一毕业就工作的，干脆不来学校了，要么已经开始挣钱，要么整日泡在网吧里享受"进社会"之前最后一点自由时光；另一派确定去职校的，也已经无心学习，每天敷衍地坐在教室里熬日子，打牌、睡觉、谈恋爱，明目张胆地捧着手机和漫画书。范老师也无心理会他们，对他们的要求就是不要打扰剩下一拨还想冲刺高中的学生。而那拨想考高中的学生，也收拾起懒散，开始认真努力起来。

可是这段时间,一直被范老师当作典范的李远期却渐渐变得不在状态。好几次,范老师让她上台做题,她都一脸茫然地拿着粉笔,在黑板上留下潮湿的手印。晚上做作业的时候,笔尖总是在一道题的空白处画来画去。只有姚蔓知道,是任钢影响了她,如果任钢的事不解决,李远期可能没有办法回到专心致志备考的状态中去。

真的没有解决办法了吗?在任钢闹得最凶的时候,姚蔓提出要报警,她从小跟着母亲看一些法制节目,隐约知道任钢的做法已经算是寻衅滋事,关几天也许还能让他老实一点。但是李远期每次都拒绝了。她不恨吗?不可能,只要任钢出现在李远期周围,姚蔓都能从她的眼神里看到那与日俱增的恨意。

有一天晚上,两个人做完作业,关上灯,躺在床上,各怀心事地盯着墙角照进来的月光。有一个问题一直在姚蔓的心中盘旋,她犹豫了很久,还是开口了。

"远期,你是不是有什么事瞒着我啊?"

这个疑问的产生源自一个月前的一件事。

那个晚上,任钢输了钱,喝得酩酊大醉,大半夜拎着酒瓶子在院子里发疯。偏偏那天姚启顺和梁生枝都在厂里值班,只有姚蔓和李远期母女在家。任钢一直在屋里找钱,整个院子乒乓作响,姚蔓听到李桃玉大吼:"你现在把我杀了我也拿不出钱!"

"拿不出钱就去卖啊!你们女的天生长着能赚钱的东西,干吗不用!"

"你给我闭嘴!"

"老子就不!我真是受够了!明天再看不到钱我就把证据交给警察,你自己选!"

后面紧跟着一阵扭打的声音,姚蔓生怕李远期出事,拿起扫把刚冲进院子，突然听到一声巨响，伴随着任钢撕心裂肺的吼叫声，一大团热气从李远期的屋里涌出来。热气散尽，一个暖壶壳躺在任钢的脚边，碎了一地的银胆映着李远期通红的眼睛。

所幸任钢没有大碍，装模作样地拄了两天拐杖，拿到钱之后就消停了，李远期也只受了轻伤，但是这句话在姚蔓心里划开了一道口子。

任钢说的"证据"是什么？"交给警察"是什么意思？难道任钢威胁李远期母女的东西，并不是什么"卖身契"吗？

难道李远期在骗我吗？

有了这个想法之后，之前的一切都开始摇晃，有了缝隙，一些疑虑缓缓渗进姚蔓的心里。是啊，任钢怎么看都不像是能借出十万块钱的人，就算真的借了，欠这笔钱的人是李远期的父亲，李远期和李桃玉完全不必这么忍气吞声。

好几次，姚蔓想问李远期任钢那句话是什么意思，李远期好像也觉察到了一样，开始有意无意地躲着姚蔓，放学之后直奔菜市场，甚至开始和班里一个叫丁葵的女生一起回家。因为丁葵的父母是卖鸡蛋灌饼的，和李桃玉的田螺摊子只隔两个铺子。

秘密有时候就是这样，无色无味，既可以假装什么都没有，也可以挡住一切，隔开距离。姚蔓不明白李远期究竟在躲避什么，原本以为亲密无间，共享最大秘密的人，突然变得遥远，有些毋庸置疑的东西也开始变得陌生。可是姚蔓不愿意。她既不愿意看着李远期在这个节骨眼上被拖累，又不想眼睁睁地看着她们之间的感情发生变化而无动于衷，所以她还是鼓起勇气问了出来。

李远期在黑暗中睁着眼睛，许久都没有说话，过了一会儿，姚蔓发现她在轻轻抽泣。

"你怎么了？你不想说也可以不说，没关系的。"姚蔓有点手足无措。

"姚蔓……对不起，我没有骗你……"李远期的眼泪滑下来，"我确实和任钢订过婚，但这不是他威胁我们的东西……我不知道该怎么跟你说……"

"到底发生什么事了？"姚蔓坐起身来。

"我不敢说，说出来，我和我妈妈就完了……"李远期捂着眼睛，声音颤抖如叶，"可是我真的好害怕……"

姚蔓在黑暗中静默了一会儿，门外隐隐传来父母的鼾声，屋里有细微的噼啪声，那是老屋的木门、木箱、木床趁着夜色伸展腰肢，角落里藏着黑，没有光照得到。这么大的夜，怎么会装不下一个秘密？姚蔓轻轻拧开旁边的灯。

"远期，我想知道。"隔着薄薄的被子，姚蔓握紧她的手，"无论什么秘密，我都和你一起承担。"

李远期也坐起来，蒙尘的昏黄光线斜斜透过蚊帐，像一张细密的网笼罩着李远期的脸颊。

这是姚蔓第一次听李远期讲她和她母亲的故事。

胎记

> 从辍学打工到谈恋爱,嫁人,回乡,留在这荒野烂地养活孩子,每一步都是自己做的决定,为什么又觉得不是自己选的呢?李桃玉想不明白。

    女孩在农村是没有隐私的,尤其是最穷苦的人家,尊严还没有一块完整的砖头珍贵。

    李远期已经不记得自己第一次"晒屁股"是什么时候了,只记得最后一次,是她六岁那年除夕。那时候她还叫方阿金。

    那一年接连下了几天的雪,白天雪便会融化,从屋顶、墙壁一滴滴渗进屋子,土墙上防雨的编织布本来就破了,整个屋里越发阴冷潮湿。到了夜里还有风,不大,却像一把把小刀,把窗户上刚补起来的塑料布划出一道道口子,顺带着捎来几声响亮的鞭炮声,还有掺在其中的笑声,更衬得房子里静如棺木。屋里唯一的灯泡悬在床头,李桃玉抱着李远期,一边哄她睡觉,一边把刚补完的袜子挨个翻面。

    方池忠看了看墙上的钟表,就着炉子上的煤块又点了根烟。那些煤块是从别人家捡回来的,有气无力地煨着一壶怎么都不开的水,炉火的火光还没有外面的雪亮,但也能照清楚他脸上的褶子和白胡楂,像团没搓开的麻绳。他咳了口痰,刚骂了一句"任新斌这个浑蛋还不来",就听见门外一阵嚷嚷:"这破门还留着干什么,合都合不上,还不如当柴火烧了。"

方池忠立刻掐了烟，站起身，脸上掬起鞋底子褶似的笑，迎上去，一口一个"任村长""吴支书"，还有"钢哥"，"钢哥"就是任钢，他是村长的侄子。当然，他迎的不是任新斌他们，而是任新斌手里的两桶油、一袋米、一袋面粉，最重要的是那个写着"特困户补助"的牛皮信封。没了这些东西，明天的年夜饭都不一定有着落。

往年，大年三十前三天，这些东西就能送到了，任新斌却送得一年比一年晚。方池忠知道是自己的原因，有一回他喝醉酒，说错了话，说任新斌小时候钻过他裤裆，尽管是事实，但是任新斌就此记恨上他了，村里有什么针对特困户的补贴福利，每回都把方池忠家排最后。方池忠敢怒不敢言，只能暗地里抽自己嘴巴子，钱和嘴瘾，他还是能分清什么对自己更重要些。

任新斌进了屋就夸张地搓手跺脚，像是没穿棉袄似的。他用新皮鞋的鞋底蹭平坑坑洼洼的黑泥地面，眼睛和嘴沿着墙壁巡视，从窗户缝开始啧啧数落，数落到炉子，到灯泡，到断了条腿用砖块垒砌的方桌子，好像生怕屋里有个瞎子，看不见这四周的肮脏与窘迫。

"给你的钱呢？都喝啦？起码把那门换了吧。"任新斌把脚边的一个空酒瓶一脚踢开，拿着信封直奔李桃玉，"桃玉姐，这钱这回必须给你，拿好，给孩子买件新衣服，别让那败家东西都喝了。来，咱们照个相。"

任新斌微微侧脸，身后的吴支书举起相机，李桃玉这才发现有个镜头一直在对着他们拍。迫于无奈，她一边偷偷看着方池忠的脸色，一边对着镜头挤出一个非哭非笑的表情。

拿到补助和福利，方池忠也不计较了，佝偻着背在屋里转来转去，让李桃玉去拿杯子倒点热水，冲着刚醒的李远期说："阿金，给村长表演个节目，让村长高兴高兴。"

李远期两眼迷迷瞪瞪，像条件反射一般，站起身，屁股一撅，把裤子脱了下来。

李桃玉像被烫了手似的"啊"了一声，飞快放下水壶，过去扯过一个被角给李远期盖上。

"孩子大了，不适合了。让阿金给大家唱个歌吧。"

方池忠的脸色肉眼可见地黑了下来。其他人却哈哈大笑，嘴巴里的热气甚至盖过了刚刚倒的热水。

"也是，孩子大了，又没太阳，别老让她晒屁股晒屁股的。"任新斌倒是没计较，拍拍床脚，选了块干净的地方坐下，"会唱什么啊？"

李桃玉帮李远期提上裤子："快，我这两天教你的，《送别》，快唱！"

李远期第一次在母亲的脸上看到那种神情，像是恳求，又像是恨，但不是恨李远期，而是她自己。母亲为什么看上去这么难过？是不是因为自己做了不对的事？李远期想哭，又觉得不应该在这个时候哭出来，她太小了，尚无法理解那时候究竟发生了什么，只能乖乖站起来，唱起母亲最喜欢的那首歌。

　　长亭外，古道边，芳草碧连天。
　　晚风拂柳笛声残，夕阳山外山。
　　天之涯，地之角，知交半零落。
　　一壶浊酒尽余欢，今宵别梦寒。
　　长亭外，古道边，芳草碧连天。
　　问君此去几时来，来时莫徘徊。
　　……………

任新斌那些人是什么时候走的，李远期不记得了，只记得那天晚上，父亲先是数落李桃玉不懂事，扫了兴，又转头骂李远期大过年的唱那么丧气的歌。然后他就拿着钱一头扎出门去，彻夜未归，第二天酩酊大醉地回来，兜里只剩下几块零钱，和以前一样。

那天晚上，李桃玉一直在哭，她告诉李远期："以后再有人让你脱裤子，你千万千万不要这么干了。你长大了，要知道保护自己。不想做的事不要做。"

李远期擦着母亲的眼泪："可是为什么爸爸说，只有这样别人才能喜欢我？"

最初的几次记忆，基本都发生在家门口。有一回，方池忠被人揍得鼻青脸肿地回来，那人说："没钱还喝酒，喝死算了！死之前把酒钱补上。"任钢在旁边起哄："让你闺女脱裤子看看，这回就免了。"方池忠问："当真？"那人想了想说："也行。"方池忠就过去把正在玩泥巴的李远期抱起来，连哄带骗地说："今天太阳好，爸爸给你晒晒背晒晒屁股，好长高。"说完，就把李远期的碎花小棉布裤子脱下来了。周围人的笑声和父亲从未有过的温柔腔调，让李远期觉得这似乎不是一件坏事。有了第一次，就有第二次，后来只要有人见到李远期自己在门口玩，都会调侃上一句"晒晒屁股"。

李桃玉白天在镇上的一个饭店里上班，一直都不知道这件事。直到有一天听任钢和几个人喝酒的时候聊到李远期屁股上的胎记，说有个算命的算到他将来的媳妇屁股上就有那样一小块红色胎记。李桃玉吓坏了，扔下正在端的菜，疯了一样跑回家，刚好撞上一群老头围着李远期起哄，幸好李桃玉及时拦下来。那天晚上，她跟方池忠大吵了一架，方池忠觉得她小题大做，农村娃娃谁不是光着屁股长大的？看看又不能掉一块肉。

"再说了，人家任钢是村长的侄子，看上阿金不是好事？你肚子要是争气，给我生个男孩，将来还能指望他，现在只有方阿金，我还要指望她考上大学再回来养我？做梦吧！老子等不起！等她再大点，就让任家提个亲。能攀上任家，他们家的鸭棚不就成咱们的了？"方池忠把他的如意算盘噼里啪啦摔到李桃玉脸上，像一把发霉的豆子，打得她愣了半天。

阿金才五岁啊。她动了动嘴唇，没发出声音。那是她第一次动了要带李远期离家的念头。

原本不应该是这样的。

现在的生活和自己当初想象的完全背道而驰，她一直想知道怎么就走到了今天这一步。

李桃玉的老家不在这里，而是长江上游一个遍布水田的县镇，村里大部分人家都有鱼塘。十四岁之前，她家里条件还算不错，她是三个姐妹里学习最好的一个，每回考试都没掉出过前三名。那时候她最向往的城市是广州，既是大城市，又靠近海。她本以为自己能通过考大学过去，谁知道初一刚结束，家里的鱼塘突然被人下了药，长到半大不小的鱼苗像刚煮开的饺子，白花花漂了一片。父母先后昏厥进了医院，大姐刚生了孩子，二姐从小身体不好，弟弟才学会走路，不用商量，李桃玉接下来的命运和那片死鱼一样明摆着。

那一年，她跟着村里的大人坐上了去广东的车，临走前，她去了趟学校，把桌洞里那本被她翻烂的字典带上了。车一路开到了东莞，进了一个坐落在山脚下的服装厂。虽然不是广州，也不靠海，但是好歹有了一个可以每个月往家寄钱的工作，而且宿舍的小姐妹跟她年龄差不多，叽叽喳喳地挤在一起，她恍然有种还在学校的错觉。也就是在那里，她认识了在服装厂当保安的方池忠。

那时候的李桃玉压根没有谈恋爱的打算，也看不上这个连话都说不清楚的男人，但是方池忠好像打定了主意似的，天天打手电送她回宿舍，往她的工位上放苹果，一做就是几年。有阵子社会很乱，单身女工被强奸杀害扔到草丛里的新闻时不时就蹦出来一起，搞得所有人都心惊肉跳。宿舍的女孩一个个都谈了男朋友，有的直接领证结婚了。李桃玉依然不愿意恋爱，在她心里，她还希望有一天能够再回学校去。但是有一天，她下班独自回宿舍，发现身后远远跟着一个男人，她原本以为又是方池忠，走到拐弯的地方一扭头发现不是，没等她反应过来，那个黑影就冲上来抢走了她的包和两个耳环。她的耳朵豁了一大道口子，一大卷纸巾都被血染透了。同宿舍的小黄说，这种浑蛋只敢欺负她这种没对象没结婚的。这句话像颗子弹一样一下子射进了她的脑子，她突然想起自己刚刚被袭击的时候，心里居然希望方池忠在场。

不知是惊吓过度，还是她觉得反正迟早也要恋爱结婚，没过多久，她就懵懵懂懂地同意了方池忠的追求。半年后，两人领了证，连婚纱照都没拍，请了两个宿舍的人，在食堂举行了一场小小的婚宴。

还好，方池忠虽然看上去木讷，实际上也是个很有野心的人。那个年代，全国的服装贸易生意分外火热，广州有着天然的优势，厂子里越来越多的人离职，去十三行批发衣服倒手卖掉，赚得盆满钵满之后衣锦还乡，当上了个体户或者小老板。方池忠看准时机，也和李桃玉一起做起了服装批发生意。一年后，李远期出生，李桃玉原本希望继续留在广州发展，但是方池忠回乡心切，李桃玉也拗不过他，只好带着李远期，揣着最新款的手机和十万元回到了方池忠的家乡。

回到村里，方池忠仿佛换了个人，每天不是请客，就是喊人到家里喝酒。李桃玉也渐渐在村民口中补全了方池忠的过往。方家原本是村里最穷的一家，四个兄弟都是光棍，死的死，病的病，只剩下方池忠一个，从小就被村里的人瞧不起。他不甘心，这才出去闯荡，没想到真的被他闯荡出来了，能不扬眉吐气吗？方池忠的老宅子还四面透风,原本以为他会先翻新一下房子,没想到他直接把全部的钱都砸进了一个养鸭生意里,说等真正赚了大钱,要在这地基上盖个三层小别墅。

可惜,这个梦很快就碎了。

养鸭不是个简单的活,不是有地、有鸭就能养,需要技术、经验,更得看行情,也就是老天爷的脸色。头一年,李桃玉和方池忠两个人拼死拼活,跟当地人学,跟电视上学,没睡过一个囫囵觉,但是从那一年开始,鸭蛋行情不好,卖一个亏一个。可是养鸭是个停不下来的生意,鸭子睁眼就要吃,不管赚不赚,饲料还得接着喂,要是资金回不来,就得卖鸭子。一路恶性循环下去,不出两年,方池忠的几千只鸭子都赔上了,还欠了一屁股债。没办法,只能把鸭棚低价卖给任钢,才勉强补上欠的几万块饲料钱。

从那天起,方池忠的精神就垮了,一家人之后一直住在那栋破屋里,别说别墅,连翻新墙皮的钱都没了。在广州那几年风光赚钱的日子成了他唯一可供吹嘘的资本,像梦一样,村里人又回到之前瞧不起他的状态。他白天打点零工,赚点钱就买酒喝,只有李桃玉一直想再出去闯荡闯荡,可是方池忠不同意,一提就要打她,因为他怕李桃玉出去就不会再回来了。李桃玉没办法,只好在镇上的饭店找活干,但是她赚的钱也仅仅能维持一家人的温饱,过年还要等特困补助才能包得起一顿饺子。

其实在李桃玉心里,这些都是小事,她心里最大的焦虑就是,女儿五岁了,没上过幼儿园,虽然自己能教女儿识字算数,可是也教不了几年。她心里最大的指望就是李远期将来能一直读书,读下去,不要重复自己的老路。可是现在看来,那几乎成了奢望。光是放李远期一个人在家,就会出现各种状况,今天"晒屁股",明天呢?下一步呢?万一出现更糟糕的情况呢?村里不是没有发生过那样的事,李远期一直在这样的环境下长大就彻底完了。更何况,方池忠都亲口说了,不会让李远期念完大学。

从辍学打工到谈恋爱,嫁人,回乡,留在这荒野烂地养活孩子,每一步都是自己做的决定,为什么又觉得不是自己选的呢?李桃玉想不明白。她不是没想过带着李远期逃跑,跑到没人认识的地方重新开始,但总是下不了决心。直到除夕那天发生了那件事,她知道再也不能等下去了。

于是她趁着方池忠醉得不省人事,带着六岁的李远期,偷偷坐上了大巴车。

可惜,还没出镇子,就被村里的人认出来了,"老方家的老婆跑了",这是个足以激怒方池忠的背叛,他什么都不干,拼命找了两周,终于在邻市一家小招待所里找到了李桃玉和李远期。

这一跑,换来了李桃玉三根肋骨折断,小腿肿胀青紫,四枚牙齿掉落,以及李远期手臂上一道长长的伤疤。

等李桃玉的眼睛消肿,重新看清周围的一切,她终于想明白了自己的命运。她告诉方池忠,自己不跑了,老老实实挣钱,唯一的愿望就是让李远期一直读书。因为村里的小学不收学费,方池忠勉强同意了。

"我让你读书,是为了有一天,你能带妈妈离开这里。"

这句话,支撑着李远期读完了小学,拿着全满分的卷子回到了家。然而那一天,桌子上还有另一张纸在等着她,就是方池忠签给任钢的承诺书。

因为那块胎记,任钢认定了李远期就是自己未来的老婆。他和方池忠私下商量好了,等李远期十四岁生日一过,就办酒席。彩礼就是当年那个鸭棚,还有两万块钱。

方池忠几乎没有犹豫就签了字,他相信,有了那个鸭棚,他还能东山再起。等李桃玉知道这件事的时候,他已经把八百块的定金换酒喝了。

那天晚上,李远期一直睁着眼睛,望着整整一面墙的奖状,纸上的金粉反射着月光,一个个圆圈像瞄准她的枪口,和她在黑暗里对峙。门外是父亲醉酒的鼾声,母亲一整晚都一言不发,不上床,也不走动,像一株漆黑的植物般一直坐在房间的角落里,连呼吸都很轻。李远期不知道接下来应该怎么办,还要跑吗?跑到哪里去?自己的命运凭什么就被父亲决定了?她不敢问母亲,也不敢动,只能装睡。

过了一会儿,她听见父亲醒了,穿上鞋跌跌撞撞地到院子里解手。墙角的"植物"也动了,叹了口气,轻手轻脚地跟出去。

院子里月光好亮,墙角摆着生锈的农具,铁锨、锄头、钉耙插花似的堆在角落,一个个挣脱出锐利的影子,像在等待着什么。

父亲走到墙根,大大地打了一个呵欠,他撒完尿,漫不经心地提着裤子。母亲站在他的身后,等他回身的时候,面无表情地推了他一把。

在农村,滑倒并不是一件多么稀奇的事。后脑勺撞上铁锨,也只能算倒霉。

李远期只是没想到,那一年,全国开始大规模普及摄像头。他们的村子装了三个,其中一个装在了他们家墙外的电线杆上。

25 还愿

"等我们高考完,就沿着这条河走走看,走到大海。"

"摄像头?"姚蔓惊呼出声,又立刻捂住嘴巴,"那任钢是怎么拿到的?"

"他是村长的侄子,村长怕他游手好闲到处惹事,就给了他看监控这种闲差……"李远期叹了口气,"所以,任钢威胁我们的东西,不是欠条,是那个视频……是我妈妈杀了我爸爸的证据……"

李远期面无表情地讲出了这句话,声音轻如飞蛾,一只只飞进姚蔓的耳朵。

"其实那天晚上我不害怕,我妈妈应该也不害怕,她没告诉我,可我完全理解她为什么要那么做……我们千辛万苦才从我爸手里逃出来,结果又被任钢缠上了。他张口要十万,才肯还我们那个视频,才肯放过我们……"

屋里还是很黑,秒针咔咔作响。姚蔓不知道现在几点了,只知道这个夜注定清醒且漫长。

"你以前不是问过我,为什么学习对我来说好像一点都不难吗?因为我每天起来,脑海中都会浮现一个场景,就是警察来到我妈妈的摊子前面，把她带走，关到牢里，我就不是李远期了，而是杀人犯的女儿，接下来的每一天，我的生活里就只有救我妈妈这一件事……所以，每天我和你一起去上课，在学校做题、背单词、讨论考高中考大学，包括和你成为朋友，对我来说都是恩赐，都已经是我偷来的东西，随时会被拿回去……"李远期的声音越来越轻。

"不会的，警察不会发现的。"

说完这句话，姚蔓自己也吓了一跳。她在脑海里拼命梳理刚刚听到的事，那些事远远超过了她现有的认知。理智告诉她，她刚刚得知了一起杀人案，杀人犯是他们家现在的租客，自己好朋友的妈妈。杀人就该偿命，可是现在，她无比希望这件事永远不要被警察知道，永远成为一个谜团，因为她知道，李远期原本不应该承担这样的命运。

她鼻子一酸，搂住李远期单薄的肩膀："你先不要想那么多，任钢要的是钱，报警就拿不到钱了，我们再想办法拖住他，肯定有办法的……"

"可是，任钢最近老是提报警的事，他让我们三个月之内就凑齐剩下的钱，大概还有七万……"

"如果不给呢？怎么可能在这么短的时间凑够这么多钱？"姚蔓尽量克制住声音中的怒火。

"不给的话……"李远期看着姚蔓，轻轻摇了摇头，"我不敢冒险……"

"我会替你想办法的。"姚蔓下意识说出了这句话，可是她心里一点底都没有。她连家里有多少存款都不知道，也不认识更有钱的大人，上哪里去想办法？

李远期似乎也明白这件事，她笑了笑，回握住姚蔓的手："姚蔓，你已经救过我好几次了，我会永远记得。如果，我是说如果，最坏的情况发生了，你也不要放弃学习，好不好？你要考上大学，找到你自己的出路,我也想知道,读书到底能不能改变命运……"

"你不要这样想好不好?"姚蔓胸腔一片酸涩,"你肯定也会的……"

"我也想啊……好想早点结束这个噩梦,噩梦醒了,我的人生才能重新开始。"李远期看了看窗外,可天边还是暗的。

那天晚上之后,李远期和姚蔓都很默契地没有再提那件事,任钢也消失了,可是他设定的日期还在,比教室里最醒目的中考倒计时牌子更让姚蔓焦灼。李远期脑补的可怕场景,变成了姚蔓每天最害怕发生的事。可是李远期似乎又回到了之前备考的状态中,回家的次数也越来越少,大多数时候都直接睡在李桃玉的店里。

姚蔓惴惴不安地看着时间一天天临近,她甚至想过要不要说服父母找高厂长借这笔钱。毕竟每年过年去给高厂长送礼的时候,他都会说一句,有什么困难随时开口。可是姚蔓不傻,当然知道这句话就是客套而已,像茶叶盒外面的包装一样,漂亮但不值钱。而且,就算他说的是真的,这件事要怎么开口呢?

因为帮不上忙的内疚,这件事也渐渐成了姚蔓的心魔。她甚至想过有一天李远期会突然消失,给她留下一张字条,说自己接受了和任钢结婚的命运。这个念头像条藏在暗处的蛇,只要一看见李远期,她身上就会猛然疼一下。

不过离中考还有一个月的时候,事情突然有了转机。

那天放学,李远期突然叫住她,说想和她一起去桥上走走。

自从以江苔一中为目标开始学习之后,两个人的生活轨迹基本都框定在学校和家里。她们很久没有慢慢散步,也很久没有去过河边了。姚蔓还记得那天是工作日,桥上的人不多。李远期的表情看上去很轻松，一直在层层叠叠的红色丝带里翻找着自己之前写的那张许愿条。

"到底什么事呀？"姚蔓有些着急。

"等一下……"李远期从一堆红丝带里小心翼翼地揪出一条，冲姚蔓扬了扬，"找到了！"

姚蔓看了看，是之前李远期写的愿望——"希望任钢从我的生活中彻底消失"。

"你说这个桥许愿很灵，果然没有骗我……"李远期看着手中的丝带，"我是来还愿的。"

"还愿？"姚蔓很惊讶，"任钢他……"

"对，以后任钢再也不会出现了。"

"什么意思？"姚蔓谨慎地分辨着她话里的含义。

李远期从兜里拿出一枚指甲盖大小的存储卡。

"视频我要回来了，任钢已经拿钱走人了。以后不会再有人来找我们的麻烦了……"

姚蔓看着她手心里的存储卡，心里升起一种不祥的预感。

"你哪儿来的钱？"

李远期没有说话，掏出笔，在丝带的空白处写下感谢神明的话。

姚蔓的脑海里突然闪过一个人，她试探着问："不会是……那个牙医吧？"

李远期有些惊讶地看着姚蔓，旋即又恢复神色，点了点头。

无数的问题在姚蔓的心里涨潮，她有些转不过来，只能一股脑地问出来："他怎么会知道你缺这么多钱？你说了吗？到底怎么回事？……你妈妈知道吗？"

"她知道……"李远期低下头，"我们没有办法了……任钢再逼下去，我不知道会发生什么事……"

"可是……"姚蔓看了眼周围的人，压低声音，"我还是没明白，你怎么知道他会借你钱？"

"是丁葵告诉我的。"

丁葵？姚蔓想起班里最沉默寡言的那个女生，总是低着头步履匆匆，厚厚的刘海能遮住半张脸，下半张脸基本都缩在校服领子里，所以姚蔓至今都不太记得她长什么样子，同学三年也没怎么讲过话，只知道她很高，又微微有些胖，班里人嫌她身上有股鸡蛋灌饼的油味，总是绕着她走，还给她起了一个难听的外号——"葵花油"。

自从李远期家的摊子搬到菜市场后，李远期和丁葵的关系确实近了很多。尤其是这段时间，李远期几乎很少回家，一下课就跑到菜市场帮母亲售卖小吃。丁葵也是，她的家好像就在菜市场附近，所以两个人几乎每天都一起上学放学。姚蔓原本没有往心里去，可是现在她突然意识到，自己在李远期的这段人生里永远缺席了一块，在这个关键时刻，自己没帮上忙，因为替李远期想出解决办法的人不是自己。姚蔓看着李远期，突然觉得有些悲伤。她原本以为共同保守秘密会让两个人变得更加亲密，却没想到这个秘密长出了一块她无力抵达的领地。

除了难以说清的酸涩，姚蔓还隐隐觉得不对劲，丁葵的成绩并不好，没有获得过奖学金，她是怎么认识那个牙医的？又是怎么知道牙医会借钱的？

见姚蔓一直沉默不语，李远期把红丝带重新系在桥上，拉着她的手往桥中走去，慢慢告诉了她原委。

"你可能没有注意，丁葵整牙了，就是在牙医那里做的。但是她没有那么多钱，牙医就告诉她可以慢慢还，相当于白借了她那笔钱……"

"白借？怎么可能？"姚蔓警铃大作。

"不是白借，有利息的……"

"高利贷吗？"姚蔓突然想起之前的一任租客就是这样的情况，那个人本来只借了一万块，不出几个月就能滚到十几万块。那是她第一次从母亲的嘴里听到"高利贷"这个说法。

"不是高利贷，他给我免了利息……因为我是他资助的学生，可以等我考上大学之后再还。"李远期深吸一口气，"你不是说过吗，只要上了大学，很快就能挣到这些钱的。我想考去北京，那里挣钱多，只要我好好努力，肯定很快就能还上……到时候就真的自由了。"

姚蔓踟蹰着，越走越慢，还是忍不住问她："你真的相信这个世界上有这样的好人吗？"

李远期停下脚步，两人站在桥中央，拴在桥梁上的红色丝带簌簌舞动，拂过两人的小腿。

"姚蔓，我不相信能怎么办？如果你在一口深井下面待久了，洞口扔进来一根绳子，抓不抓绳子其实根本由不得你，姚蔓，我只能抓住，那头拴着什么我都得认……"

李远期声音很小，像是对姚蔓说的，又像是对自己说的。

接着，她摊开掌心，拿起那枚黑色的存储卡，伸出去，手臂悬空。

"起码，这个噩梦可以结束了。"

李远期轻轻松开手指。

河水闪耀着银光，存储卡倏然消失于其中，连涟漪都没有泛起。

姚蔓静静地盯着河面，只能看到她们两个人摇晃的倒影。

她紧紧握住李远期微微出汗的手，隐隐的不安还是不断向她袭来，她说不清是什么。虽然这件事本质上还没有解决，但是至少这三年不用提心吊胆地活着了。最坏的结果，也不会比任钢威胁她们更坏了。姚蔓说服自己放下不安，深深吸了一口气，看向一旁的李远期。李远期趴在那堆厚厚的许愿条上，脸颊被映得通红，她突然双手撑起，探出半个身子。

"姚蔓，你可以答应我一件事吗？"

"什么？"

"等我们高考完，你陪我沿着这条河一直走好不好？"李远期指向远处，"书上说，百川东到海，我特别特别想知道，如果一直顺着这条河走，走到尽头，那里究竟是不是海。"

姚蔓顺着她手指的方向看去。

南营河像条墨绿色的缎带，穿引着两旁郁郁葱葱的树影，左右两侧都坐着垂钓的人。风从远处吹来，有股海水和青草混合的味道，河流曲折拐弯，不断延伸，兀自消失于一棵榕树的后面。尽头似乎不远，也似乎并不存在。

"好啊，我答应你，"姚蔓也双手用力撑着桥栏杆，和她一样探出身，"等我们高考完，就沿着这条河走走看，走到大海。"

"还有三年。"

"还有三年。"

可惜，三年之后，姚蔓等来的是李远期消失在河里的消息。

姚蔓直到今天才知道，牙医从井口扔下来的不是"绳子"，而是另一个噩梦。

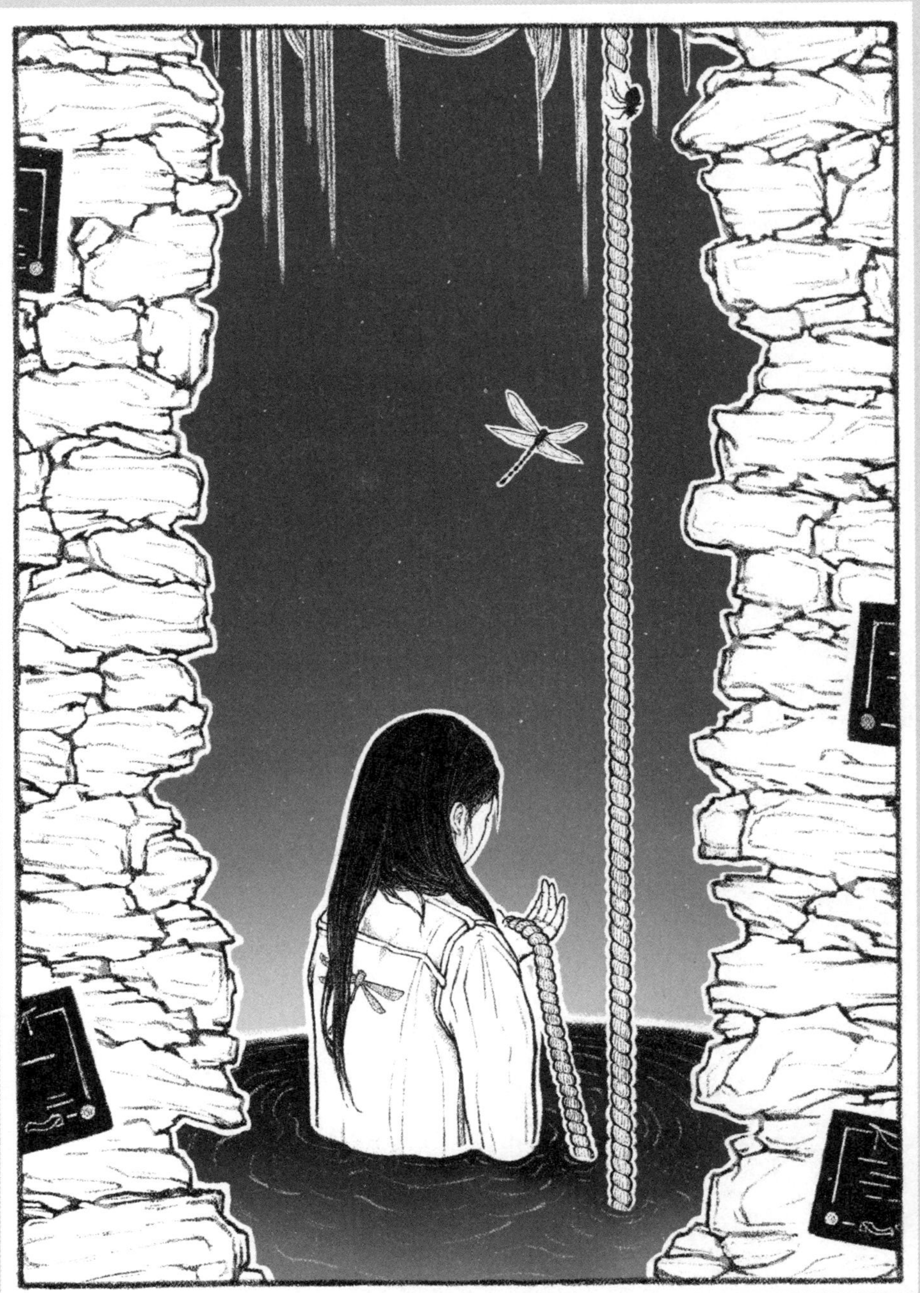

第三章

Chapter 3

16 湖水

"我要有一间可以反锁的屋子"。

丁葵又开始做那个噩梦了。

还是那片竖起来的湖水,深绿色泛着雨水的涟漪,没有边际,几片细长的柳叶垂落其间,如同一只注视她的眼睛。丁葵不敢移开双眼,只能眼睁睁地看着湖水逼近,水面倒映出了她的长相——十六岁的丁葵,宽厚的身体,肿胀到看不清眼睛的脸,歪掉的下巴,嘴唇也兜不住的龅牙。一只手从她的脑袋后面伸出来,像拧螺丝一样,把她半张脸都拧了下来,只留下下巴和牙床,而她连尖叫都无法发出,只能拼命挣扎,手指碰到湖水的瞬间,她就会突然大叫着惊醒。

每到这时,她都会以最快的速度跑到卫生间,打开所有的灯,对着镜子反复确认自己的身体和脸。身体纤瘦,皮肤白皙,牙齿整齐,下巴没有歪掉,即使吓得没有了血色,依然是一张楚楚动人的脸。

是三十岁的自己,不是十六岁。

如果心情还是不能平复,她就会拉开卫生间最下面的抽屉,掏出一个锈迹斑斑的小铁盒,轻轻打开。

那盒白花花的牙齿还在。从一数到二十六,她感到呼吸渐渐平稳。都在，过去的那些事再也不会回来了。

放心，不会再回到过去了。

如果不是这个噩梦，丁葵对自己三十岁的人生没有任何不满，甚至大大超过当初的期待。

谁能想到当初那个浑身都是鸡蛋灌饼味、走路都不敢抬头的"葵花油"，如今能在江苔最贵的一条商业街上拥有一家以自己名字命名的摄影工作室呢？还有一辆高调明亮的红色保时捷，七位数的存款，老公是业内小有名气的摄影师齐长飞。虽然跟那些真正的成功人士相比，这点资产算不了什么，但这里是江苔，她拥有的这些东西足以让她在这个灰头土脸的小城里挺直腰杆，成为店里那些年轻员工羡慕的对象，甚至人生榜样。更何况，十二年前，那个被笔尖划烂、浸满泪水的日记本上，自己写下的最大心愿也不过是"我要有一间可以反锁的屋子"。

现在，何止是一间可以反锁的屋子，整个工作室都属于她。这是个靠近市中心的临街商铺，上下两层三百多平米，第二层是她的临时起居室和办公室，明亮干净，香气逼人，最醒目的墙壁上都挂着她的巨幅海报，每个角落都是按照她的喜好来装修的。一楼的摄影室工作区，隔成三个大摄影棚和五个小拍摄间，配备专门的化妆间、更衣室、修图工作室。全是高调奢靡的欧式风，花纹繁复的雪白罗马柱把旁边的两家照相馆衬得像两个脏兮兮的门童，天一黑，整条街最打眼的就是门面上那朵昼夜闪耀的向日葵霓虹灯。丁葵喜欢灯，喜欢亮堂堂的感觉，屋里的每个角落都安装上了可调节角度和亮度的小射灯，配合着专门调制的热带雨林香氛，无论外面是什么天气，只要一进工作室，就会给人一种雨过天晴的奇妙感觉。

每一天，丁葵站在落地窗前，看着楼下穿梭的人群都在想，好在母亲现在还清醒，她能亲眼看到她口中那个"卖都没人要，猪都嫌恶心"的女儿，如今有多么漂亮成功。丁葵很早就和母亲断绝了关系，直到前几年，丁葵听说母亲中了风，连医药费都出不起，才回去看了她一下，帮她联系了郊区的一个疗养院，每个月给她打一笔住院费。丁葵知道自己这样做并非出于原谅，而是想看到母亲脸上那种悔恨与憎恶交织的表情。要是父亲还活着就更好了。潭云街农贸市场也拆迁了，那个困住她十八年、被油污熏黑的屋子变成一地残砖碎瓦，她回去看过，周围相识多年的街坊都没认出她来，毕竟，她已经不再是过去的丁葵了。

她现在是员工口中的"丁老板"，是粉丝口中的"敏喜姐"。

"丁敏喜"是她的网名，她另一个身份，是某平台小有名气的平面模特。五年前，她还在北京一家五星级酒店当前台接待的时候，有一天和同事去逛街，经过一个知名的街拍圣地，被一名街拍摄影师的镜头捕捉到了一张"神图"，因为酷似韩国明星金敏喜，所以莫名其妙地出了圈。她抓住这一小波热度，干脆给自己取了一个网名"丁敏喜"，靠模仿金敏喜的穿搭成功积攒了第一批粉丝。有了这批粉丝，她立刻从酒店辞了职，和那个街拍摄影师合作，顺利转型做起了平面模特。这名街拍摄影师就是她后来的老公齐长飞。

然而平面模特的收入和机会毕竟有限，刚好那几年电商经济兴起，丁葵看准势头，说服齐长飞和她一起加入一个小型直播团队，借着那几年直播带货的东风，昼夜颠倒地工作了三年，丁葵终于攒下了人生中第一个一百万。

就是这笔钱，让她有了回江苔创业的底气。她原本以为齐长飞不愿意放弃北京的机会，没想到他二话不说跟她回了江苔。齐长飞的母亲就是江苔人，两人也算半个老乡。他们都看准了小城市人们对中高端摄影的需求这个空缺，凭着这些年的经验，推出了有别于传统照相馆的摄影工作室，从网上招徕年轻摄影师，推出各种网红摄影套餐，从年轻社群入手，加上丁葵这些年积攒下来的名气，工作室一开张就吸引了很多人,生意一直不错,丁葵甚至成了江苔市青年创业的模范人物。从"酒店前台"到如今的"影楼老板",人们喜欢这种省去过程的励志故事。

齐长飞虽是摄影总监,但本职还是自由摄影师,经常出差,接一些商业活动,所以这个店基本上是丁葵一个人在打理。她每天的生活,就是八点准时到店里,查看今天的预约客户,和客户商定套餐,在拍摄现场监工。每天她都会在社交媒体上发布一两张自拍照片,带上店铺的 logo,不管是日常照还是精修照,只要稍微等一会儿,来自全国各地陌生人的点赞和评论就会纷至沓来。

这是她从未想象过的三十岁,充盈,美好,满足,这样的日子过久了,会让人生出一种错觉,这是她生来就拥有的一切,下半辈子也会如此,没有任何人可以夺走这些。

至少,在这天晚上之前,她都对此深信不疑。

和往常一样忙碌了一天,快到下班的时候,所有的摄影棚都还是满的,一组拍婚纱的,两组拍全家福的,还有几个来拍生日写真的女孩。丁葵在各个摄影棚转了一圈,叮嘱细节,确认没有问题之后,上了二楼,准备接受采访。这几年,社会上突然开始流行"年轻人回乡工作或创业"的风潮,她之前的经历刚好与之吻合,莫名其妙地成了某种典型实践者,时不时会有一些媒体或者博主来采访她。考虑到这是个不错的广告途径,所以她几乎来者不拒。

采访进行了三个多小时,从傍晚聊到晚上。采访者是个思维活跃的年轻女孩,话题天南地北到处飞,远远超出提纲的范围。丁葵也聊得很尽兴,毫不吝啬地分享了很多真实的感受,不过还是有三个问题让她不得不撒谎。

第一个是:"你为什么会选择回乡,而不是继续留在大城市?"

她嘴上老老实实地说出了早就准备好的安全答案："因为我想让这个抚育我长大的城市见证我现在的成长。"实际上她在心里冷笑，怎么可能？回来当然是为了复仇啊，为了让那些嘲笑过自己的人看到自己现在的样子，为了用光鲜的身份在这个差点毁了自己的城市里再活一遍。

第二个问题是："你命运的转折点是什么时候？"

这个问题让丁葵恍惚了一下。她知道这个女孩已经有了一个预设的答案——"就是那张改变我命运的街拍"，她应该在等这个回答，可是丁葵的眼前却突然出现了段锐锋的脸。如果没有遇到那个男人，她也不会拥有现在的生活吧？丁葵感到一阵心慌，怎么会突然想起这个人？段锐锋已经死了，连同她的过去，全都烟消云散。她连喝了好几口水才稍微压制住不断翻上来的恶心感，笑着说："就是那张改变我命运的街拍。"

第三个问题是："你曾经说过，无论是回乡创业，还是选择丁克，你人生的每一步都是你自己的选择，是这样吗？"

丁葵笑着看她："当然。"

送走采访团队之后，天已经黑了，外面下起了小雨。丁葵坐进车里，弥漫一下午的心慌还是没有散去，太阳穴也有点疼，可能太久没说这么多话了，也可能是昨天晚上的噩梦让她只睡了三个小时导致的。一路上她开得飞快，只想赶紧回家好好睡一觉。

刚出电梯，一股弥漫了整个楼道的熟悉的炖汤味迎面扑来，丁葵屏住呼吸，心里升腾起不祥的预感。打开门的瞬间，那股味道像一张浸泡了好几年中药的烂抹布迎面甩到了脸上，玄关的地毯上摆着丈夫的鞋子和行李，餐桌上果然堆满了大大小小的塑料袋，有鱼有肉，还有各种中药补品。不用问也知道，婆婆又来过了。

听到门口有动静，齐长飞从厨房探出头。

"老婆回来啦？今天怎么这么晚？"他重新回到厨房，声音反而高了一度，"我妈本来想等你回来，太晚了，我就让她先回去了。"

"我跟你说了我有采访。"丁葵用手遮住鼻子，但是一点用都没有，太阳穴似乎更疼了。

"哦，我忘了。"齐长飞嘟囔一句，"没事，她就是来给你炖汤的，你喝掉就行。"

丁葵没有说话，转身进了卫生间，深呼吸了好几次，才抑制住一阵阵翻涌上来的恶心感。

每个月，婆婆都要不打招呼地来家里三次，用一个厚重的紫黑色砂锅炖上一大锅鸡汤，放上熟地黄、山茱萸、菟丝子、党参、白术、茯苓……鸡是次要的，重要的是里面的药材，鸡汤只是个幌子，更准确地说，这其实是一锅"排卵汤"。每一味药材都是为了让她的子宫变得"听话"，像其他女人一样，能够从里面诞生一个柔软的婴儿。

丁葵旁敲侧击地跟婆婆说过好多次，来之前最好打一声招呼。婆婆是个大大咧咧的人，当了一辈子家庭主妇，人情世故方面可能还不如早熟的小孩，所有的话都只听薄薄一层，她以为丁葵怕她麻烦，于是摆摆手说没关系，反正离得近，都是密码锁，方便。丁葵也不好再进一步戳破。

这就是为什么丁葵更愿意在公司待着，为什么要在公司的二楼放一张床。因为在公司，她就是丁葵，是丁老板，是身体完全属于自己的人。回到家，闻到这个令人作呕的鸡汤味，她觉得自己只是那个子宫的宿主。

手机嗡嗡响着，婆婆陆续发来语音，丁葵懒得点开，无非就是那些内容——"注意调理，多喝鸡汤，坚持不懈，这样就能早点怀上孩子。""三十岁了，不小了，再晚一点对你和孩子都不好。"……

丁葵不知道自己还能忍到什么时候，好几次，她按住语音失控地吼道："我不能生！这辈子都不可能生出小孩了！喝多少汤都没用！你死心吧！"绿框里的音波如同被按住的响尾蛇簌簌发颤，丁葵会让自己冷静几秒，然后手指滑向红色的叉号，再次隐忍下来。

她不能说，说出来，现在的一切就没了。

她至今都记得那张病历，很薄，最上方印着几张漂亮的彩图，像混在一起的五彩指甲油。可是下面却写着一些她根本不懂的名词，"双侧卵巢过度刺激综合征""卵巢损伤""盆腔积液"……各种各样的名词里，她只看懂了六个字——"丧失生育能力"。

那时她才十八岁。

当时她连恋爱都没有谈过，也没有想过将来会生小孩，可是当身体里的这扇门永远向自己关闭了的时候，她还是感到了一种从未有过的恐惧。明明是自己的身体，却有一部分失控了。后来，她开始交往男朋友，总会在刚确定关系的时候就把自己不能怀孕的事和盘托出。大多数男人嘴上说着不在意，很快就会找各种理由提出分手。

渐渐地，她害怕了，不是怕永远结不了婚，而是每当一个男人因为她无法生育离开时，她都会痛恨自己的身体。后来她遇到了齐长飞，这个给她带来幸运的男人，爱上他的时候她就知道，如果齐长飞也因为自己无法生育离开自己，她可能永远无法走出那个阴影了。所以两人确定关系之后，丁葵换了个说法——我不喜欢小孩，我这辈子非常坚定地不生小孩，你能接受吗？齐长飞耸耸肩，不以为意地说自己也不喜欢小孩，更希望自由自在地过一辈子。那一刻，丁葵知道自己遇到了对的人。

之后，两人一起回江苔创业，工作室开业那天，齐长飞就在一个高档餐厅跟丁葵求了婚。丁葵的目光从那枚闪闪发亮的戒指上移开，又强调了一遍："如果你能接受我们一生只有彼此，没有孩子，那我就答应你。"齐长飞单膝下跪,满目真诚:"当然。"

刚结婚那会儿还一切正常,齐长飞经常出差,两人相聚的时间不多,丁葵倒也不介意,她愿意把所有的时间和精力都放在影楼的经营上面,一点一点把生活变成她想象中的样子。

可惜结婚没到一年,一切都变了。

先是婆婆三天两头来家里,带一大堆补气血、补肝肾的药品,旁敲侧击地说邻居小孩多么多么可爱,还在丁葵发到朋友圈的"婴儿照""孕妇照"的广告下面留言:真羡慕。丁葵再不敏感,也猜出了是怎么回事。她又生气又困惑,直截了当地问齐长飞:"你没跟你妈妈说我们不要孩子的事吗?"

齐长飞顿了顿,说出了一个她打死都想不到的回答:"原来你说不要孩子是认真的啊?"

什么叫认真的?丁葵耳朵嗡嗡作响,难以置信地盯着眼前的男人。

突然间,她想明白了很多事。

怪不得这段时间齐长飞都不怎么出差了,还老想跟她同房,甚至中途偷偷摘避孕套,被丁葵发现了他也不以为意,借口说不小心。这些事丁葵本来没有往心里去,现在全串联起来了。

"齐长飞,你从来没想过不要孩子,对吧?"丁葵的声音颤抖,"你一直在骗我。"

"这怎么能叫骗呢?人是会变的,我之前说不喜欢小孩,现在又喜欢了,没什么问题吧?"

丁葵的心里有什么东西当啷一声掉在地上,半天才说:"如果我就是不想生呢?你要和我离婚吗?"

"怎么可能离婚呢?老婆,"齐长飞看着丁葵,声音柔和,"你又不是不能生,我们一直怀不上可能就是你心里在抗拒,只要你转变一下心态,我妈妈以前学过一段时间中医,让她给你调理调理,我们肯定没问题的……"

"那你考虑过我没有？凭什么你说变就变？"丁葵激动到发抖。

"如果我真的想要一个孩子呢？你知道吗？每次给那些宝宝拍满月照，我都忍不住想，我们两个人的孩子会长什么样？我真的好想知道……"齐长飞一脸委屈，反倒显得丁葵有点小题大做，他低头想了想，"这样吧，我们可以先做做样子，你就听我妈的安排，别让她叨叨了。咱们就当试试，不行就算了，万一能行呢？"

齐长飞握住她的手，露出和求婚时一样真诚的表情："就当是为了我，为了我们现在的生活，好吗？"

鸡汤就是从那天开始喝的。

这种鸡汤没有那层厚厚的油脂，碗里只有零碎的鸡块和药材，汤底呈浅褐色，像一小片积攒着落叶淤泥的肮脏湖泊，映着皎月一样的灯光。每次喝完，丁葵都会趁丈夫不注意走进卫生间，打开淋浴头和排风扇，掀开马桶，面无表情地把食指伸进喉咙，稍微按压几下，刚刚喝进去的东西就会悉数离开身体。

她很早就学会了这种几乎不发出声音的呕吐，在她还是一个胖女孩的时候。当时的她试了很多减肥方法，可是因为管不住嘴总是失败。后来她从一本言情小说里看到了和自己一模一样的女主角，那个女孩不会刻意压抑食欲，每次吃完都会把刚刚吃的东西吐出来，这样既可以满足嘴巴，又不会长胖。丁葵学她的方法练习了很久，真的瘦下来很多，但后果就是，她开始胃痛，嘴角发炎，偷偷去医院检查发现食道也差点被胃酸灼伤，她就再也不敢那么做了。丁葵怎么都想不到，十多年后她会因为一碗鸡汤再次伤害自己的身体。

以前的她是为了苗条，为了好看，为了自己，那样的痛苦是自己选的，怪不得任何人，那现在是为了什么呢？

为了让婆婆闭嘴。为了维持"完美生活"的表象。为了隐瞒过去的事。为了不让丈夫知道自己不孕的原因……这样一想，这一切也是自己选的，鸡汤似乎也没有那么难以下咽了。

"老婆，汤好了，再不喝就凉了。"齐长飞敲了敲卫生间的门。

丁葵赶紧拧开水龙头，洗了把脸，关掉水龙头，拧开门出去。

还是一小碗肮脏的"湖水"。丁葵屏住呼吸，端起来喝了一口。齐长飞一边用手机拍下，发给他妈妈，一边漫不经心地问："老婆，你是不是有什么事瞒着我啊？"

鸡汤卡在喉咙里，丁葵艰难咽下，咳得脸颊发红。

"什么意思？"

齐长飞指了指桌上一个被拆开的信封。

"下午有个女的来找你，你不在家，她让我把这个转交给你，说你看了就会明白。我这个人就是好奇心重，没忍住，打开看了一眼……"

丁葵的目光紧紧盯着桌子上那个小小的褐色信封，心脏怦怦直跳。

"里面就一个地址，星河宾馆。我查了下，咱这儿没有，十几年前倒是有一个星河宾馆，早就倒闭了。这，什么意思啊？"

"那女的是谁？长什么样子？"喉咙涌起烧灼的痛感，丁葵哑着嗓子问。

齐长飞挠挠头："没看清，戴着帽子口罩，很瘦，说是你以前的同学……"

"她叫什么？"

"我想想啊……噢，她写信封上了。"齐长飞抓起信封看了一眼，递给她。

"她叫李远期。"

17 百川

"这些年我一直在想,如果再给我一次机会回到那个时候,重新改变几个选择,这几个孩子的命运会不会不一样……"

"李远期?"胡风易从跑步机上下来,一边擦汗,一边仔细思索了一下,"没听过,不认识……怎么了?"

"不认识就算了,好像是姚蔓以前的同学,有点事想问她。"

吕东鸣撒了个谎。他现在还不想把案子的事讲出来,那几捆皱巴巴的现金总让他觉得姚蔓和当年的事脱不了干系,就像是无意间脚底踩了地雷,他不敢轻举妄动,怕那头连着一个无法控制的东西。所以,哪怕是最信任的胡风易,他也不敢和盘托出。

而且相较于案子,他现在更关心的是姚蔓跟死者儿子段正翼之间到底发生过什么事。

"你到底在找什么呀?"胡风易看着满办公室翻找的吕东鸣。

"就是咱们店专门用来拍活动的那个相机,我想找找去年圣诞节的照片……"

"去年圣诞节?"胡风易停止擦汗,"找那个干什么?"

"你还记不记得那天晚上,有个来送圣诞装饰的男生?高高瘦瘦的,"吕东鸣一个个拉开抽屉,里面都是些文件和工具,"叫段正翼,你有印象吗？"

胡风易顿了几秒，摇摇头："没印象，怎么了？出什么事了？"

"倒也没什么事，就是发现他跟姚蔓好像是高中同学，想知道那天晚上两个人有没有说话什么的。"

胡风易笑了两声："你也太疑神疑鬼了吧？江苔这么小，遇到同学不是很正常吗？"

"正常是正常，但是……"吕东鸣停下手，想了想还是告诉了胡风易，"我发现这个段正翼开了家店，店名叫'正蔓装饰'，'段正翼'的'正'，'姚蔓'的'蔓'，你不觉得奇怪吗？"

"赶巧了吧？说不定人家就是随便取的，退一万步说，就算两个人以前真有点事，不管是初恋还是什么，这都多少年了，见个面也不会怎么样。再说，你不相信那个段正翼，你还不相信姚蔓？姚蔓平时连门都不出，你担心什么？"

"我不担心，我就是好奇。好奇姚蔓以前是个什么样的人，好奇这个小子到底为什么用这个店名……"吕东鸣打开最后一个柜子，里面空空如也，"相机呢？之前总是看见，找它它就没了。"

"上回店庆的时候被我摔坏了，修不好，我就给扔了。"

"扔了？"吕东鸣心里一空，"里面的卡呢？"

"卡我上哪儿找啊……"胡风易挠挠头，"要我说，你就放宽心，别寻思这件事了。过去的事就让它过去嘛，干吗非得搞清楚啊？你现在最需要的是和姚蔓一起走出来，你放个长假吧，带姚蔓出去散散心。"

吕东鸣没接话，转身向外走去，走到前台，看到电脑上的一格格监控，他突然想起一件事。那天晚上他也带了一个相机去，偷偷架在前台角落，一直开着录像模式。本来想等活动结束之后剪个宣传片给大家一个惊喜，后来因为懒就不了了之了。

找到那个相机也行,说不定里面会拍到什么。

吕东鸣立刻回了家,开始在屋里翻找。他心里的感觉很奇异,既害怕找到,又隐隐有些期待。

气球爆炸前的宁静。

昨天晚上,他点开了段正翼和姚蔓的朋友圈,仔细看了他们的每一条动态,两人没有互动的痕迹,仿佛没有加过彼此,但是吕东鸣明明记得,是他先拜托姚蔓帮自己联系一下那家装饰公司的,后来姚蔓推说自己很累,不想沟通,他只好自己跟段正翼对接。两个曾经认识的人加了微信,之后却毫无沟通痕迹,连普通的点赞都没有,虽说也没问题,但吕东鸣总觉得不对劲。

吕东鸣回想和段正翼的整个沟通过程,非常干脆利落,价格也合理,还是他亲自上门帮忙安装那些圣诞饰品的。出于礼貌,吕东鸣也邀请他留下一起参加派对,他也确实留了一会儿,但是什么时候走的就不确定了。吕东鸣至今都记得他对段正翼的第一印象——太瘦了,整个人仿佛被什么东西拽着才不至于倒地,宽松的运动服更显得他像一包充了氮气的零食,捏都捏不到肉,如果这是自己的客户,他绝对先让对方回去增肥二十斤再说锻炼的事。

有好几次,他想直接点开段正翼的微信,问他和姚蔓之间到底发生过什么。但是不用想也知道,这样做只会显得自己是个疑神疑鬼的疯子。因为一个招牌他就怀疑自己的妻子出轨,太莫名其妙了。就算两人真的有什么,段正翼也完全可以否认。

目前他能找到的第一个突破口就是这个圣诞节。两人既然认识,见面自然会有交流。

可是,找遍整个家都没有相机的踪影。书房没有,卧室也没有,连床底的箱子都翻了一遍,还是没有。

家里的东西都是姚蔓收拾的，平时自己找不到东西会直接打电话给姚蔓。不管是多么小的东西，姚蔓都能精准说出位置，吕东鸣一直觉得这是姚蔓的天赋，他想学也学不来。

那现在怎么办？又不能去问姚蔓。吕东鸣颓丧地坐在沙发上，缓缓扫视着家里，突然他想到了什么，疾步走到谱月的房间。

果然，在谱月的小箱子里找到了。吕东鸣明白姚蔓为什么会将相机收在这里，因为这个相机一开始就是为了谱月买的。里面存着成千上万张谱月的照片，从出生到离世。

吕东鸣换好了电池，却突然不敢打开。相机小小一个，沉甸甸的，装着谱月短短的一生，他还没有准备好再次面对谱月。

这时，闹钟突然响了。吕东鸣如梦初醒，看了眼时间，如临大赦一般把相机迅速放到包里，拿起钥匙出了门。

视频的事只能先放一放了，因为他今天有另一张重要的牌要翻开。

昨天，他给之前在江苔一中的同事打了几个电话，辗转问了好几轮，终于打听到姚蔓在江苔一中上学时的班主任名叫葛兰，还没退休，今年带高三。吕东鸣记得葛兰，他还在江苔一中当体育老师的时候，和葛兰交叉教过一个班，她还占用过几节体育课，所以两人有过交集，但不是很熟。吕东鸣赶紧给葛兰打电话。对方一直不接，他只好发短信说明自己的身份，说有几个关于姚蔓的问题想问问她。葛兰一开始很抗拒，但是经不住吕东鸣再三恳求，反复强调只需要占用她一点点时间，她才勉强松了口，约他午休的时候去办公室见面。

既然姚蔓和段正翼都是江苔一中的，事情又发生在高考前，最清楚这些事的，也就只有葛兰了。

这是他今天的第二个突破口，也是目前最重要的突破口。

几年没有回来，没想到门口的保安还记得吕东鸣，两人打过几次球，所以保安也没让他登记，直接放行了。

整个学校看上去比以前更老了，门口的铜制校牌"江"字少了一点，到现在都没补上，很难想象这里曾是江苔数一数二的高中。吕东鸣还记得，自从2015年新城区的"江苔远藤高级中学"被划为第一重点高中之后，江苔一中的生源质量和数量就一年不如一年，加上老校长退休，教育资源也没有以前多了，学校元气大伤，整个学校都弥漫着一种破罐子破摔的沮丧气氛。才刚刚开学，学校主干道两侧的香樟和芙蓉树就漫天疯长，地上都是落叶，旗杆上的旗子也耷拉着，两侧宣传栏里校史展示的广告布像泡久了的皮肤，皱缩苍白。喑哑的下课铃刚响一声，就已经有学生开始往食堂疯跑。

吕东鸣来到挂着"语文教研3组"标牌的办公室门口，这里是整个教学楼最偏最暗的一间办公室，隔壁是盥洗间，一排湿漉漉的拖把斜靠在墙上，办公室门上的一扇小窗户被一张旧报纸堵着。

敲门没有回应，他直接推开了门。办公室很小，却塞了六张办公桌，统一的白色电脑桌，桌上、地上、墙上铺满试卷和书本，像个濒临倒闭的打印店。吕东鸣没看见葛兰，转了两圈才发现她正在角落的一张办公桌上伏案批改作业，跟几年前相比越发瘦削，像件搭在桌沿的衣服。

"打扰了，葛老师。"吕东鸣走上前，轻轻敲了敲桌子。

吕东鸣还没说完，葛兰就伸出一根手指让他轻声些。吕东鸣这才发现旁边一个头发花白的老师正在一张午休椅上酣睡。

葛兰拿起手机和一大串钥匙，示意吕东鸣出去聊。

刚掩上门，葛兰就先开口了："你是吕老师，姚蔓的丈夫，对吧？"

"您叫我吕东鸣就行，我没辞职的时候和您碰到过几次，早知道

140

您是姚蔓的老师，肯定会正式拜访您。"

葛兰没有接腔，看了眼手表："你吃饭了吗？"

吕东鸣摇摇头。

"办公室不方便聊，这样，你先去图书室等我，我去食堂买两个包子，我有低血压，到时间点必须吃点东西。"

葛兰从那串钥匙里抽出一把黄铜钥匙："你知道在哪儿吧？"

葛老师声音不大，但总给人一种不容置疑的威严感。

"知道知道。您先去。"吕东鸣连忙接过钥匙。

图书室在体育馆的一楼，据说以前是个游泳池，后来学校财政紧张，直接关了，为了不浪费地方，就改成了临时图书室和校内活动展览馆。吕东鸣以前经常在外面的篮球馆上体育课，这个地方确实没进来过，平时也没见人来开门，毕竟高中不让读课外书，图书室的存在只是为了应付检查罢了。等葛兰过来的时间，吕东鸣顺便参观了一下。

屋子不小，能看出以前确实是个泳池。中间是一个凹进去的长方形区域，铺着深浅不一的蓝色瓷砖，一半摆放着好几排高高的黑漆书架，另一半是几张和办公室里一样的白色电脑桌，上面落了一层厚厚的灰尘。四周环形的墙面上贴着吹塑板印刷的宣传画，都是领导访问、校庆活动、运动会、集体荣誉之类的照片，从最早的一块看到最后，学校几十年从辉煌到落寞的过程一览无余，历年考上一本大学的光荣毕业生榜单也越缩越短。

吕东鸣在一张年度优秀教师的宣传栏里看到了葛兰的名字，从2005年开始，语文教研组每年的年度优秀教师都是她，从2011年之后就换成了别人，之后她的名字再也没有出现过。旁边有一张她领奖的照片，穿一身红风衣，脸颊饱满红润，很难和现在这个瘦得像枣核一样的女人联系起来。

葛老师还没来，吕东鸣走下"泳池"，胡乱翻着里面的书本，虽然书架上贴着"中国文学""外国文学"等标签，书籍分类却很乱，也有很多重复的，光《鲁滨孙漂流记》《老人与海》这种必读名著就有好几个版本。看扉页的印章，大多是毕业的校友捐赠的，书脊褪色严重，书页泛黄，却看不出翻阅的痕迹。

吕东鸣在一个书架的最下面发现了一排校刊，校刊名叫《百川》，第一期是2009年出的，每年三本，封面是铜版纸塑封彩印，内页印着一些校内活动的照片，里面大部分是学生的习作，也有老师的版块，虽然每本都很薄，但是封面、印刷和排版明显是用了心的。

吕东鸣闲着无聊，随手翻看，却有了两个意外的发现。

在一个内封彩页上，写着"江苕市第一中学2009年第十届校园文艺大赛获奖者展示"，左上角的照片下面写着"恭喜段正翼、姚蔓同学获得美术组一等奖"，左边是姚蔓的水彩画，右边是段正翼的剪纸作品，中间是获奖者的合影，照片上，姚蔓和段正翼挤在两个胖胖的中年男人中间，各自举着奖杯和证书。姚蔓笑得很开心，段正翼却低着头，缩着本就瘦弱的身体，眼睛藏在阴影里，脸上弥漫着雾一样的忧愁，仿佛拿着的不是奖杯而是罪证。这是吕东鸣第一次见到段正翼的脸。

第二个发现是，校刊创刊的封面右下角清清楚楚写着"封面设计：姚蔓"。

他又立刻翻看了其他几本，从2009年到2011年，一共九册，在姚蔓就读的三年间，每一期校刊的封面都由姚蔓设计作画。封面主题都是依照一句诗歌来设计，基本都是水彩的形式。第一册的主题是"醉后不知天在水，满船清梦压星河"，画面中，一片浩瀚无垠的夜空，一个醉卧在河中央的诗人，斑斓的金粉点缀成星河。

吕东鸣虽然没有学过画画，但还是能看出这九本封面与其他封面的区别。2011年之后，封面图基本都来自网络，有的甚至连水印都没去掉，而这九张笔触虽然有点稚嫩，但是色彩和构图都灵动无比，笔触惊人。

"校刊是我创办的，刚好是姚蔓入学的那一年，不过2016年就停了，学校不批预算，有点可惜。"

葛兰不知道什么时候进来了，手里拿了两袋包子，递给吕东鸣一袋："不知道你吃什么馅，随便买的。"

吕东鸣点头称谢，接过包子，顺手把那九本校刊推到她面前："这些封面都是姚蔓画的吗？"

"是啊，都是她画的，几个小时就画好了，"葛兰把每一本摊开，眼神里依然是抑制不住的欣赏之色，"姚蔓真的很有天赋，其实她成绩不算好，如果当初能走艺考这条路的话，肯定会去一个非常好的学校。"

"她为什么没有学？"

"没钱啊，学画画挺烧钱的，姚蔓一直都是个懂事的小孩，她说她不想给父母增添负担，我到现在都觉得可惜……"葛兰忽然想起什么似的，看向吕东鸣，"你不是她丈夫吗？不知道她会画画？"

吕东鸣茫然地摇摇头。虽然当初是在少年宫认识的姚蔓，但他一直以为姚蔓只是那里的写生模特和助教，结婚这么多年，他也从未见过姚蔓拿起画笔。可能谱月在世的时候，姚蔓在谱月的小画板上画过几次吧，只是他也没有在意。这种感觉很奇怪，自从那个箱子打开，他发觉姚蔓有事瞒着自己之后，越了解姚蔓，他越觉得她面目模糊。

葛兰的脸上闪过一丝遗憾："看来她真的没有坚持画下去。姚蔓一直很没自信，上学的时候也不爱表现自己，一开始我也不知道她会画东西，还是李远期拉着她来办公室找我，说姚蔓会画画的……"

"李远期？是那个失踪的李远期？"吕东鸣没想到会听到这个名

字,他之前一直没有确定李远期的高中是在哪里读的,没想到以这种方式知道了。

"是,我猜你今天不光是想问姚蔓的事吧?"葛兰的眼睛被厚厚的镜片挡住,目光却依然犀利,吕东鸣瞬间有种被老师抽查课文的紧张感。

确实,吕东鸣本来只是想打听一下姚蔓和段正翼读书时有没有发生过什么事,现在却突然有了一个意外的收获——如果李远期和姚蔓同班,那么姚蔓跟段正翼的关系又多了一层,姚蔓跟这个案子的关系就更深了。他看向葛兰,既然她主动提了,说明她没有刻意回避这件事,他有太多的问题想问,眼下,开诚布公地聊说不定是最好的办法。

吕东鸣老老实实地点点头:"没错,葛老师,其实我还想了解一下十二年前的那个案子,还有……关于段正翼的事。"

听到"段正翼"的名字,葛兰明显顿了一下,隔了一会儿才问:"姚蔓没有和你聊过吗?你为什么突然想知道这些?"

吕东鸣摇摇头:"不瞒您说,我和姚蔓结婚好几年,过去那些事却从来没有聊过……今天突然来找您,是因为三个月前,我和姚蔓的女儿去世了。"

葛兰的眼睛在镜片后面忽闪了一下。

"本来不想和您说这件事的……"吕东鸣避开她的目光,眼睛落在桌子中央一束塑料假花上,"这件事之后,姚蔓的状态很不好,我一直在想怎么帮她走出来。您应该看出来了,我平时对姚蔓的关心不够,连她会画画都不知道。我也是无意间发现她一直在找一个叫李远期的女生,网上没有事件全貌,我想不明白这件事跟姚蔓的关系,我只知道,这件事似乎一直在困着她……所以我才找您,想了解了解过去的事，说不定能找到办法帮她走出来……"

吕东鸣小心组织着措辞，还是把钱的事隐瞒了下来。

"节哀。"葛兰的目光明显柔和起来，她盯着桌上的校刊思考了片刻，抬头看着吕东鸣。

"我能想象姚蔓的心情，其实，没有从那件事走出来的人不只姚蔓，还有我……"

葛兰的声音听上去有些干涩，似乎有什么东西在抑制她说出接下来的话："这些年我一直在想，如果再给我一次机会回到那个时候，重新改变几个选择，这几个孩子的命运会不会不一样……"

18 崩坏

> 李远期身上的韧劲,她很熟悉,不仅仅是千篇一律苦难的底色,还有一点不知指向何处的恨意。

2009年,原本是葛兰人生中最顺遂的一年。

那一年她三十八岁,印在教案上的称谓刚刚换成语文教研组组长,她的丈夫也从一个默默无闻的银行小职员升任副科长。为了女儿上中学的事,两人咬咬牙,卖了住了十多年的老房子,又跟各自父母借了点钱,终于从整日晒不到太阳、霉菌斑驳的小平房里搬到了学校附近一个新开发的小区里。房子不大,只有五十多平米,日子还是很拮据,可是她感觉生活像一颗紧巴巴的香菇突然泡进了温水,终于有了可供伸展的空间。还会更好的,她想。所以拿到那一年分班名册的时候,她感觉老天爷都在冥冥之中向她点头。

那一年的年级前两名都在她的班,第一名,段正翼;第二名,李远期。

办公室的邱老师半是羡慕半是嫉妒地说:"人要是在运上,拦都拦不住,听说段正翼还拿过数学奥林匹克竞赛的奖,绝对是个可以冲清华、北大的好苗子,这一届稳了。"葛兰不是张扬的性格,面对好运,她不愿意点破,听到这样笃定的恭维,她心里反而多了一丝焦虑。

开学那天，葛兰特意早早到了教室，拿着名册一一对照这些新学生的脸庞。当老师有诸多辛苦，也有很多不足为外人道的快乐。就像上学的时候最喜欢闻新课本冰凉的油墨味，当了老师之后，她最喜欢的就是开学当天，教室里充盈的新生的气息——新校服反射的晨曦，墨绿黑板上未干的水渍，窗外芙蓉树新落的花丝，身边高低起伏的嬉闹声，被上课铃收束起来的脚步声。十五六岁是她最羡慕的年纪，因为她深知未来三年，这些气息会慢慢被成绩单和书本遮盖，变成清凉油、速溶咖啡和小风扇混合成的腥腻汗味，漫天弥散，成为大多数人回忆起高中时最先想到的气味。当老师的幸运在于，每隔三年，一切都会重来，包括气味。

她还记得那天，段正翼很早就到了，被他的父亲一直送到教室门口。不是门口，而是座位上。

又不是幼儿园开学。葛兰心里感觉怪怪的，她仔细打量着段锐锋父子。段锐锋身材高大健硕，穿着一身灰色运动服，一双银黑网格面跑鞋，葛兰认得这双鞋的牌子，一双至少两千。虽是运动服，但是看上去一点都不邋遢，头发也认真打理过，反而穿出了一种西装的笔挺感。相比之下，段正翼则朴素内敛得多，而且身形瘦弱，看上去只有段锐锋的一半细。他低着头，走路很轻，像在安抚一场随时会暴发的疾病。他亦步亦趋地跟在段锐锋后面，乖顺坐下，段锐锋回头望了他一眼，他弓着的背就瞬间挺直，仿佛段锐锋用眼睛拧上了弦。但是段锐锋刚一离开教室，他的肩膀就松弛下来，像是提线木偶的丝线被剪断了。

李远期和姚蔓很晚才到，两人一进来，班里的哄闹声明显小了很多，几乎所有人的目光都被她们所牵引。两个人身高差不多，都是长发，扎着一样的头绳，像一对双生花，不仔细看还真的以为是姐妹，只是姚蔓更安静，找座位，拿课本，打量四周，一举一动的幅度都极小，像是怕碰洒了什么。就连自我介绍都要一直看着李远期，仿佛那里是她唯一觉得安全的地方。李远期则开朗得多，下课的时候专门跑到自己面前，眼睛亮晶晶地说："葛老师，我们好有缘分。"葛兰盯着她想了半天，确实觉得眼熟，直到看到她那个破破烂烂的牛仔布笔袋，才恍然认出她是潭云街农贸市场里面那个熟食摊老板的女儿。

葛兰以前的家离农贸市场很近，每天下班都会去菜市场转一圈，熟食摊的田螺和咸菜味道极好，价格也公道，葛兰每次去买菜都会顺便买点熟食带回家，一来二去也和老板混了个脸熟。不过老板生性腼腆，不爱讲话，倒是她的女儿更像个能言善辩的小老板，傍晚人最多的时候她会站在摊子前喊着特价商品的价格，丝毫不露怯。有几次，葛兰去晚了，菜市场几近收摊，地上满是剩菜、垃圾。路过熟食店的时候，她总能看到老板在前面刷锅收拾，女儿在后面一个低矮的小折叠桌上埋头写作业，台灯灯光暗淡，蚊虫盘旋，但是那个女孩永远都是全神贯注的。看课本封面，还在上初中，比自己女儿大几岁，葛兰曾经默默感慨过，每一年自己的班里都会有几个这样条件的孩子，越是这样，他们越会把课本学得"拧出水"来。可惜的是，从每年的高考成绩来看，不是每个这样的学生都能换来好的结果。都说学习公平，但是在沙漠里跑步和在柏油路上跑步毕竟是不一样的。

葛兰又确认了一遍成绩单，第二名是"李远期"没错。那一刻，她心里的欣喜甚至大过了刚刚拿到分班名册的时候。教了这么多年书，她心里有一套看人的标准，一个学生将来能走多远，能做多大的事，她在第一次接触的时候会下意识做一个预判。这也是当老师的隐秘特权，就是可以把学生的人生当作样本来观察。当然，她不会说出来，她只是很享受参加往届生的同学聚会，目的就是印证自己的预判是否正确。事实证明，她少有判断错误的时候。

李远期身上的韧劲,她很熟悉,不仅仅是千篇一律苦难的底色,还有一点不知指向何处的恨意。李远期总让她想起读书时她最要好的一位朋友,从小被继母威胁,如果考试成绩掉出前三名,就要立刻退学。偏偏这位友人就是靠着这种恐惧和恨意,撑过了漫长的求学生涯,上了大学,经济一独立,立刻还清这些年欠家人的学费和生活费,然后和他们划清界限,独自奋斗,现在已然是一家上市公司的老总。虽然李远期的情况没有那么极端,但是她给人的感觉和那位友人很像。

整个高一,葛兰对李远期很是关注,李远期也很争气,成绩一直都在班级前五名,还担任语文课代表。如果没有意外发生,李远期会顺顺利利过完高中三年,考上理想的大学,之后,应该也会像她的名字一样,拥有远超期待的人生。

不过这一切的前提是,没有意外发生。

一切的崩坏始于高三下学期刚开学的一个清晨。

江苔一中的管理模式一直对标衡水中学,每天早上六点,所有班主任都要守在宿舍楼下,看自己班的学生集合,点名,然后出操。那天,天还没亮透,队伍刚跑出去一圈,葛兰就远远看到教导主任老黄带着两个警察步履匆匆地朝她走过来。

"这位就是葛老师,李远期是她班上的,"老黄转向葛兰,指了指一个高个子警察,"这位是孙警官,找李远期有点急事。"

怪不得右眼从早上就一直跳。葛兰看了眼还在队伍里边喊口号边跑步的李远期,面露忧色。

"李远期怎么了?"

"不是李远期的事,是她妈妈,"孙警官喘着粗气,声音沙哑,"您帮忙叫一下李远期吧,她妈妈正在医院抢救。"

葛兰和李远期赶到医院的时候，李桃玉刚被推出急救室。在路上，警察跟她们说了这件事的原委。

今天凌晨两点，警方接到报警，说潭云街农贸市场有人打斗，警察赶到的时候，桃玉田螺的门店里一片浓重的血腥味，血泊里躺着两个人，都已经重伤昏迷，警方赶紧把两个人送到医院，在店里找到了李远期的学生证，这才通知到李远期。

重症监护室内，各类医学仪器堆在四周，旁边的心电监护仪缓慢波动，病床上薄薄的一层，要不是有个氧气罩露在外面，还以为被子下面没有人。

医生走出来，问："家属呢？"李远期讷讷上前，医生看了眼："没别的大人？"李远期摇头，医生叹了口气，抖出几张天书一样的检查报告。"失血过多，脑部缺氧，还有头部外伤造成的开放性颅脑损伤，已经脑疝了。"见李远期没有反应，医生放下手，接着说，"总之情况很危险，随时会有意外，也有可能长期昏迷……"

孙警官抢着问："要是一直醒不来怎么办？"

"得观察，昏迷三个月以上，就有可能是植物人，"医生看向李远期，"你要做好准备。"

李桃玉活了，但另一个人当场就死了，他的胸口插着一把刀，刀上只有李桃玉的指纹，现场也没有发现第三个人的痕迹。

死掉的男人名叫任钢。葛兰也是事后才了解到，任钢是李远期母女的老乡，这些年一直在跟李远期母女要钱。至于原因，李远期告诉警察，是因为父亲生前收了任钢的彩礼钱，任钢以此为要挟，才一直跟她们索要钱财。

报案人是那个市场的巡逻保安，已经六十多岁了。说是保安，其实就是坐在保安亭里管放行车辆和一般的治安维护。当天晚上他像往常一样，睡到半夜，突然听到外面的狗一直在叫。他担心出事，拿着手电筒过去巡查了一圈，听到李桃玉的店里传来争吵声。但是卷帘门关着，只能听到里面有个男人一直叫嚣"拿不出钱就同归于尽""反正你女儿的前途都在我手里""我是不会放过你们的"之类的话。他知道那是任钢，整个市场的人都知道，这个赌鬼时不时就来骚扰李远期母女，但是谁都不敢插手管。他在门口站了一会儿，正在犹豫要不要敲门，突然听到里面传来一阵叮叮咣咣打斗的声音，还有李桃玉尖叫的声音。他赶紧拍门大叫，谁知里面突然没了动静。卷帘门从里面反锁着，他根本撬不动，就赶紧报了警。幸好警察到得及时，李桃玉才捡回一条命。

警方和法医根据两人伤口的情况和现场的打斗痕迹，推测出是任钢先动的手，因为李桃玉身上有很多防卫伤，任钢身上致命的刀伤只有胸口那一处。加上保安的证词，这明显就是一个防卫过当造成的悲剧，根据法律规定，就算要立案调查，也要等李桃玉醒来才可以。

整整一天，李远期守在李桃玉的病床边，看到浑身插满管子、毫无知觉的母亲，听警察讲述案发的经过，询问她关于任钢的事情，她一滴眼泪都没掉，整个人仿佛一只绷在临界点的气球，终于在姚蔓赶过来的时候，砰的一声炸了。她抱着姚蔓号啕大哭，反复说着"我以后该怎么办"。

葛兰默默退出门去，也跟着掉下泪来。

是啊，李远期以后该怎么办？她还没有成年，葛兰早就知道她的家乡不在江苔，没有任何亲戚可以依靠。更重要的是，万一李桃玉一直醒不过来，治疗费从哪里出？她听医生说，植物人第一年的治疗费保守估计也要二三十万，第二年还没有恢复的话，治疗强度也会降下来，但是维持基本的治疗也需要十到二十万。

一切都被打乱了。

以前不是没遇到过家境贫寒的学生再遭磨难这种事，她知道，不管是组织捐款还是免除学费，都无法从根本上帮助他们，她只能眼睁睁地看着这些孩子被流沙吞没，无能为力是最让人痛苦的感觉。"麻绳专挑细处断"，她讨厌这句话，轻飘飘地把本不该发生的事都归为一种必然。

她更担心的是，李远期可能会因此放弃高考。

然而，不祥的预感总是会应验。

一周后，李远期回到了学校，没有进教室，而是来到她的办公室，跟她提出了休学申请。

她至今还记得，那天是教师节，每张办公桌上都有学生们赠送的鲜花和礼物，整个办公室像个未经打理的花圃。她的桌子上是一大束由百合、向日葵、玫瑰和康乃馨扎成的花束，不知道是鲜花的味道太过浓烈，还是她接连一周没有睡好，葛兰感到太阳穴一阵阵发痛。

"你确定吗？只要再坚持几个月……"她看着李远期哭得红肿的眼睛，知道这样点破是件残忍的事，但还是忍不住说出来。

"我想好了，老师，"李远期捏紧拳头，避开她的目光，"您批准就可以了。"

"我明白你现在的处境，你先不要放弃好不好？我可以试试帮你减免学费，或者……"

葛兰说不下去了。因为前两天，她已经私下找过黄主任，希望学校能看在李远期的成绩上，给她批一笔奖学金或者募捐一些钱。黄主任听她说完，露出不可思议的表情，晃悠悠地伸出三根手指头："第一，这件事没有发生在学校里面，也不是学生的问题，学校根本没有义务插手。第二，说到底，这是个恶性伤人事件，不是学生身患绝症这种没办法的事，本身这件事的社会影响就很不好，最近也收到很多家长的投诉，说希望李远期转班，这个时候学校再帮李远期，舆论会往哪个方向偏？第三，你不是第一天当老师了，知道有多少人盯着你的班你的位置吗？就算李远期退学了，你还有段正翼，还有其他的学生要管，你的任务就是好好带完这个班，不要辜负我的期待。而且，就算李远期回来了，你觉得她还有心思考大学吗？人各有命，不要给自己惹事了。"

人各有命。这句话盘旋在葛兰的脑子里，像只赶不走的秃鹫。她叹了口气，刚要说什么，被李远期轻轻截断。

"老师，我知道您想说什么，马上就高考了，以我现在的成绩一定可以考出去，考个好大学。可是，那是正常的人生，我现在已经没的选了，就算我坚持下来，坚持到高考，那以后呢？考上大学，学费、生活费怎么办？我妈妈怎么办？虽然老师常说，等我们考上大学就好了，好像考上大学就是人生最大最难的一道坎……"李远期低下头，"我很小的时候就知道根本不是……"

外面突然传来几声嘹亮的哨声，还有此起彼伏的加油声。两人望向窗外，有几个班正在远处的操场上进行体测，鲜亮的红色跑道上几个白色的身影正在飞奔。葛兰不敢转头，她有点怕看到李远期现在的眼神。

"我妈妈从小就跟我说，人降落在世上，就像往空中撒了一把种子，有的幸运，直接落在土里，有的倒霉一点，掉进水里，只能跟着水漂，可是万一哪天就碰到了岸了呢，碰到了就能生根发芽。老师你放心，我不会那么容易放弃的，等我妈妈好了，我会再回来读书的。"

李远期低下头，从书包里拿出一张贺卡，轻轻放在葛兰的桌子上，鞠了一躬，快步走出了办公室。

贺卡上画着一朵玉兰花，娟秀的字体写着"葛老师，谢谢您的关照。教师节快乐！"。

19 剪纸

我一直觉得，过去那些不能改变的事，忘掉是最好的办法。

　　李远期的休学给葛兰造成了很大的打击，那一段时间，她的心思似乎也被这件事带走了。她忍不住思考学习对每一个学生的意义，面对那一张张清澈的小脸，她再也不能理直气壮地讲出"考上大学就好了"这句话，这是一句太过沉重的允诺。茫然，是那段时间笼罩在她头上的东西。

　　让她重新清醒过来的，是高三那年的成绩单——她教的22班全年级倒数第一。黄主任在例会上拍桌子指着她的鼻子骂："不行就让别的老师接手！别耽误学生的前途！"

　　暗笑、嘲讽、鄙夷、不解的眼神围绕着她，她被这句话和这些眼神深深刺激到了。等她调整好状态，重新把精力投注到班级管理之后，她立刻就发现了一件很严重的事。

　　某天她在批周记本的时候，从姚蔓的本子里掉出一张字条，上面写着：葛老师，段正翼一直被袁冬苇欺负，不信的话，您可以查看11月13日第二节晚自习时男厕走廊的监控。

　　监控画面很模糊，声控灯一明一灭，可以勉强看清，袁冬苇和另外一个男生陈铭把段正翼拖进男厕所，过了一会儿，袁冬苇和陈铭拽着一个穿裙子的"女生"出来了，拼命把他往教室的方向拖去。"女生"很明显是段正翼，他努力挣脱，而袁冬苇和陈铭都是身材高大的体育生，他挣扎的样子看上去就像被捕兽夹钳住的麻雀，几乎没有作用。三个人消失于走廊上，隔了几分钟，穿裙子的段正翼捂着嘴飞快冲进男厕所，很久都没有出来。

怪不得段正翼成绩下滑那么严重。自己的眼皮子底下居然还能发生这种事？

一股巨大的怒火和内疚涌上来，她恨不得立刻冲进教室把袁冬苇臭骂一顿。但是理智提醒她，袁冬苇的舅舅是黄主任，平时袁冬苇就飞扬跋扈不好管教，如果现在处理不好，很容易被当成对黄主任的"报复"，她思来想去，决定问清楚原委再做处理。

"段正翼就是个变态，我惩罚变态有什么错？"袁冬苇看完监控，一脸不在乎。

"你说他是变态？"葛兰料想到袁冬苇会不承认，但是没想到他还反咬段正翼一口，她敲了敲桌子，加重语气，"你的这个行为，在我看来非常恶劣，我正在考虑要不要告诉你的家长……"

"我恶劣？"袁冬苇皱了皱眉，毫不忌讳地掏出手机，划拉几下，展示给葛兰看，"这是段正翼弄出来的东西，老师你自己看吧。"

照片上是三张红彤彤的剪纸作品。葛兰知道这是段正翼的爱好，高一的时候，她经常看到段正翼在座位上偷偷剪纸，她担心这会耽误他学习，没想到段正翼说这就是他的解压方式，考虑到他当时的成绩确实没有受影响，葛兰也就睁一只眼闭一只眼了。

袁冬苇展示的剪纸乍一看没什么问题，放大一看，葛兰只觉得喉咙突然被什么东西堵住。

剪纸的内容非常可怕，是杀人，准确地说是用剪纸的形式呈现出了三个地狱的场景，一个狰狞的小鬼分别用刀、火、水杀死一个男人。刀法熟稔，细密的锯齿纹错综交叠，用传统的云纹水纹做遮掩，红色的纸让这个画面更加血腥。

"这就是反社会吧，"袁冬苇一脸坏笑地看着葛兰，收起手机，"老师，真正应该叫家长的是不是段正翼啊？"

全班甚至全校只有段正翼会剪纸，照片不太可能是伪造的，但这不像段正翼会做的事。葛兰陷入焦灼，那三张剪纸画在她的面前挥之不去，要叫家长吗？该怎么说？她正在思考怎么跟段正翼聊这件事，没想到段正翼抢先一步找到了她。

段正翼把一把剪刀放在她的办公桌上，低着头，一脸诚恳，眼睛一直盯着脚尖。

"老师，我知道这不对，我以后再也不剪了。希望你不要告诉我爸爸……包括我被欺负的事。"

"为什么被欺负的事也不能说？"

段正翼没有理会葛兰的问题："反正我会专心学习，不会再分心了。"

葛兰压低声音："那你能不能告诉老师，你为什么要剪这样的东西？"

"就是临摹，"段正翼的语气很平静，"我看到有人剪轮回地狱图，就想学学看，我没想让别人看到的，是袁冬苇他们翻我的书包……总之，我不会再剪了，希望老师帮我保密。"

葛兰表面答应，又怕之后真的出什么事会反过来追究她的责任，想了一晚上，她还是把袁冬苇欺负段正翼的事告诉了段锐锋。

这成了她最后悔的一个决定。

"为什么段正翼会被欺负？是不是他做了什么不对的事？"段锐锋坐在办公室的椅子上，一脸严肃。

葛兰没想到段锐锋会是这个反应，正常情况下不应该为孩子打抱不平吗？她隐瞒了剪纸的事，现在更不知道怎么开口了。

"那倒没有……"葛兰斟酌着语气，"其实就是同学间的一些摩擦，欺负他的同学我也已经警告过了，今天之所以找你过来，是希望你这两天可以多关心关心段正翼，毕竟高三了，本来压力就大……"

"我明白了葛老师，"段锐锋点点头，打断她，"他最近成绩怎么样？"

"有一点点下滑，可能也被这件事影响了……"葛兰觉得段锐锋的神情不太对劲，连忙说，"但是没关系，段正翼底子扎实，根本不是问题……"

"葛老师，段正翼明天请一天假，您批准一下。"段锐锋站起身，没等葛兰说话就离开了办公室。

段正翼的位置空了整整三天，无论葛兰如何联系段锐锋，对方始终没有回音。

就在葛兰准备去家访的时候，第四天，段正翼一瘸一拐地进了教室，胳膊上缠着厚厚的纱布，额头有伤，脸颊淤青。

无论葛兰怎么询问，段正翼都说自己是出了车祸，但是葛兰知道他在撒谎，那些伤绝对是打出来的。

可她不敢问了，也知道自己再也问不出来真话，段正翼眼睛里的憎恨与冷漠让她至今都耿耿于怀。

"失去学生的信任是一件很让人难受的事，没有办法弥补的，尤其是曾经信任过你的人，"葛兰看着吕东鸣，脸上浮现出难过的神情，"这些年，我一直想跟段正翼道个歉，但是太迟了，所以我只能在后来的学生身上弥补……"

"可是您也没有做错什么,发生这种事,无论如何都要告诉家长的……"吕东鸣顿了顿,"我只是没想到段锐锋会对自己的孩子下这么狠的手。"

"我并不意外,见的人多了,就会知道人的外表是最不可信的。"

吕东鸣点点头,斟酌着接下来的话:"如果是这样的话,那段锐锋和段正翼的父子关系是不是很紧张?段正翼有没有可能……"

"你想问段正翼有没有嫌疑对吗?"葛兰打断吕东鸣。

吕东鸣不置可否。

"警方确实调查过他,不过很快就把他放了。因为那天晚上,他虽然一直在二楼学习,但是他全程戴着耳机,什么都没听见,学完就睡了,第二天还是邻居报的警……"

"他在现场?"吕东鸣很意外,"下面那么大动静,怎么可能什么都没听见?"

"警察做了很多轮测试,确实证实了他的话,而且,他们家的构造比较特殊……"葛兰顿了顿,"就是那种商住两用的门头房,上下两层,一楼是段锐锋的诊室,二楼是卧室和书房,段锐锋和段正翼平时会睡在那里。段正翼说,他爸爸为了能让他专心学习,在楼梯上安了一个防盗铁门,只能从外面打开,唯一的钥匙就在段锐锋身上。所以那天晚上,段正翼就算听到下面的动静,也没办法出来救他父亲……"

"李远期不知道他在二楼吗?……她不怕留下目击者?"

"过程我就不清楚了……"葛兰叹了口气,"我到现在都不觉得李远期真的想杀人。后来警察也证实了,李远期原本只是想去拿保险箱里的钱,没想到牙医回来了,情急之下才动了手……那段时间她母亲病危,很需要钱,估计是被逼急了,不然怎么可能做出这样的傻事……"

葛兰的声音低落下去，她眼睛空洞地望着桌面上残留的光斑，似乎被什么东西拽回到过去的时空："李远期离开学校之后回来过几次，不过都是来见姚蔓，给她送点吃的，聊聊天什么的。因为李远期的离开，姚蔓整个人的精神和学习状态都变得很差，只有李远期回来的时候她的状况才好一点。我能感觉到李远期在躲着我，有一次我碰到她，看她瘦得厉害，就问她过得怎么样，她说还可以，到处打工，应该很快就能把钱还上了。我当时还在想，那么多钱，怎么可能还得上？没想到几天之后就听到她杀人的事……"

"姚蔓是什么时候知道这件事的？"吕东鸣心里一动。

"就是高考前两天。学校本来封锁了这件事，怕影响学生考试，不知道那天姚蔓为什么突然跟我请假，我没同意，她就趁我不注意逃课出去了……我很后悔当时那么疏忽，"葛兰拿起桌子上的校刊，有些惋惜地看着姚蔓画的封面，"姚蔓的成绩虽然不拔尖，但也不差，要不是因为这件事，她可以考得更好，可能也会有不一样的人生吧……"

沉默在两人之间蔓延。吕东鸣看着那个封面，题词是"青青河畔草，绵绵思远道"，画中是两个女孩在一条宽阔的河岸边行走，远处是金沙金粉般的落日。莫名地，吕东鸣眼前出现了姚蔓画这幅画的样子，穿着校服，坐在画板前，一笔一画地描摹着画中的人。尽管他从未见过，却觉得那场景无比真实。

"吕老师，你知道这些事对我最大的打击是什么吗？"葛兰开口打破沉默。

吕东鸣不知道她想说什么，只能摇摇头。

"这么多年来我一直在想，如果再给我一次机会回到过去，我有能力改变他们的人生吗？不管是李远期、段正翼还是姚蔓。我想了很久，答案很让人沮丧。因为那时候的我和现在一样，不是不知道该怎么做，而是无能为力。这就是当老师最大的痛苦，你清晰地知道这些孩子往哪里走人生会更好，就像站在小山上的人能轻而易举地看清楚接下来的地形走势，但你什么都改变不了……"葛兰突然无法抑制自己的语调，好像这些话已经在她心里憋了很久，"这么说有点悲观，我还是很相信教育、知识可以在某种程度上改变一个人的命运，只是一想到李远期，就觉得遗憾……"

嘭的一声，这是篮球入筐的声音，接着传来一阵喧闹声，估计是趁着午休偷偷溜进体育馆打球的学生发出的。

葛兰像被突然拉回现实，定了定神，低头看了眼手表。

"吕老师，不好意思，我说太多了，"葛兰站起身，把桌子上的垃圾收到塑料袋里，"这些差不多就是我知道的事，希望能帮到你。你和姚蔓经历的事，我真的很遗憾。"

"葛老师，等一下。"吕东鸣也赶紧站起身，跟在她后面，其实他还有一个很重要的问题没有问，只是现在开口，会让前面他营造出的"痴情丈夫"的形象略打折扣，他犹豫了一下，还是说了。

"我很想知道，姚蔓和段正翼之间有没有发生过什么？"见葛兰表情微变，吕东鸣换了个说法，"……我的意思是，姚蔓和这个案子有没有关系？"

葛兰定定地看着他："姚蔓和这个案子唯一的关系，就是她失去了一个很好的朋友。至于段正翼……除了姚蔓给我的那张字条，他们之间几乎没什么交集，我甚至觉得，段正翼有点刻意回避姚蔓……"

"回避？"

葛兰点点头。"我有这个印象，高三有几次换座位，只要是和姚蔓做同桌，段正翼都会过来找我要求换掉。我虽然觉得奇怪，但也没有心力细问……"葛兰看着吕东鸣，"我不知道你为什么想问这些，你刚刚说,你想帮助姚蔓走出来,我个人的建议是,如果你真的想让她好起来,就应该想办法让她忘掉过去那些事,往前走。我一直觉得,过去那些不能改变的事,忘掉是最好的办法。"

  车内被烤得滚烫,吕东鸣疲倦地靠在椅背上,等着空调把车里的温度降下来。快两点了,一阵巨大的空虚从胃部席卷到全身,他这才意识到自己早饭午饭都没有吃。自从谱月去世之后,所有的一切都停摆了,这几个月他几乎没有按时吃过饭。他突然想起刚刚葛老师给他买的两个包子,他赶紧把包里的东西都倒在了副驾驶座上。

  包子已经凉透,牛肉馅尝着有一股淡淡的腥味,但吕东鸣顾不上那么多,大口大口吞咽下去,血液重新流通,身体的感知渐渐恢复,思维也逐渐回归。

  葛老师说得没错,想让一切过去,最好的办法是不追究,是忘掉,而不是回头去找。人真的很奇怪,明明自己也是这样想的,可身体却在做完全相反的动作。他希望他们的生活能回到从前,想让姚蔓走出阴影,可他却拼了命地想要找到姚蔓"背叛"自己的证据,好像为了验证一个玻璃杯是否结实,必须把它扔到地上一样。

  打住。吕东鸣咽下最后一口包子,深吸一口气。他多么希望回到一天前,自己没有故意弄开那个箱子,他就不会看到那些钱和那张寻人启事,现在就不会有这么大的负罪感。他对姚蔓了解太少了,连她这么会画画都不知道。此刻,他只想赶紧回家,好好洗一个澡,然后等姚蔓回来,假装一切都没有发生,假装自己什么都不知道,和姚蔓回到混乱之前的样子,然后等时间慢慢消融一切。

  吕东鸣把手里的塑料袋捏成一团,从旁边抽了张纸巾,突然瞥见地上躺着刚刚被他不小心翻倒出来的相机。他伸手捡起,一个念头瞬间闪过。

相机里的视频还没看。

相机微微有些发热，像个刚刚取出的心脏。车内的温度降下来了，吕东鸣却觉得越来越热。

还能回去吗？真的要假装一切都没有发生吗？可箱子已经打开了。他知道，怀疑一旦出现，是不可能轻易消失的，就像《蓝胡子》里打开最后一扇门的女人再也洗不干净那把沾血的钥匙了。

鬼使神差地，吕东鸣按了开机键。

里面只有一个视频，长达五个多小时。

吕东鸣的手指按在快进键上。

光斑环绕下的男男女女，酒杯，红红绿绿的彩带，嬉闹癫狂的人群，因为画面飞逝显得更加癫狂。没有姚蔓的身影，吕东鸣隐约想起，姚蔓那天好像走得很早。这时，他发现了段正翼的身影。

段正翼拿着一瓶啤酒从厕所出来，穿着一件红色卫衣，戴着帽子，背靠着前台，边喝边扫视着人群。

一只手突然拍了拍段正翼的肩膀，段正翼回头，有些惊讶，对方似乎一直在说话，吕东鸣把音量调到最大，可惜音乐声震耳欲聋，什么都听不见。只能看到段正翼一直默不作声，然后突然把啤酒瓶拍在桌子上，头也不回地走了。

可惜，那个人站在画框外面，吕东鸣把进度条不停往后拉，终于，那个人走进画面。

不是别人，正是胡风易。

20 病历

"怎么好好活？你有没有想过一个背着杀人罪名东躲西藏了这么多年的人，要怎么好好活？"

到了约定的时间，李远期还是没有出现。

丁葵心里有些发慌，伸手拦住匆匆经过的店员。

"不好意思，我想再问一下，咱们这儿以前确实是一家宾馆，对吧？"

"是的小姐，刚刚帮您问过老板了，"圆脸店员耐心地解释，"这里以前确实叫星河宾馆，老板喜欢'星河'这两个字，所以直接沿用了这个名字。"

店员指了指餐巾纸上"星河咖啡馆"的字样。

丁葵点点头，还想再问什么，突然听到门口的铃铛响了一声。她抬头，看到了一个无比熟悉的身影。

不是李远期，而是姚蔓。

尽管已经十多年没见，可是丁葵永远不会忘记那张脸，那张曾经让她羡慕不已的脸。

两人是初中同学，姚蔓曾经是班里最耀眼的女生，而她就是那种站在讲台上都不会有人注意到的人，所以上学的时候两个人没什么交集。毕业之后，姚蔓像失踪了一样，从来不和以前的人联系，同学聚会也没有参加过，但是班里的男生依然对她念念不忘，每次聚会都能听到一两个和她有关的传闻。有人说李远期的死对她打击巨大，连大学都没去上，也有人说她一直都在江苔，还结婚生子了。不管传闻是真是假，就算缺席也会被讨论，这就是漂亮女孩的特权。这些年，丁葵时不时也会想起她，只要想起她，就会连带着想起自己学生时代那些不堪的记忆。

为什么姚蔓会来这里？难道李远期也去找她了？

丁葵有些不知所措，正在犹豫要不要站起来打招呼，姚蔓已经朝她走过来了。

"丁葵，好久不见。"姚蔓先开口了，声音听起来有些虚弱。

"你怎么来了？"

"是李远期让我来的。"

"她人呢？"丁葵向窗外张望，似乎李远期只是慢了一步。

"她今天不会来了。"姚蔓拉开椅子坐下，跟店员招了招手，"一壶红茶，谢谢。"

"什么意思？明明是她约我来的……"

"她说她不想见你。"姚蔓看着丁葵，语气很直接。

丁葵的眼神黯淡了一下。

"那她昨天为什么来家里找我……"丁葵顿了顿，露出醒悟的神色，"昨天来的也是你，对吧？"

姚蔓没有否认。

"你想干什么？为什么约我来这个地方？"丁葵立刻警惕起来，"是李远期告诉你的？她还跟你说什么了？"

"丁葵，实话告诉你，李远期什么都没跟我说，她只是让我来找你，她说当年发生的事你比她清楚，所以我现在心里的疑问比你多。"

"什么意思？"丁葵盯着姚蔓，在脑子里分析着她刚刚说的话，"姚蔓，你不会在骗我吧？李远期根本没有回来对不对？"

见姚蔓没有说话，丁葵突然笑了："对啊，我怎么会信呢？李远期消失那么久，这么多年都没有消息，为什么现在突然回来了？当年的事？当年的事很简单啊，新闻里都说了……"

"李远期说，人不是她杀的，"姚蔓轻轻打断她，"但她现在的身份还是杀人犯，所以不方便出来。她说当年的事，她也有很多不清楚的地方，所以让我来问你……"

丁葵默不作声，姚蔓拉开一旁的手提包，从里面拿出两张皱巴巴的纸。

"她说如果你还不相信的话，就把这个给你，你看了就会明白。"

姚蔓把两张纸展开，轻轻推到她的面前。

是印着"锐锋口腔诊所"字样的病历单，因为泡了水，字迹已经模糊不清，但还是能看出姓名栏写着"丁葵"。

看清这张纸的一瞬间，丁葵感到小腹一阵针扎般的刺痛，她赶紧把纸折过去。

"你从哪儿拿到的？"丁葵握住水杯，猛喝了几口水。

"是李远期给我的，不过她什么都没和我说，所以我有很多看不懂的地方，"姚蔓把两张纸再次展开，"第一张病历还算正常，姓名、年龄、身高、血型……奇怪的是第二张，为什么会有这么多跟治牙无关的内容？"

姚蔓指着第二页，上面是标注了各种项目的表格——梦想、兴趣爱好、肤色、脸型、月经周期、有无遗传病、有无吸烟酗酒、有无性生活……

"还有这里，"姚蔓指着最角落的两个空格，"'琥珀'和'26'又是什么意思……"

"别说了!"丁葵有些恼怒地打断,"我不知道!第二张我也没见过,看清楚,这上面的笔迹不是我的。"

丁葵拿起包,起身要走:"我不知道李远期是什么意思,这个病历又是从哪儿来的。她凭什么这么多年不回来,回来就要问以前的事?你告诉她,我已经忘了,我现在很好,一点都不想回忆以前的事。既然她没死,好好地活下去不好吗?她缺钱吗?我可以借给她,她不还也可以,就当朋友一场……"

"怎么好好活?你有没有想过一个背着杀人罪名东躲西藏了这么多年的人,要怎么好好活?"姚蔓的语气也有些激动,周围有人侧目。

姚蔓平复了一下语气。

"你知道我为什么没有继续去找李远期吗?因为她失踪之后不久,有人给我寄了十万块钱,就是那个牙医丢的十万块钱。我以为是李远期给我寄的,为了告诉我她还活着,托付我们照顾她妈妈。当时警察还在找她的下落,所以我不敢声张,怕给她惹麻烦。而且那时候我家里也出了好多事,我就没有再查下去,没想到一下子就过了这么多年……"

丁葵犹豫了一下,重新坐下。

"虽然我没找她,可我的怀疑一天都没有停过,我不相信她是一个会为了十万块钱杀人的人……现在她回来了,我才确定我猜得没错。丁葵,就算你不帮我,我也会找别人,我会把当年的事情搞清楚,我不想让李远期一辈子都背着一个杀人犯的罪名……"

姚蔓指了指桌子上的病历:"既然她让我来找你,说明她是信任你的。如果你能告诉我这两张病历是怎么回事,我就带你去见她。"

店员端来热茶和点心。两个人长久地沉默着。

丁葵若有所思地看着眼前的甜点,目光有些游移,不知道是在看甜点上的樱桃，还是一旁的病历。

"李远期只给了你这个？还有别的东西吗？"丁葵突然打破沉默。

姚蔓犹豫了一会儿，点了点头："有。但她没有给我，我猜她是想亲手给你。"

丁葵低头静默片刻，拿起叉子，吃了一颗樱桃。然后翻开第二张病历，食指抚摸着"梦想"一栏。

那一栏里的字迹被水浸泡，蓝色墨水洇开，根本看不清之前写的是什么。

丁葵抚摸着那一团蓝色烟雾。

"你还记得我初中时的样子吧？"

姚蔓迟疑了一下，没有回应。

丁葵自嘲地笑了一下："没关系，我那个时候就是很胖很丑，没什么朋友，天天被班里人叫葵花油……"

说到这三个字时，丁葵的眼睛里闪过一丝转瞬即逝的难过。

"但是你知道吗？我那个时候的梦想，是当空姐……"

21
传单

无声的烟花绽放又熄灭,仿佛她眼里的光芒。

丁葵永远记得,初中刚开学,班里一共十二个女生,男生们偷偷搞了一个"十二金花"的排名,姚蔓第一,自己倒数第一。这是两个最容易集中火力的地方。

她不知道那些男生的评选标准是什么,只知道从那之后,她的存在感骤然增强。只要她一进教室,坐在门口的几个男生就会夸张地捂住鼻子,叫着难听的外号,眼睛像鸡毛掸子一样在她宽厚的身上扫来扫去。她不敢抬头去对峙,只能以最快的速度走到座位上,紧紧缩起身子。

看着镜子里的那张脸,她似乎也能理解那些讨厌自己的人。真是一张让人心情不好的脸啊。眉毛稀疏,脸颊上都是红肿的暗疮,眼睛虽然大,但是黯淡无光,还被厚厚的刘海挡住。这些都不是致命的,最要命的是她的下半张脸,一张嘴,牙歪得像一堆荒弃的瓷砖,下巴从正面和侧面看都是斜的。怪不得同桌赵凯老喊她"巫婆",从他的角度看确实像。喜怒哀乐,无论做什么表情都很怪异。

有段时间,她时常盯着姚蔓出神,她会忍不住想象从姚蔓眼中看出去的世界。同样都是两只眼睛看出去,姚蔓的世界和自己的是不一样的吗？如果她可以像姚蔓一样好看，一定会更自信吧？她生活中的许多问题一定也可以迎刃而解了吧？老师经常说，外表在学生时代一点都不重要。怎么会不重要？如果能长得和姚蔓一样好看，她的人生一定会比现在容易一些。

丁葵恨自己这张脸。因为它带给自己的厄运，不只是在学校。

"吃吃吃！你看看你那个猪样！看到你那张脸我就来气！"

好好的，母亲吴采惠突然把筷子摔到地上。两根弯曲的竹筷在脏兮兮的地板上弹开，一根蹦到了丁葵的脑门上，另一根蹦到了信号刺刺啦啦的电视上。

电视上正在播放北京奥运会开幕式，几个烟花组成的金黄脚印在漆黑的天空上次第绽放，一步步迈向灯火辉煌的鸟巢。丁葵看得太入神，完全没注意刚刚发生了什么。她讪讪放下手里的玉米糊，嘴里的还没咽下去，鼓着腮，不敢嚼，小心翼翼地看着母亲突然降温的脸色，脑子里飞快地分析今天发生的所有事，试图找到让母亲突然动怒的原因。

为了能顺利看上今天晚上的开幕式，她提前跟母亲打好了招呼，只要她今天看一天的店，晚上就能看电视。吴采惠满口答应。于是丁葵忙活了整整一天。早上五点就去店里摊饼烤饼，炒土豆丝，煎烤肠、鸡柳、鸡蛋，洗生菜，切葱，切香菜，一直忙活到晚上。最热的天气，好几天没有落雨，店里也没空调，只有一把三叶小风扇悬在头顶上，连塑料袋都吹不动。烤炉四周的物品看上去像水波流动，弯弯曲曲。丁葵一整天没离开店，就中午的时候去麻将馆给母亲送了顿饭。她知道，母亲只要坐上麻将桌，轻易是不愿意动身的，上厕所都得挤时间。丁葵自己一整天什么都没吃，喝了整整两壶水才没让自己中暑晕过去。眼看着天黑了，开幕式快开始了，她赶紧收拾门店，打包了没卖完的土豆丝,又去隔壁桃玉阿姨的凉菜摊子上买了份凉菜,打包带回家,顺便去麻将馆叫母亲回去吃饭。

丁葵对这个开幕式盼了好久,因为暑假作业之一就是写开幕式的观后感,除此之外,她也想亲眼看看那些能到北京参与这场盛会的都是什么人。因为"北京"在她心里是无比神圣的两个字,甚至可以直接替换"梦想"。据说今天晚上,好几亿人会同时收看,虽然去不了,但是她也想通过这种方式跟北京产生联系。

吴采惠今天手气不错,还赢了钱,一路上哼着歌,丁葵把今天赚的钱都给了母亲,这才敢打开电视。吴采惠数着钱,吃着饭,一切都好好的,刚演到放烟花,她就突然炸了。丁葵死活想不通哪里出了问题。

吴采惠的嘴还是没停下,一边捡起筷子用力敲着桌沿,一边继续嚷嚷,声音大得盖过了电视。

"还吃油饼,你也不看看你现在那个样,才十六岁,得有一百五十斤了吧?胖成那个样谁要你啊!

"也不照照镜子看看,前面那两坨肉都快赶上我了,还穿那么紧的衣服,这是要勾引哪个男人啊?

"看着你就来气,嘴歪眼斜的!随你爸爸,那个斜屁股歪心眼子的烂东西!

"烂东西,还敢把店开到我对门,找一天一把火把他店烧了!"
…………

说到重点了。又是因为爸爸。

丁葵把嘴里的饭咽下,努力把注意力转移到电视上。

无声的烟花绽放又熄灭,仿佛她眼里的光芒。

丁葵五年级的时候,爸爸丁兴盛出轨了。

不仅出轨,还直接带回来一个儿子。

这些都还没有让丁葵感到震撼,她最震撼的地方在于,她一直以为"出轨""养另外的家"都是有钱男人才会干的事,至少也是有点本事的男人。丁兴盛是谁?结婚之前是个游手好闲的小混混,还因为偷电瓶坐过一段时间的牢,出来后相亲认识了母亲。母亲家也不富裕,但是至少有一个卖粮油的门头,母亲是最大的女儿,当时三十二了,因为样貌问题一直找不着对象。两个人相亲的时候谁也没看上谁,母亲嫌父亲蹲过号子,父亲嫌母亲长了一张驴脸,下巴还歪着。奈何媒婆经验多,跟母亲强调对方是个浓眉大眼的年轻小伙子,跟父亲强调母亲家出的嫁妆比彩礼还多,横竖一比,两人都有亏有挣,加上一段时间的相处,两人发现对方还挺聊得来,于是挑了个好日子结了婚。

结婚之后,母亲家里出钱给他们在菜市场租了个门头,两个人开始卖鸡蛋灌饼。这个鸡蛋灌饼有母亲家的独门酱汁和制作流程,先炸后烤,夹上鸡蛋、烤肠,刷上秘制酱料,酥脆鲜香,所以生意一直不错,有了不少老主顾。两人勤勤恳恳,早出晚归,靠着一张张饼在菜市场附近买了个小两居室,三年后,丁葵就降生了。

每次家里来人做客,不管什么场合,丁兴盛只要喝大了,都要讲一遍丁葵出生那天的笑话。

"我在产房门口那个急啊,产婆说,绝对是儿子。我心想,是儿子最好,随我老婆也没事,丑就丑吧,男孩嘛!要是闺女呢,那必须得随我。要么是儿子,要么随我,我标准够低了吧?结果护士抱出来一看,得,两个都没中。又是闺女,又随她妈,我摸牌都没这么背过。"

每到这时,所有人都会转头看向丁葵母女俩,在两张脸上晃几圈,像那个找不同的游戏一样,最后一定是在父亲的反复询问下发出默契的哄笑声。

丁葵小时候脸皮薄,听到这些还会哭,一哭反而会引来更大的笑声。慢慢长大之后,她只觉得憋屈和愤怒。好几次,丁葵都想把碗摔到这些人的脸上，问他们这有什么好笑的。还有母亲，丁葵也不理解，明明是骂她，为什么她还要跟着笑？笑也不知道捂嘴，那两排本就包不住的歪歪扭扭的牙齿更加晃眼。自己怎么会和这张脸像呢？凭什么因为自己不能选的东西羞辱自己呢？

后来，丁兴盛不知道从哪个书摊上淘来一本讲面相的书，对照着看完后恍然大悟，说自己这些年一直发不了大财、小病不断都是因为吴采惠长了张克夫脸，就连闺女都克自己，两个人自身的命运也好不到哪里去，一辈子坎坎坷坷，还会连累周围的人一起倒霉。自从知道这件事之后，丁兴盛仿佛魔怔了一样，睁眼看到母女俩就开始发火，找各种小事和吴采惠吵架，说只要跟她们娘俩多待一天，就折一天寿。

是这个原因，父亲才找了个像面团一样柔软发白的女人？还是因为有了这个女人，才想办法把"命不好"的责任推给母亲和自己的长相呢？丁葵不知道答案，只知道父亲想尽办法逼着母亲离了婚，房子和丁葵他都没要，就分走了一半的积蓄，然后用这笔钱在她们对面的街上开了家一模一样的鸡蛋灌饼店，酱料、做法丁兴盛早就学会了，加上地理位置好，生意甚至超过了吴采惠的老店。

母亲大概就是从那个时候起，有了"突然暴怒"的性格。不分场合不分时间，但凡发现一点丁葵没做好的事，或者让她烦心的事，这个家就会立刻进入"警戒状态"。有时是在丁葵刚睡着的时候，有时是在人挤人的公交车上，更多的时候是在店里，一边给客人的饼刷酱卷菜，一边用不重样的话百般羞辱丁葵，从长相到身材，到成绩，把丁葵说得一无是处，然后把这个家散掉的原因全都怪到丁葵的头上。

听得多了，丁葵会觉得，这些话如此熟练、不经大脑地从母亲嘴里说出来，是不是说明它们早就在她的脑海里了？父亲和别人先扔给母亲，经过这么多年的酝酿，那些话像熬煮了几十年的陈年老酱，再厚的盖子也盖不住那喷涌而出的自我厌恶和戾气。丁葵知道反驳只会招来更大的怒火，只能在一旁默默祈祷这场辱骂赶紧结束，她甚至锻炼出了一种能力——把自己当成一个惊愕尴尬的路人，就可以毫不相关地站在一旁看着，对这一老一少两个丑陋的女人心生怜悯。

丁葵原本不信命，不信命运这种虚无缥缈的东西能从五官的起伏走向和手掌间的斑驳细纹预示出来。可是，她们母女俩眼见着父亲再婚后的日子真的越过越好，鸡蛋灌饼摊子变成面馆，还买了新车，父亲凹陷的脸颊也变得油润饱满，那个和自己有血缘关系的小男孩也长得飞快，眨眼间已经能在菜市场玩皮球了，皮肤一看就是被命运呵护过的细嫩。而她和母亲的生活，就像那个一百年也没刷过的烤炉一样，结着黑乎乎的油腻子，又脏又令人作呕，还不得不依赖着它。有一次，吴采惠不小心烫伤了手臂，很长一段时间连水都不能沾，摊子就交给了丁葵。吴采惠也就是在那个时候迷上了打麻将，有时候一天赚的钱还不够她输两圈的。这一切似乎都在印证父亲那个荒谬的理论。

如果父亲是对的，人的命就写在人的脸上，那么自己接下来的人生是不是就要和母亲一样，一辈子围着油烟锅台打转，指甲缝里永远都是洗不干净的剩菜残渣，随便找个门当户对的人嫁了，生下一个龇牙咧嘴的丑孩子，把母亲倒给自己的"酱汁"煮开再一股脑倒在孩子身上？

这不是她想要的。

既然命运写在脸上，那把脸变好看，是不是也可以转变命运？

丁葵十六岁那年就想明白了这件事。她想变好看，想从根源上摆脱和母亲相似的命运。除此之外，还有一个更重要的原因，也是她最大的秘密——她想当空姐。

有这个想法的时候她自己都吓了一跳。谁敢相信呢？同学口中的"葵花油"竟然幻想成为空姐。父亲知道的话，餐桌笑话又要增加一个，母亲肯定又要张着嘴大笑。每次一想到这件事，刺耳的笑声就从四面八方围拢过来，她每次都要花很大的力气才能摆脱。

最开始有这个梦想,是初三刚开学不久的一个周五。

那天,范老师统计了班里的中考意愿,只有寥寥几个人还想继续考高中,剩下的都和自己一样,想考但考不上,之后也不知道往哪里去。而且她的成绩惨不忍睹,即使是在螺臼镇中学这个垃圾学校,她在班里也是垫底的。范老师让他们回去好好跟家长讨论一下未来想干什么,下周一回来上交。

不用问,吴采惠早就给她安排好了出路——初中毕业就去市中心找个班上,什么都行,只要每个月拿钱回来。等丁葵工作稳定了,自己就能关店,过上打麻将跳广场舞的退休生活,再也不用去菜市场看丁兴盛一家其乐融融、生意红火的样子。丁葵反驳过一次,小声说"我想继续读书",其实还有后半句,"我还想上大学",但她不敢,前半句就够让母亲奚落的了。果然,吴采惠的眼睛缓缓离开电视,面无表情地盯着她,问:"你觉得你是读书的料吗?"

又来了,又怪到自己头上。她很想跟吴采惠细细掰扯一下自己学习不好的原因,从小到大她都没有过一张安稳的书桌,只要开始学习,就会被各种各样的事情打断;别的小孩在学"土豆"的英语单词,她在分辨哪种颜色的土豆发脆、炒起来好吃;不管第二天是不是考试,只要店里忙不过来,她就必须过去,所以总是睡眠不足,还老吃卷饼、煎饺、油条这些高热量的廉价食物,这些食物不仅让她的身体像掺了酵母一样迅速膨胀,还让她的脑子一直昏昏沉沉,什么字都看不进去。

有时候,她很奇怪李远期是怎么做到的。李远期是她在这个班里第二羡慕的人。在丁葵眼里,李远期长得也好看,像只敏捷的小鹿,最重要的是脑子灵光,胆子也大,敢跟欺负她的男生叫板。她原本以为自己和李远期不会有什么交集,但是自从李远期的妈妈在她们家旁边开了店,她终于有机会和李远期说上话,甚至可以一起回家。

越了解李远期,她就越对这个女孩好奇。李远期比自己的条件还差,没有爸爸,她妈妈看上去身体也不怎么好,还有一个三天两头来要钱的赌鬼亲戚。她每天除了上学,也要帮母亲干活,甚至和自己一样,有时候会直接睡在店里。可是李远期就是能做到考试名列前茅,似乎这些困难对她来说都是摆设。

丁葵曾问过李远期:"为什么你在这种情况下还能专心学习?"李远期说:"因为我想离开这种生活,而且我妈妈支持我。"

原来是这样。

丁葵想了想自己,虽然没有第二个条件,但是第一个条件足够强烈。她也想离开,离开母亲,离开油乎乎的屋子,离开随时会爆炸的生活。

所以,像命中注定一样,周五那天放学,她走到校门口,一个高挑纤细的女孩往她手里塞了一张花花绿绿的传单。一开始她也没在意,以为就是超市促销广告,走了两步才发现,那是北京一家航空学校的招生简章。丁葵飞快地读了一遍,像一只挣扎下坠的手突然抓住了一根树枝。

上面说,初中毕业也能直接上空乘学校,先上预科班,一年后再转专科或者本科,毕业有学历,还比高中毕业后再学习空乘专业的少学两年。简章最上方印着一排穿着灰色制服的漂亮女孩,指着一行小字——"离梦想不远 离蓝天更近"。

能去北京,能学空乘当空姐,甚至有机会上大学。

丁葵的脑袋像是突然被什么东西击中了一样。

这张传单仿佛一张为她量身定制的邀请函,金灿灿地摆在她的眼前。她停住脚,回身看着那个发传单的女孩。校门口的人还很多,她一直等到女孩手里的传单发完,才鼓起勇气追上去问。

"那个,你好……"

"什么事?"女孩回头,上下打量了她一眼。

丁葵拿出传单问:"这个学校,在北京吗?"

"当然,"女孩粲然一笑,"我就是这个学校的,来帮学校招生。"

"那……我也可以报名吗?"丁葵下意识低下头,用厚厚的刘海遮住发红的脸颊。

女孩的目光在她脸上迟疑了几秒,最终还是露出一个美丽的微笑:"上面有招生条件,只要符合,任何人都可以报名。"

空乘专业的报考条件写得很清楚——年龄在 16 岁以上,女生 160—172 厘米,女生体重为 [身高(厘米)-110]×(1±10%)千克;矫正视力不低于 0.4,无色盲、色弱、斜视;五官端正,面部和手臂等裸露部位无明显疤痕;身体健康,体形匀称,无明显的"O"形、"X"形腿;无肝炎或肝脾肿大,HBsAg 阴性,无精神病史,无各类慢性疾病,无肺结核等传染病;无久治不愈的皮肤病,如头癣、湿疹、牛皮癣、慢性荨麻疹等。

反复对照看下来,丁葵发现自己只有两个条件不符合。

体重,超了三十斤。还有,"五官端正"这四个字。

什么是五官端正?她对着镜子看了又看,想起下午那个女孩迟疑的目光。反正自己应该不算。

距离推开梦想之门只有这两块砖头。

减肥并不难,时间也绰绰有余。唯一要解决的就是牙齿。

丁葵小心翼翼地把招生简章折好,塞进枕头里面,轻轻躺上去,枕头里的荞麦沙沙作响。

好在,她有办法解决。

22 无影灯

> 越迫切，她就越没有退路。

无影灯照在脸上的感觉很像在审讯室，除了躺着等待发落，什么都做不了。

丁葵躺在牙科椅上，思绪开始乱飞。眼前的段锐锋正拿着工具，认真检查评估她的牙齿，再过一会儿，她就能知道自己的牙还有没有救了。因为她知道整牙不是拔牙，有些人的牙齿需要两三年才能正过来，而她只有一年多的时间，万一来不及，就什么希望都没有了。

段锐锋调整了一下无影灯的位置，不自觉地皱了皱眉。丁葵的心跟着揪了一下。

"下颌有点前突，还有点偏颌，所以中线不齐，老是用右边的牙吃东西对吧？"段锐锋摘了口罩，示意丁葵坐起来。

丁葵摸了摸脸颊，想了想，的确是，她一脸担忧："还来得及矫正吗？"

"你刚刚说，你一年以后有个面试对吗？"段锐锋坐回椅子上，"什么面试？可以告诉我吗？"

段锐锋语气温和，却带着一种不容反驳的气势。丁葵不知道段锐锋为什么会对自己的事情感兴趣，尽管告诉他也无妨，毕竟是陌生人，但是说出"面试空姐"这四个字还是让她觉得有点羞耻。段锐锋似乎也看出了她的迟疑，身体往后一倚，说："我得根据你的需要出一个矫正方案，看看一年左右的时间能不能达到能通过面试的效果……"

后来丁葵才知道，这些都是冠冕堂皇的借口，段锐锋只是想知道面前的女孩对这件事是否迫切，越迫切，她就越没有退路。

但是当时的丁葵没有多想，她抬起头，还是把自己都不敢直面的心愿说了出来。

她等着段锐锋笑出来，或者露出惊讶的神情，但是段锐锋没有说话，只是非常认真地盯着她的脸。丁葵躲开他的眼神，感到脸颊一阵阵发烫。她忐忑地等着，害怕段锐锋会直接宣判她"死刑"。

"你知道吗？"段锐锋身体前倾，看着丁葵，"你的眼睛特别美，鼻子也很好看，各方面条件都没问题，只要把牙齿整好，你一定能面试通过，考上空姐。而且，你相信我，一年的时间绝对够了。"

丁葵难以置信地看着段锐锋，几乎快哭出来。

"真的吗？"

"当然，你从现在开始治疗的话，一年后效果会非常明显，所以要尽快做决定。"

丁葵的眼睛黯淡了一下，她小心翼翼地开口："最快的是不是很贵啊？要多少钱？"

段锐锋拿出一个套餐价目表："想在一年之内就看到效果的话，只能用这个最新的半隐形陶瓷牙套，当然，价格也贵一些……"

段锐锋把价目表推到她的眼前："保守估计一万五到两万。"

上面写着密密麻麻的治疗过程，丁葵的脑子里却只有这一行数字。

她犹豫了一下，问："我听别人说……你这里不是有学生优惠吗？"

段锐锋指了指价目表上面的一行字："这就是优惠后的价格。"

丁葵不再说话，脑子乱成一团。怎么会这么贵？已经远远超出她的预想。

母亲没有这么多钱，就算有，也不可能给自己整牙。丁葵的眼前突然闪过父亲丁兴盛的脸，还有那个男孩粉嫩的脸。母亲前两天还说，那个男孩上了一个私立幼儿园，一年光学费就上万，所以两万块钱对父亲来说不是难事吧？丁葵随即又摇了摇头。不可能，从小到大父亲都没给自己买过一件新衣服，怎么可能会给自己两万块？她甚至能想象，自己如果打电话给他，他一定会从鼻子里哼气，说："两百我都嫌多。"

难道就要这样放弃吗？刚刚牙医说，只要牙齿弄好，通过面试不是问题，要是能考出去，以后就自由了。就算没有考上，整完之后也会变得好看，人生从此也会不一样吧？

一束暖阳斜斜地照进办公室，笼罩着丁葵，可她觉得眼前一阵阵发黑，刚打开的梦想大门仿佛在她面前缓缓合上了。

她突然想起以前听过的一个传闻，不管真假，她想再试一试。

"我听说，你这里可以先赊账……对吗？"

段锐锋抬起头："你听谁说的？"

"叫韩英梅，也是螺臼镇中学的，是我学姐。"

段锐锋在螺臼镇中学很有名，除了有以他的名字命名的奖学金，还有很多关于他的传闻。比如有找过他治牙的学生，说段锐锋人很好，如果是螺臼镇中学的，他会给很多优惠，有时候还会免除一些治疗费用。这个学姐韩英梅是丁葵家灌饼摊的老顾客，她就在段锐锋这里做过整牙，不止一次推荐丁葵去，她说当时自己拿不出那么多钱，段锐锋就给她赊了账，她毕业之后才把钱还上。也正是因为这个学姐，丁葵才会在第一时间想到来找段锐锋。

"我没有赊过账，你可能理解错了，"段锐锋直截了当地说，"不过我记得韩英梅，她的意思应该是，我借了她一笔钱。"

"借？"

"对，她当时的情况和你差不多，也是拿不出那么多钱，又因为牙齿的关系一直找不到工作……"段锐锋拉开抽屉，找出一张纸，"如果你真的有需要，我当然也可以帮你。"

段锐锋把纸掉转方向，丁葵紧紧盯着，阳光洒在上面，有些晃眼。

那是一张借贷证明。

姓名、金额、日期、理由都空着，长长的黑线像一根根绷直的绳子。

"至于还钱时间，也不着急，可以等你成年之后再还，那时候你就有能力赚钱了。"

丁葵迅速看了眼借贷证明的内容，立刻发现问题所在，她指着一行小字。

"利息太高了吧？这不就是……"

她把"高利贷"三个字吞下去，不想点破段锐锋的套路。上面写的利率是50%，如果要借两万块，一年光利息就是一个很可怕的数字。天下怎么会有免费的午餐？

一股巨大的失落感笼罩着她，左右都是漆黑的胡同，她突然觉得自己有点可笑，怎么会想到考空乘呢？怎么会这么天真？还是忘了这件事吧，老老实实回去把初中读完，想一想其他的出路。

丁葵把纸推回去："算了，太高了……我怕我还不起。"

她刚要起身离开，听到段锐锋在身后叹了口气："太可惜了……"

"可惜什么？"丁葵定住脚。

"不可惜吗？"段锐锋两手一摊，"离梦想就一步之遥，你自己不要了。"

怎么会是我不要了？丁葵喉咙发紧，半天才说："太多了，我真的怕我还不起……"

"你只是现在还不起，我又不是让你现在还，"段锐锋的语气带着不容置疑的笃定，"不是每个人我都会帮的，我说了，你的五官条件很好，都不需要整容，只需要把牙齿弄好，就会有很大的变化。我不知道你为什么想考空乘，是一直有这个梦想，还是想改变现在的生活。不管是哪个，都可以实现的。"

段锐锋拿起纸，抖了抖："两万块，听起来很多对不对？可是你的情况就是很复杂，你去找其他牙医治疗，至少三四万，一年内也不一定有效果，你可以多问几家，就知道我有没有骗你。"

段锐锋站起身，慢慢走近丁葵，高大的身形给人一种不可名状的压迫感。

"你想没想过，一年之后你变好看了，你的世界会是什么样子的？你可以考上你想考的学校，过你想过的生活，你的选择会比现在多很多，这些钱对你来说根本不算什么。韩英梅借的比你还多，后来不也还上了？可是她的生活从此之后就不一样了。"

没错，前段时间，丁葵还在街上碰到了韩英梅，她说她在上海一家化妆品公司工作，回来参加同学婚礼。韩英梅真的变了好多，化着精致的妆容，整个人的气质和以前完全不一样。以前，她说话习惯捂住嘴巴，这个习惯丁葵也有，而那时的韩英梅笑容甜美，自信大方，还随手送了丁葵一支新口红，说是公司的产品。丁葵回来搜了一下，那支口红居然要好几百。韩英梅说，她人生中做得最正确的决定，就是去找段锐锋整牙。

"因为这点钱就放弃梦想，确实有点可惜……"段锐锋慢慢踱回办公桌旁，"当然，我也只是帮忙，真正要做决定的人是你，你可以慢慢想。不过，从我专业的角度来说，这个决定越快越好……"

阳光越过诊所的窗户，贴在窗户上面的广告字的影子斜斜躺在地板上，丁葵呆呆地盯着那行字——"一口好牙是幸福人生的开始"。丁葵默念着这句话，觉得心里有什么东西正在渐渐松动。

丁葵拿起笔，在那张纸上签了字。

"昨天有一个记者问我，你命运的转折点是什么时候？其实我脑子里第一时间想到的，就是那天下午，我签字的时候。"丁葵轻轻抿了一口咖啡，口红印留在杯沿上，她一边用纸擦拭，一边看向对面的姚蔓。

姚蔓面前的红茶一口没动，面无表情地盯着她："所以，李远期跟段锐锋借的那笔钱，也是高利贷吗？"

姚蔓想起初三的那个下午，李远期带着她到河边找红丝带"还愿"，说永远摆脱了任钢的控制。她分明记得她问李远期是不是高利贷，李远期说不是，没有利息。那时候她还在心里感激过段锐锋的慷慨。

丁葵点点头："她一下子借了七万，我不敢想象她当年签字的时候在想什么……"

"你明知道是高利贷，还让她去找段锐锋借钱？"姚蔓的声音不自觉提高，"如果你不告诉她，她会想别的办法，而不是跟那个牙医扯上关系……"

"她还有什么办法，你告诉我？"丁葵反问，"你和李远期是朋友，还住在一起，你见过任钢，见过他发疯要钱的样子吧？李远期家的摊子不知道被他掀翻了多少次，连我看了都害怕，你应该比我更清楚李远期有多恨他，多想摆脱他！"

姚蔓当然清楚，她永远忘不了那个暖壶炸裂的夜晚，还有李远期看到任钢时眼里隐藏不住的恨意。她想起李远期把那枚黑色存储卡扔到河中的神情，像扔掉了一个被封印的诅咒。谁知道，这一切是用另一个诅咒换来的。

"而且我也提醒过李远期，利息很高，可是她好像很信任那个牙医，我那时候才想起来，她得过好几次奖学金，心里一直觉得段锐锋是个好人……"

丁葵紧皱眉头，似乎想到了什么让她反胃的事，她拿起叉子，吃了一口很久没动的蛋糕。蛋糕融化塌陷，像没有点火的蜡烛。

"所以段锐锋是靠放贷赚钱对吗？那要是还不上呢？……"姚蔓迟疑了很久，说，"我还是不相信李远期是因为这笔钱才杀的人……"

"不，姚蔓，段锐锋赚钱的办法不是这个，"丁葵把嘴里的蛋糕勉强咽下，目光落在桌子上的那份病历上，"我刚刚说的，只是一个开始……"

23 美娟

"我不要过你这样的人生,我走了,赚了钱我会回来。"

整牙很痛,即使是这么昂贵的材质,丁葵还是会疼得整夜整夜睡不着觉,牙床拉满弓弦,牙齿像随时都会崩落,连说话都费劲。好不容易稍微适应一点了,她就要去段锐锋那里复查,重新调整。不过她心里并不感到痛苦,每次回来都要照很久的镜子,像个贪心的财主一样时不时就想打开这个"聚宝盆"看看。不知是心理暗示还是牙套真的有用,丁葵确实觉得自己的脸在一点一点正过来,像她现在的人生一样,开始慢慢有了秩序。

丁葵白天假装去上课,实际上是去市中心的一家饰品店打工。临近毕业,班里人心涣散,不去上课的大有人在,逃课根本不会被发现。去北京的决定不能让母亲知道,她必须在考上之前攒到足够的学费。她想好了,只要考上,她就彻底离开母亲,离开江苔,再也不要回来。这家饰品店除了基本工资,每卖出一样东西都有提成。可能是因为有了赚钱的动力,丁葵第一次发现自己居然这么会卖东西,还敢和店里资历最老的员工叫板,只为能够抢到价格最贵、销量最好的玩具专区。

不过代价就是，丁葵的身体差点吃不消。她白天上完班，假装"放学"后就要去灌饼摊继续帮母亲卖饼和收拾。戴牙套的事也不能让母亲知道，一到店里她就戴上口罩，回到家也是尽量不开口说话。她也开始隐秘地减肥，不再吃油腻的食物，不再做那个负责"光盘"的人，不小心吃多了的时候，她会跑去厕所偷偷吐掉。后来知道这样很伤身体，可是看着体重秤上的数字一点一点接近录取标准，丁葵觉得一切都是值得的。让她意外的是，母亲居然真的没有发现自己的变化，似乎胖瘦美丑在她眼里都是一样的，丁葵准备好的说辞完全没有用上，倒是省得撒谎了。

终于等到了考试的日子，丁葵也拆下了牙套，站在镜子前，涂上了学姐送的那支口红。之前，她一点都不敢往自己的嘴巴上涂任何东西，颜色是种提醒，提醒她的丑陋和自卑。而现在，那面泛着油光的镜子里，她终于看到了一张和学姐一样明媚自信的脸。

考试分为笔试和面试，考试之前她找李远期补习过，还让李远期帮自己写了英文自我介绍。考场在省城一家体育馆里面，穿着泳装的男孩女孩们测完体重形体之后站成两排，有老师站在他们面前打分，丁葵偷偷打量着周围的人，本以为竞争压力会很大，没想到相貌出挑、符合报名标准的还不到一半，有个紫头发女生的牙齿看起来比以前的自己还歪，这样都有自信来报名？丁葵一下子有了十足的把握。

果然，考试顺利通过。收到录取通知书的那天，丁葵把早就收拾好的行李从床底拖出来，专门去了一趟店里，给母亲留了一张字条——我不要过你这样的人生，我走了，赚了钱我会回来。字条写在灌饼包装袋的反面，放在了油乎乎的案板上。母亲可能会看见，也可能会直接当垃圾扔掉，她都不在乎。她故意没说去北京，就是不想让母亲找到自己。

只是她没想到，这成了一个很快应验的诅咒。

因为她真的没有去北京。

那个心心念念、让她背上巨债的学校，那个名字里带"北京"的学校根本不在北京，而是河北一个靠近北京的郊区。

从学校的接送车上下来的时候，丁葵先看到的是远处一片废弃的化工厂，一座看不清轮廓的钢铁建筑裸露着生锈的肢体，几十座高压电缆塔像等待枪毙的犯人列队站在远处，被粗壮的电线缚住头颅和手臂，一条狭窄凝固的黑色河流从不知名的地方流淌过来，蜿蜒到学校里面。学校只有四栋建筑，两栋教学楼，两栋学生公寓，院落空旷，树木蔫头耷脑，阴影处停着一些苍老的轿车。要不是校门口挂着那句曾经激励她的宣传语——"离梦想不远 离蓝天更近"，丁葵还以为这是一个即将倒闭的驾校。

更让丁葵崩溃的是，班里的大部分人看上去根本不符合他们的招生要求，她甚至看到了那个自己曾经暗暗嘲笑过的紫头发的女生。那一瞬间，她觉得一切都失去了意义。整牙、欠债、背井离乡，换来的就是这个吗？

听说毕业的人里面，真的去了航空公司的人寥寥无几，都被印在校门口的宣传栏里面了。有人和丁葵一样，觉得自己上当了，当即就退了学。老师似乎也习以为常，没有阻拦。丁葵也想有这样的魄力，或者说退路。可她能去哪儿？回江苔？那张字条已经彻底堵上了这个可能，光想想母亲脸上会出现的鄙夷神色就已经让她难受了。退学去打工？可是学费已经交了，她身上一分钱都没有了。除了继续待在这里，她没有别的退路。

留下的人大多和她一样，要么无处可去，要么就是来这个地方混日子的。课程表倒是排得满满当当，平时除了要学习文化课，还有形体、礼仪、救生课之类的，其实纯属在浪费时间。救生课的假人不知道用了多少年，浑身上下脏兮兮的，散发着一股橡胶和下水道混合的味道。有人用红笔在它脸上画上口红、腮红，粘上假睫毛，衣服里塞上纸团，戴上胸罩，打扮成女人，还给它起了个女人的名字——"美娟"，这个假人的地位一下子不一样了。只要美娟出场，班里的气氛就会活跃很多，他们会在抢救课上故意把美娟的头弄掉，或者不小心扯开衣服，有人甚至当着老师的面模拟"强暴"美娟。恶意而无聊的玩笑，但每次都有惊人的效果，他们乐此不疲。

离北京很近的好处，就是经常能看见飞机。一开始，丁葵还残存一点希望，日子一长，她知道梦想已经越来越远。飞机日日从头顶飞过，不分昼夜，掀起巨大的噪声，每次听到，丁葵都会下意识堵上耳朵。

那声音听起来真像小时候在餐桌上听到的笑声。

在学校的时候，丁葵还是跟在小学、初中一样，没什么朋友，和班里的人保持疏离。以前是觉得自己不好看，所以不敢和人交朋友，现在变美了，也遇到了不少追她的人，可是她还是不相信这些人是真的喜欢自己。每当有人告白，她总忍不住去想，你被我骗了知道吗？我以前很丑的，我还欠了很多钱。

丁葵一直没有忘记那笔钱，为了现在的生活，她把自己逼到了另一个没有退路的胡同里。

自从确定梦想破碎之后，她不再去学校上课，而是想尽各种办法赚钱。她去商场推销化妆品、卖手机卡、批发倒卖小饰品、在开业的饭店扮演卡通人偶、在珠宝店当推销模特……学校里也有一些勤工俭学的项目，比如在招生季的时候，会让一些面容姣好的男生女生去各个地方的学校派发传单，就是当年在螺白镇中学校门口，那个漂亮女生给自己的那张花花绿绿的纸，"离梦想不远 离蓝天更近"的宣传语，一模一样，只是改了年份。尽管觉得恶心，丁葵还是去做了，毕竟一天发一百块。她跑了很多学校，像当年那个女生一样，面无表情地把传单塞到那些年轻孩子的手里。

毕业之后，班里的人不出意外都没有像宣传单里说的那样，可以转到专科或者本科继续读书，大部分的人和丁葵一样，一下子步入社会开始工作。很多人去了北京打工，丁葵也去了，可是以她的学历和年龄，根本找不到什么好工作，只能继续打零工。即使是在北京，挣钱的速度也远远赶不上利息增长的速度。丁葵算过，自己晚还一天，本金就像雪球一样越滚越大。算到后来，她不敢算了。眼看还款的时间越来越近，她不敢吃东西，不敢买衣服，只要手机一响，她就会浑身发麻，动弹不得。债务像根缠在脖子上不断勒紧的皮筋，会在深夜把她勒醒，睁眼就是无尽的黑夜。

她总会想起那个阳光明媚的下午，段锐锋和她讲：等你变好看了，去了北京，当了空姐，这点钱根本不算什么，等你成年了再还也来得及。那时候她是信的，也觉得一切都没有那么难。想象力的可怕之处，就是你真的会在希望的作用下，说服自己相信一些根本不会发生的事。

2011年初夏，她在一个KTV的后厨度过了自己的十八岁生日，也终于等来了段锐锋的催债信息。像是悬在头上的剑终于落下，疼的一瞬居然是轻松的，接着就是从四面八方涌来的绝望。因为当时的她不仅没有攒下钱，还欠着好几个月的房租，别说本金，连利息都拿不出来。她恳求段锐锋再宽限一段时间，段锐锋似乎也料到了，宽宏大量地说，那就再给她一周。

一周怎么可能够？丁葵握着发烫的手机，指尖冰凉。

外面又有人在唱《最初的梦想》，几乎每天都有人点。那首她曾经最喜欢的歌，她曾经信以为真的歌，现在一听到就想吐。

"……最想要去的地方,怎么能在半路就返航?……"

说起来容易,可是有谁告诉过他们应该怎么去?

突然间,一个念头闪过她的脑海。

"要不跑吧,北京这么大,段锐锋上哪里找我?他应该不会报警,顶多去找自己的父母要钱,他们应该能拿出这笔钱吧?最坏的结果,就是他们咒骂痛恨自己一辈子,无所谓,反正他们也没有在乎过我,回去也是被骂。"

丁葵把手插进一旁的冰桶里,强迫自己冷静下来。外面喧闹无比,啤酒瓶碰撞声、呕吐声、掷色子声,有人吵架,有人大笑,有人在唱《生日快乐歌》。

祝你生日快乐,

祝你生日快乐,

祝你幸福,

祝你平安,

祝你生日快乐……

像小时候那种一打开就会一直唱个不停的生日贺卡。

要是能回到小时候就好了。一切能重新开始就好了。

丁葵闭上眼睛,把手拿出来,用冻僵的手指关机,抠掉电话卡,扔进了肮脏的洗菜池。

接下来的一周,她在惴惴不安中度过,她请了假,躲在宿舍里。

她生了一场大病,躺在狭小肮脏的床上昏睡,身上的汗浸湿了床单。她希望一眨眼,一切都可以过去,她甚至有点想念在灌饼摊前煎鸡蛋的日子。她好希望这一切都没有发生。只要门口有人经过,或者响起敲门声,她就会浑身发抖。她很怕段锐锋会找上门来。不过,仅存的一点点理智告诉他,不会的,他不会知道自己在哪儿,他也不会专门来北京找她。

然而,她还是低估了段锐锋的手段。

一周后,她很久没有登录的邮箱收到了一封陌生邮件。不祥的预感袭来,犹豫了几秒,丁葵还是点开了。

里面有五张照片。

姿势不同,都是一个女孩赤裸着身体躺在一张床上昏睡的样子。

丁葵一眼就认出那是自己。

血液在身体里一点一点凝固,她觉得耳朵嗡嗡作响,因为她根本不记得自己什么时候拍过这些照片,以及这个地方是哪里。

她强忍着恶心,把每一张照片放大,查看。伤疤和痣都对上了。

确实是自己。

莫名地,她想到了美娟。那个任人摆布的没有生命的假人。

她一点点下滑,看到了下面的一句话——

照片还有很多,不想被所有人看到的话,三天之内回来找我。

24 珍珠

> 口口声声帮忙，一副为你好的架势，实际上早就在唯一的出口织好了网。

那些照片是在丁葵整牙期间拍的，丁葵之所以什么都不记得，是因为拍照之前，段锐锋给她打了足量的麻药。

丁葵目瞪口呆地听段锐锋说完这些，大脑仿佛被重重一击，记忆瞬间被重构。

她想起来了，第一次来诊所安装牙套，段锐锋拿出麻醉针的时候自己还疑惑过，为什么整牙还要麻醉？可她没有想太多，毕竟之前没有整过，以为会很疼。她隐约记得那天的确昏睡了好久，醒来时天都黑了，而段锐锋一直没有叫醒她。难道是那个时候拍的？

"在哪儿拍的？只是拍照吗？"丁葵压抑着汹涌而至的恶心，"……你有没有做别的？"

"做什么？我又不是变态。"段锐锋摊开手，露出坦荡的神色，"再说，我也是迫不得已，我借给你那么多钱，你跑了，我上哪儿去找？我拍照片就是为了防止遇到像你这样的人。"

丁葵无言以对，目光落在办公桌上那一沓倒扣着的照片。她不知道还有多少张。

刚刚离开江苕的时候，她想过有朝一日会回来，想了一百种可能，就是没有想到是现在这种情况。现在的她不敢回家，也不敢报警，身无分文，走投无路，还随时可能身败名裂。她环视了一下四周，还是同样的办公室，同样的座椅，一样的夕阳，那句"一口好牙是幸福人生的开始"广告语依然贴在门上，影子落在丁葵的脚上，像一张把她钉死在原地的黄符。

"把所有的照片给我，我会还你钱的。"丁葵说。

"顺序反了，你先还我钱，照片自然会给你。"

"再给我点时间行吗？"丁葵说得有气无力，"再给我一年，我肯定会还上。"

"一年？"段锐锋挑眉，露出不可思议的神情，"你知道你现在欠我多少吗？已经翻了不止两倍，再来一年，你确定你能还上？"

丁葵觉得眼前一阵阵发黑，这才注意到阳光不知道什么时候没了，窗外传来车鸣声和小朋友的嬉闹声，盖过了远处工地的噪声。到放学时间了。

"你没当上空姐我挺意外的，不过这只能说明你运气不好，不代表你没有赚钱的能力。"段锐锋站起身，打开灯，用纸杯接了杯热水，饮水机咕咚作响，让他的声音也有了些温度，"相信我，以你的能力和样貌，挣这些钱根本没有那么难……"

"什么意思？"丁葵眯起眼睛，自从认清段锐锋之后，她对他的每一句话都充满警惕。

"我不是不讲情面的人，我也知道你不是不想还，所以我想再帮你一次。"段锐锋把水杯递给她，"我这里有一个赚快钱的工作，只需要半个月，就能让你把钱都还上，你感兴趣的话，我可以帮你介绍。"

同样的说辞和语气，两年前也出现过。口口声声说帮忙，一副为你好的架势，实际上早就在唯一的出口织好了网，丁葵心知肚明，段锐锋并不是在跟自己商量。她根本没的选。

她看着那杯透明的水，只能问："什么工作？"

段锐锋起身，轻轻关上了办公室的门，吧嗒一声，像按了静音按钮，外面的嬉闹声骤然小了下去。她听见段锐锋说："你听说过捐卵吗？"

"什么？"丁葵以为自己听错了。

"捐卵，"段锐锋一脸真诚地重复了一遍，"就跟献血一样，把你身体能再生的一部分捐出去，不影响健康，又能换钱，而且比献血值钱多了。这是你们女人的特权，男人想捐都捐不了。"

杯子里的水很烫，丁葵紧紧握着，脑子乱成一团。

她当然听说过捐卵。在空乘学校读书的时候，女厕所和女生宿舍的墙上经常有人写"招聘捐卵志愿者""爱心捐卵""高价卖卵"之类的小广告，下面留一串手机号码。还有一些小卡片写得更为耸动——"缺钱、欠信用卡、买苹果手机，快捷通道！""女生挣大钱的机会来啦！变废为宝，不捐就是白白浪费！"只是丁葵从来没当一回事。后来宿舍一个女生为了还信用卡债真的打通了其中一个电话，消失了一个月，回来不仅还清了欠款，还买了不少新衣服。她怂恿丁葵也去捐，但是丁葵怕疼，总觉得很危险，那个女孩说，会打麻药的，就十几分钟，一万块就到手了。丁葵不是没有心动过，但那个时候的她总觉得自己还是能靠工作还上那笔钱，不到万不得已，她不会选择伤害自己的身体。

没想到，这么快就到了万不得已的时候。

见丁葵迟迟没有说话，段锐锋换上了更柔和的语气。

"实话跟你说，有一个客户看了你的资料，对你的长相、身材很满意，唯独不满意你的学历，专科、本科的价格是不一样的，你连专科都没有上，他一开始出价很低，只有两万……"段锐锋顿了顿，"我好不容易才帮你谈到这个价的，所以他们还想跟你见面聊聊。不过你别担心，正常聊天就行，一般没什么问题……"

"你的意思是，我只要面试通过，捐一次卵，就什么都结束了，对吗？"丁葵低下头，水已经凉了。

"就是这个意思，"段锐锋回到座椅前，拉开抽屉，拿出那张薄薄的借贷条，和那一沓倒扣的照片摆在一起，"借贷条和照片，结束之后我都会还给你，之后你想去哪儿就去哪儿，想干什么就干什么。"

"所以我根本不能拒绝，对吧？"丁葵苦笑。

"你当然可以拒绝，这种事没法强迫的，毕竟是你的身体。"段锐锋还是那副好人的语气，丁葵觉得胸腔很堵，她把杯子里的水一饮而尽。

她想了想，问："我会有危险吗？"

"你放心，出了事我也有责任。"

"我的意思是，"丁葵用指甲在纸杯边缘掐出印记，"我以后还能生孩子吗？"

"当然了，"段锐锋回答得很笃定，"你放心，这就是一个普通的小手术。"

签字之前，丁葵犹豫了很久，还是给母亲和父亲分别打了电话，她说自己现在正在被人威胁，如果不给钱的话，可能真的会死。母亲一开始以为她是骗子，确认不是骗子之后语气反而更加凶恶，说："死就死，这么多年不回来，我早就没你这个女儿了！"父亲倒是没有拒绝，而是直接挂了电话。

丁葵早就有预感会是这样的结果，她这么做，就是想在将来后悔的时候，恨的不是自己，而是他们。

面试安排在一个 KTV 的顶层包厢里，据说这一层是专门用来面试的。沉重的包厢门反锁之后，像一下子进了棺材，外面一点声音都听不见。包厢的墙壁是湖蓝色的，丙烯颜料画的水藻和游鱼，波纹荡漾，天花板上垂下一大片柳叶一样的灯饰，在空调的作用下一直浮游飘荡。

面试她的是一个年轻女人，三十岁出头的样子，化着精致的妆容，鼻子很尖，嘴唇薄薄的，手指细长，涂着亮晶晶的红色指甲油。她的屁股边上放着一个香奈儿的包，丁葵只认得牌子，看不出真假。丁葵心想，就算是假的，她的气质也让这个包看上去是真的。

丁葵注意到包厢的角落放着一台亮着灯的摄像机。女人解释说自己是替老板来的，老板很注重隐私，不方便过来面试，她来拍摄一些素材，好回去给老板再筛选比对一下。

女人让丁葵把包厢的大灯打开，然后让她像木偶一样伸展双臂，在摄像机前转了几圈。之后女人又从包里拿出一个小本子，问了她很多问题。比如：爸妈还健在吧？爸妈身体怎么样？有没有整过容？月经正不正常？甚至还考了她几句英语……丁葵一一回答，段锐锋叮嘱过，都按照最好最正常的说就行，其实就是走过场。

虽然早有心理准备，但是女人的目光一直让丁葵很不舒服，打量中藏着不屑，刻意假装的礼貌反而更显刻薄，好不容易回答完了所有的问题，女人关了摄像机，让她回去等消息。丁葵正准备离开，女人突然开口问了一句："你怎么欠了这么多钱？是不是都拿去买名牌了？"

丁葵一时语塞，她不明白她为什么这么问。

"向往好的生活是好事，但是正经赚钱的门路也不少，"女人笑了笑，"你还年轻，有手有脚，以后别干这种事了。"

丁葵不记得自己是怎么走出包厢的了，只记得关门的一瞬眼泪就流了下来。

她想问:"那你呢?你在这里又扮演什么角色?你来替你的老板面试,你就无辜吗?他就对吗?"可是丁葵一句话都说不出来,因为她分辨不出女人究竟是善意提醒还是恶意嘲笑。

丁葵精神恍惚地走到楼梯间,一个熟悉的声音在身后叫住她。

"丁葵!"

丁葵回头,看到李远期从走廊尽头的包厢向自己跑来。

两三年没见,李远期长高了很多,还是很瘦,不过是那种很健康的瘦,脸上多了些棱角,眉眼依然锋利,看上去不是一个小孩子的模样了。她想到现在的自己,应该是又憔悴又狼狈吧。

"好久不见,你变化好大啊,整完牙真的很好看,"李远期欣喜地打量着她,"对了,你怎么不打招呼就走了,你妈妈找了你好长时间……"

"是吗?"电话里的母亲并不像找了自己很久的样子,估计是李远期在安慰自己。她不想聊母亲,于是转移了话题。

"我去北京上学了,"她顿了顿,补充道,"学空乘。"

"你好厉害,我还没毕业呢,你都已经去北京了。"李远期边说边按了向下的电梯按钮。

"那你今天怎么不上课?"丁葵想起今天不是周末。

"我来面试的,"李远期神色淡然,"段锐锋给我介绍了一个工作,雇主平时很忙,换不了面试时间。"

丁葵心里咯噔一下。

难道李远期也和自己一样被逼着来跟客户面试吗?丁葵想起来李远期确实跟段锐锋借过一大笔钱,当时还是自己告诉她的。丁葵觉得心里很难受,好像是自己害了李远期。可是看李远期的表情,好像不觉得有什么。

"什么面试啊?"丁葵尽量装得自然。

电梯门开,两人走进去,李远期伸手按了一楼。

"家教。我平时要上课,只能干这种兼职,"李远期无奈地笑了笑,"不过这个雇主很有钱,家里有个小孩上初中,段锐锋说和他认识很久……"

"等一下,"丁葵打断她,"你的意思是,段锐锋给你介绍了一个家教的工作,然后让你来这个地方面试?"

"是啊,其实我也挺奇怪的,为什么来这种地方面试……"李远期想了想,"还有一点很奇怪,我不知道面试家教为什么要问那么多隐私问题,那个阿姨居然还问我什么时候来月经……"

叮。一楼到了,李远期住了嘴,走出电梯,发现丁葵没跟上。

"怎么了?"她回身看向丁葵。

"李远期,"丁葵看着她,一字一顿地说,"你被段锐锋骗了。"

25 星河

如果这世上真的有神,为什么一直让好人遭受厄运?为什么在那个时候神帮的是段锐锋,而不是她们?

"段锐锋为什么要骗李远期?"姚蔓很不解,"如果面试成功,她不是早晚要知道吗?"

"这就是段锐锋高明的地方,不对,应该说是无耻。"丁葵厌恶地撇撇嘴,"像我这样走投无路,也没有父母可以依靠的,他的手段就会强硬一些,更何况我有照片在他手里。李远期是属于那种不好掌控的,为了安全起见,先不告诉她,面试成功再进行下一步,至于段锐锋要怎么说服李远期我就不知道了,他肯定有很多办法……"

丁葵把杯子里的咖啡一饮而尽,指着病历上的"琥珀"两个字。

"一开始,我也不知道'琥珀'是什么意思,后来才知道,那是段锐锋给我们分的等级……"

"等级?"

"对,根据我们的情况,就是身材、长相、成绩什么的,分成不同的等级。等级不同,价格自然不同,"丁葵自嘲地笑笑,指着甜点上的樱桃,"就跟分水果一样,普通、中级、特级……我是'琥珀',李远期是'珍珠',比我高一级,价格也贵一些,因为她成绩很好……"

"这是谁分的？"姚蔓觉得胸腔很堵，连忙喝了一口茶水。凉掉的茶水非常苦涩。

"还有谁，就是那个牙医啊。还有没有别的等级我就不知道了。"

她似乎松了一口气，有种终于说出来了的解脱感，神情也不像之前那么谨慎。

"能达到'珍珠'级别的人很少，所以很贵，'预订'李远期的那个客户身份很神秘，也很挑剔，但是出手大方，不算段锐锋的提成，李远期自己就能拿到八万。所以段锐锋才那么谨慎，没有一开始就告诉李远期，怕她知道的话连面试都不会去。"

"你怎么知道这些的？"

"李远期知道自己上当之后，回去和段锐锋大吵了一架。我不在，是李远期后来和我说的，她想知道那个客户是谁，段锐锋肯定不会告诉她的，反而一直在劝她，还说可以继续加钱。她对段锐锋特别失望，因为她以前真的信任过段锐锋，被信任的人这么伤害，谁都会崩溃吧……"丁葵把樱桃在盘子里拨来拨去，半天没放到嘴里。

"后来呢？李远期也被拍照威胁了吗？"姚蔓握住冰凉的茶杯，有些害怕听到接下来的答案。

"我没跟李远期说裸照的事……"丁葵压低声音，"我当时就是怕别人知道这件事，所以没有告诉她，她也没有和我说过，我不知道是没拍，还是她和我一样，不敢告诉别人。"

丁葵跟服务员招了招手，又点了一杯冰美式，她看向姚蔓："你还要喝什么？"

姚蔓想了想："热巧克力吧。"她现在急需一点温度和糖分来恢复感知。

"那后来呢？李远期去了吗？"

"后来,后来我就住进了星河宾馆。"丁葵用脚点了点地板,转头看向窗外正对着的一个维纳斯雕像,雕像已经很久了,乌青发黑,身上贴满小广告,"就是这里,差不多这个位置的房间……"

丁葵按照段锐锋的安排,住进了星河宾馆。在正式手术之前,她要住十五天左右,打促排卵针,以及休养身体。

宾馆在螺臼广场附近,入门很小,大厅昏暗冷清,墙上挂着几个错乱的世界时钟,墙壁灰白斑驳,两盆塑料假花堆在楼梯口,左右都是灯火通明的棋牌室,噪声很大,一点都配不上"星河"这么漂亮的名字。

一楼没有房间,只有一个臭烘烘的电梯,房间都集中在二楼,长长的走廊,分布着十个房间,经过改造,每个房间都能住四五个人,更像是学生公寓的样子。据说"生意"好的时候,所有房间都能住满。但是丁葵在的那段时间,房间里只有另外两个女孩,二十多岁,不过她们不爱说话,几乎每天都在睡觉,没过两天就走了,剩下丁葵一个人。

房间很脏,打扫也不及时,留下了很多女孩生活过的痕迹:下水道旁成团的头发,油乎乎的电磁炉,瘪瘪的牙膏,廉价化妆品,摊开的旅行箱。几箱过期的没过期的牛奶。窗户也很窄,踮着脚可以看到广场中央的一个维纳斯雕像。政府初立这个雕像的时候丁葵就疑惑过,这么落后封建的地方,连女人穿短裤都要被说"伤风败俗",却能放一个赤裸的女人雕像站在那么高的地方。

丁葵住在那里的那段时间,几乎每天都要喝三瓶牛奶,喝到后来看到牛奶就想吐。但是不喝不行,要补充蛋白质,而且每天都有人检查。

负责给她们送饭订餐的是一个身体强壮的金发男,丁葵听别人叫他金毛哥，这个人也是负责看着她们不让她们逃跑的人。

每天都会有一个中年女人上门给她打促排卵针。打针并不疼，但是卵泡在体内胀大的感觉很不舒服，像是往肚子里塞了几条死掉的金鱼，又胀又坠，胸疼得整夜睡不着。恶心，想吐。但是那些女孩和金毛说这些反应都是正常的。

那段时间，丁葵没有和李远期联系，因为手机被收走了。等待的日子无聊且漫长，每天的景色就是维纳斯雕像的影子投在对面的墙上，从小影子一点点变大，又消失在黑暗中。一天就过去了。

日子每天都一样。所以那段时间，她迷上了涂指甲油。

人再怎么长大，掌纹、指纹基本不会改变，但是指甲可以不一样。她喜欢把指甲涂得五颜六色，贴上亮片，画上小动物，第二天再用洗甲水洗掉，画上新的。每当看到亮闪闪的指甲，她的心情也会跟着好起来。因为只有这样，她才能感受到一点对身体的控制，生活也有了那么一点值得期盼的事。

好不容易挨到要做手术的日子，就在手术前一天，李远期住进来了。

她看上去非常憔悴，眼睛很红。丁葵问了她很久，李远期才把她妈妈和任钢发生的事说出来。当时她的妈妈在住院，急需一大笔钱，没有这笔钱，她妈妈是挺不过去的。李远期实在走投无路，才去找了段锐锋，同意了那笔交易。

后来丁葵一直想问，如果这世上真的有神，为什么一直让好人遭受厄运？为什么在那个时候神帮的是段锐锋，而不是她们？

第二天，丁葵就被人蒙上眼睛，带到了一辆面包车上。丁葵事先知道，这样做是为了保密，可是她心里很不安。面包车里散发着一股腐臭的烟味，让她很不舒服。段锐锋一直告诉她，整个过程都是正规的，去的也是正规医院，但是窗外的声音却越来越荒凉，到后来已经听不到其他的车鸣声。

丁葵内心的不安越来越大，她终于忍不住问司机究竟是不是去医院，谁知道司机非常诧异。

"医院？谁跟你说是去医院？"

司机说完，好像意识到说错了，一路上都沉默不语。

丁葵知道自己上当了。

她努力摘下系得紧紧的眼罩，发现车子确实开到了一个非常荒凉的地方。她用力拍窗户，想逃出去。司机好像习以为常，停下车，拿出绳子和眼罩，重新把她绑了起来并蒙上眼睛。挣扎的时候，丁葵把司机的衣服扯破了，那个司机的背上有一道很长很长的伤疤，摸上去像一条蜈蚣一样，她觉得既恐惧又恶心。

她一路上都在拼命挣脱和哀求，但是司机无动于衷。他一直说他也缺钱，大家都不容易，要互相体谅。后来丁葵一直在想，如果当时那个司机稍微动一下恻隐之心，一切会不会不一样？

很快，车子到了目的地，那时候丁葵已经没有任何力气去反抗了。因为眼睛被蒙上，五感都被放大。她记得自己被司机一步步背到了一个房间里，脚底都是碎玻璃、塑料袋的声音，啤酒瓶在咕噜咕噜滚动，没有人声，没有消毒水的味道，反而到处都是粪便的臭味。这里怎么可能是医院？闻起来更像是一个荒凉的废屋，如同她自己一样。

房间很冷，屋里应该不止一个人，好几双脚在四周走来走去，碾着脚底的沙砾。一双女人的手握住她的胳膊，把她架到一张冰凉的手术椅上，打开双腿。另一个人把她的双手双脚绑住。无论她说什么，怎么哀求，都没有人回应她。她感觉自己像是一头被关在真空罩里瑟瑟发抖的羚羊，每个人都能看到她，却没人知道她在说什么。

没有尊严，没有麻药。长长的针从下体刺进去，像一道能把人千刀万剐的激光从深海袭来。丁葵疼得晕了过去。

"醒过来的时候，我又回到了星河宾馆。不过，不是有李远期的那个房间，而是单独的一间……我不知道自己睡了多久，只记得自己很臭，很脏，很疼……"

丁葵抿了抿嘴巴，手忍不住覆盖住肚子："该怎么跟你形容那种感觉呢？就像是，他们在我肚子里放了一个二十四小时运作的绞肉机……"

丁葵淡淡地说完这些，沉默了一会儿。

姚蔓低下头，看到自己的双手正在发抖。

两人像是回避什么似的，转头看向隔壁桌三个正在庆祝生日的中学生。

女孩们穿着螺臼镇中学的校服，桌子上摆着一个小小的蛋糕，其中一个短发女孩头上戴着一个寿星王冠，正闭着眼睛许愿。这个愿望许了很久，对面的两个女孩也不着急，一直在耐心等着。短发女孩睁开眼，吹灭蜡烛，三个人又笑又拍手。

"那李远期呢？她知道吗？"姚蔓问。

"我想办法告诉了她，我不能让她也经历这些……她逃出去了，但是没过几天，我就听说她把段锐锋杀了……"

"所以，你不知道那天晚上发生了什么吗？"

丁葵摇摇头："因为那段时间，我差点也死了。做完手术第三天，我的肚子就像皮球一样胀起来，我自己跑去医院，看完医生后，抽了好多腹水。医生说，我是因为一次性取卵太多，卵巢重度损伤……"丁葵顿了顿，"所以，十八岁那年，我就知道，我这辈子再也不可能怀孕了。"

丁葵把病历翻过来，指着右下角的数字"26"。

"这个数字的意思，就是我被取的卵子的数量。"

大概是发现有人在过生日，店里的音乐突然切换成《生日快乐歌》。店里的人都下意识抬起头寻找寿星，那个戴寿星帽的女孩不好意思地捂着脸。

丁葵和姚蔓沉默地听着欢快的乐曲。

窗外已经黑了，广场的很多店铺亮起霓虹灯，维纳斯雕像像覆着一层五彩斑斓的金属油膜。世界一副井然有序的安稳模样。

姚蔓突然开口："你刚刚说，那个司机背上有一道很长的伤疤，像蜈蚣，对吗？"

"对，"丁葵收回目光，"怎么了？"

姚蔓的脸上是温暖的灯光，她的目光却异常冰冷。

"你说的这个人，我好像知道是谁。"

26
蜈蚣

> "世事无常"之所以是真理,就是因为意外会在任何一个平静的日子里到来。

晚上十一点,健身房空无一人,地上湿漉漉的,弥漫着消毒水的味道。吕东鸣看了一眼前台电脑上的监控,再次确认没有人之后,他走到门口,把健身房的门反锁了。

"你锁门干什么?"胡风易刚躺到卧推架上,"我练一下就准备走了。"

"今天练多少?"吕东鸣走到他的头顶处,看了下杠铃片的重量,"试试150?"

"先120吧,这几天状态不好。"

吕东鸣从地上拿起两个杠铃片,一边上,一边说:"你还记得我早上问你的事吗?"

"什么事?"

胡风易吃力地举起杠铃,突然觉得有些不对劲:"你给我上了多少?"

胡风易用余光看了看两侧的杠铃片,重量加起来有160。吕东鸣帮他撑着杠铃杆,但是并未用全力。只要吕东鸣松手,这些重量就会全都压在他的胸口上。

"我问你认不认识段正翼,你说不认识,对吧?"

胡风易的脸憋得通红,不明所以地看着吕东鸣:"你干什么……快拿走!"

"老胡,你到底认不认识段正翼?"

胡风易咬紧牙关,使出全身的力气,想把杠铃杆抬起。吕东鸣微微施力,杠铃杆缓缓下坠。

"我提醒你一下,去年圣诞节,你跟段正翼说什么了?"

胡风易的手臂开始剧烈颤抖,眼看杠铃杆就要压到胸口,胡风易从牙缝里挤出一句:"我认识行了吧……快……快抬起来!"

吕东鸣两手用力一抬,哐啷一声,杠铃杆落回架子上,铁片嗡嗡作响。

胡风易大口喘气,等稍微缓过神来,一把揪住吕东鸣的领子:"你要害死我啊?你到底想干吗?!"

"我只要你说实话!"吕东鸣眼里充满愤怒和失望,"我就想知道你为什么要骗我?到底为什么所有人都在骗我?"

胡风易松开手:"我不知道你是什么意思。你最近到底怎么了?……"

吕东鸣定了定神,看着他:"老胡,你还记得咱俩怎么认识的吗?我们之前在那个球队打球,那个富二代,叫什么我忘了,他怀疑我和他女朋友有一腿,老刁难我,有一回污蔑我偷钱,其他人为了讨好他上来打我,就你站出来给我做证,还把那个富二代给得罪了,本来要给你的投资也撤了。我从小没什么朋友,不知道你为什么帮我,但那时候我就觉得,你是个可以信任的人……"

吕东鸣环视四周:"所以我把当时准备结婚买房子的钱拿出来一部分,跟你开了这家店,我没后悔,这也是我自己的选择。我想说的是,这么多年,我最信任的两个人,就是你和姚蔓,但是我最近发现，你们两个都有事瞒着我，还都和这个段正翼有关……我就是想知道到底怎么回事。"

胡风易低头想了一会儿："你刚刚说姚蔓也有事瞒着你，为什么？"

吕东鸣拿出手机，找出寻人启事和那则新闻："前两天，我在姚蔓那里发现的……除了这个，还有好几万块钱现金，我怀疑那些钱是新闻里说的这些……"

胡风易拿过手机翻看，沉默了好一会儿。

"不会的。"胡风易喃喃自语。

"什么不会的？"

"其实你跟我要圣诞照片的时候，我就有预感你会来问我。"

胡风易把手机还给吕东鸣，下定决心似的叹了口气。

"我确实认识段正翼，不过那都是十几年前的事了，我不想提起，是因为我一直想忘掉那段经历……"

2010年之前，胡风易的人生可以说得上顺风顺水。

他的父母都是江苔本地人，一开始开长途货车，后来转做五金生意，慢慢拓展出房屋装修的业务，开了个小型装修公司，搭上了那几年火速发展的房地产市场的快车，赚得盆满钵满。钱越多，人就越忙，像所有忙于挣钱疏忽家庭的父母一样，两个人只能用钱去弥补缺少的陪伴。小时候的胡风易也没觉得空虚，因为他的童年几乎可以用"心想事成"来形容，别的小孩还在拼命考双百换一顿肯德基的奖励，他收集的肯德基玩具多到能送人，红白游戏机、发光悠悠球、MP3他都是全班第一个有的，他的偶像是蜘蛛侠，卧室里摆满了蜘蛛侠的周边。逢年过节，来家里串门的亲戚朋友能从初一排到初七，屋里总是坐满了人，桌子上的菜和糕点堆都堆不下，每年光红包就能收厚厚一摞，来了人见到他都要夸一句："这胖小子命真好。"

胡风易也觉得自己命好，命一好，梦想就变得可有可无。他就像一只生在葡萄架上的蜗牛，整天懒懒散散，一步都不想挪。他从来没有想过将来要成为什么样的人，连考大学都不在他的人生规划里，他只希望自己的人生能一直这样无忧无虑。父母一开始还对他寄予厚望，后来看着分数越来越低的成绩单觉得糟心，索性不管了。父亲胡国星干脆说："我和你妈不指望你多有出息，你只要在学校不惹事就行，多交点朋友，将来出社会人脉最有用。"母亲在一旁附和："你只要健健康康的，其他的什么都不用你操心。"

胡风易本来就没什么斗志，这话又给他打了一针麻醉剂，初中高中，在同龄人最拼最辛苦的那几年，他除了睡觉、泡妞、打游戏，什么都没学会。高考之后，他去了江苔职业学校学商务英语，学了两年，还是只会说"fine, thank you, and you（很好，谢谢你，你呢）"。唯一的收获是，交往了一群"出生入死"的兄弟。有校内的，也有校外的，每个人见到他都恭恭敬敬地叫一声"风哥"，只要是胡风易买单的场子，这群兄弟一个都不会少。那曾经是胡风易最快乐的一段时光。

然而"世事无常"之所以是真理，就是因为意外会在任何一个平静的日子里到来。

有一天，小团队里对他最"忠心"的兄弟阿赫头破血流地来找他，说自己被人打了，领头的是一个外号叫"铁头"的人。胡风易知道铁头，他是学校田径队的，也是自己女朋友的前男友，自从知道两人在一起之后，铁头不仅每天都在QQ上骚扰女朋友，逼他们分手，还总领着一帮小弟在胡风易班级门口转悠。

胡风易其实早就忍无可忍了，但是他记得父亲的"底线"——不要惹事，所以才一直没有爆发，能躲就躲，这个反应也让铁头更加嚣张。

"他说今天打我就是给你一个下马威，你要是再不和嫂子分手，下次头破血流的就是你。"

"他真这么说？"

阿赫继续火上浇油："对，他还说见一次打一次。"

胡风易拳头攥得咯咯响，脑子一热："叫几个人，走！"

胡风易本来以为铁头会带很多人，没想到他只叫了六七个，手里什么也没拿，而胡风易叫了二十多个人，每人手里不是棍子就是锤子，反而显得很没气势。铁头轻蔑地笑了一声，说了句"孬种"，胡风易一下子气血翻涌，抢起锤子直奔铁头而去，结果铁头高高扬起一脚，踹在他的胸口，胡风易栽倒在地。没等他爬起来，剩下的六七个人就一窝蜂拥上来，只对着胡风易一个人拳打脚踢。胡风易带来的人本来就是些假把式，一下子被这个打法吓住了，没人敢上前。胡风易连连哀号，仿佛置身于一个布满尖刺的搅拌机中，无论怎么躲都躲不开细细密密的攻击。他拼命护着头，连连求饶，铁头这才气喘吁吁地停下来。

铁头指了指不远处瑟瑟发抖的阿赫："你，刀，给我。"

阿赫咽了咽口水，没敢动，铁头身边的一个脏辫上前抢了阿赫手里的刀，递给铁头。

铁头用脚踢了踢奄奄一息的胡风易，挑开他背上的衣服，刀尖抵住肩胛骨。

"记住了，回去分手。还有，以后别让人叫你风哥，叫风狗，听见没？"

胡风易耳朵嗡嗡直响，他不想点头，但是身体不听使唤。

"这一刀，送你了，身上没点疤怎么能叫男人呢？"

刀尖没入皮肤，随着胡风易的惨叫，留下一条细细的红线，衣服盖上，红线像喷涌而出的红色浓雾，迅速弥漫半身。

铁头扔下刀，招呼身边的人，头也不回地走了。阿赫等人这才敢冲上去把胡风易扶起来。胡风易推开那些人，眼前一片血红，他咬着牙，撑着地，却摸到了掉在地上的锤子。

胡风易不记得自己是怎么站起来的了，也不知道自己为什么突然有了那么大的力气。他只记得周围的脚步声突然像豆子一样噼里啪啦掉落，刀片一样的叫喊声把他从雾中拽出来。等眼睛渐渐聚焦，他才发现手里的那把锤子已经砸进了铁头的胸脯。

铁头被诊断为脑震荡，肋骨断了六根，有一根直接插进了肺里，抢救了一天一夜终于保住了命，医院诊断他为四级伤残，意味着他这辈子不可能当运动员了，而且下半辈子都要依靠呼吸机才能活着。

铁头的父母在一个批发市场卖运动鞋，家境本来就不好，就指望着这一个儿子能有出息，现在希望全都破灭了。胡国星提出和解，铁头父母咬牙切齿地发誓要让胡风易坐牢。胡国星说："是你儿子先动的手，我儿子的背差点被劈成两半，这么说你儿子是不是也要坐牢？那到时候你们一分钱也拿不着。"铁头的父母不懂法律，一下子被唬住了，商量了一下还是觉得钱比较重要，于是张口跟胡国星要一百万。胡国星只肯出二十万，双方一步不让，后来在律师的协调下，给了三十万。

但是这笔钱很快就在医院耗光了。铁头的父母气不过，三天两头到胡国星的公司去闹，要求追加补偿，后来不知道听了谁的建议，他们去税务局和质监局举报了胡国星的公司。这一查，还真的查出了问题。胡国星不仅偷税漏税，在不少承包项目里还有违规行为，被罚了一大笔钱不说，还被勒令关门整改。新业务接不到了，承包好的项目也全部暂停，业主们拿着合同要求赔偿违约金，那阵子，法院寄来的传票在门缝里开出一朵白花。

胡国星夫妇根本没有想到，一场小孩子之间的小打小闹引发的海啸居然直接冲垮了他们自以为坚固的一切。没过多久，他们奋斗了一辈子的公司最终还是资不抵债，宣告破产。胡风易也被学校开除了，一夜之间，满目疮痍。

在这期间，胡风易一直待在家里养伤，他背上的伤口很深，只能趴着，肺一直被压着，只能以最小的幅度呼吸，也可能是他不敢。家里此起彼伏的催债电话声、门铃声、咒骂声像毒气一样从门缝里弥漫进来，他用耳朵捡着那些碎片，拼凑外面正在发生的事情。出事之后，父亲再没有正眼瞧过他，也没和他说过一句话。母亲每次开门进来给他送吃的或者换药，头发都更白一些，花白的发旋像泛着泡沫的漩涡。外面的天光明了又暗，胡风易听着门外父母的叹气和咒骂，知道自己的人生从二十一岁这一年彻底折断了。

为了还债，胡国星夫妇俩卖了所有的房子，夫妻俩打算重拾年轻时的老本行，跑长途，拉客拉货，东山再起。

搬家那天，胡风易从床上起来，看到屋里都是打包好的行李，以前全家出去玩买的各种小纪念品被随意地丢在角落，他珍爱的全套漫画和废旧报纸捆在一起等着被回收，鱼缸生满厚厚的绿藻，里面的鱼不知所终。胡风易留了张字条，说要出去打工，三年内一定让父母刮目相看。结果他还没到车站，就被父母抓了回来。父亲当街扇了他一巴掌："你这个不中用的废物，不要再给我闯祸了！老老实实在江苔待着，哪里都不许去！"

那是父亲第一次打他，力道不小，但是胡风易没觉得疼，他甚至希望父亲多打自己几下，也不想看到父亲红肿失望的眼睛，听到他骂自己是个"废物"。

胡国星把他托付给一个合作多年的朋友老黄，老黄是开建筑公司的，刚好那阵子江苔西郊有个开发项目，胡国星希望他能给胡风易谋个职，"锻炼"一下，老黄满口答应。

胡风易本以为"锻炼"只是个客气话，父亲的意思应该是让老黄

"照顾照顾"自己,可是老黄好像不明白一样,直接把他安排到了工地上搬水泥,和那些来自五湖四海的农民工同吃同住,睡阴暗潮湿的样板间,盖散发着砖粉味的湿被子。胡风易哪里吃过这种苦,刚去了三天就中暑晕倒了两次,背和肩膀的皮肤像晒干了的土豆皮,一搓就掉,腰也闪了,但只在床上躺了一天就被催着起来干活。

他不敢给父亲打电话,偷偷联系了母亲,母亲告诉他,这就是父亲的嘱托,想让他吃吃苦,长长记性。所有的退路都被堵死,胡风易又坚持了几天,后来实在受不了了,在一个深夜穿上衣服就跑了。结果刚跑到马路上,冷风一吹,他清醒过来。如果就这样跑了,只会让父亲更加看不起自己,而且能去哪儿呢?学历、经历、钱,什么都没有,他想了想,还是回去了。

就这样咬牙坚持了几个月,胡风易像彻底换了一个人,瘦了三十多斤,皮肤晒成砖红色,看上去一下子成熟了,也壮实了很多,那道疤已经愈合,像一条巨大的蜈蚣趴在背上,远看近看都很可怖。胡风易有时候会感谢铁头给了自己这道疤,在工地这种地方,这种程度的疤可以挡去不少麻烦。

可是,胡风易不满足于现状,他一心想要做点什么事,或者多赚点钱,来向父母证明自己不是"废物"。

就是在那个时候,他认识了段锐锋。

27 别墅

就算弄清楚当年的事,对现在又有什么好处呢?

忘了从哪天起,胡风易注意到一直有个老板模样的人在工地边上溜达,一开始他还以为是来视察的领导,直到有一天晚上,他下了大夜班,慢吞吞地走在最后面,看到那个人冲自己招了招手。他迟疑了一下,走过去。

段锐锋给他递了根烟。胡风易挑了挑眉,刚接过,段锐锋就开口了。

"缺钱吗?"段锐锋啪地打燃打火机,给他点上。

"什么?"胡风易叼着烟,口齿不清地问。

"我问你是不是缺钱?"

"什么意思?"胡风易皱眉。

段锐锋笑了笑,指了指远处堆放的钢筋:"你们偷了不少啊。"

烟很呛,胡风易剧烈咳嗽起来,心脏突突直跳。

前不久,同宿舍的两个关系比较好的工友跟他说了这个事,想拉他一起。一开始,胡风易还有点害怕,年纪大一点的那个工友拍着他的肩膀说:"哪个工地不丢钢筋啊? 就拿一点,看不出来,我以前也干过,你就负责开车把车开到收购站就行,钱咱仨平分。"他顿了顿,"你以为我们想叫你啊,还不是因为就你会开车。"胡风易心里摇摆不定,其实相较于赚钱,他心里更多是赌气,气老黄真的就让自己吃这么多苦,就当是报复一下,于是答应了。没想到事情出奇地顺利,完全没有被发现,后来又干了几回,每回都能分三四百。他把钱攒起来,想攒多一点就找机会离开。本以为神不知鬼不觉,没想到被这个人发现了。

"你谁啊?再胡说八道我揍你!"胡风易故作镇定。

"我这儿有个活想找你,"段锐锋的声音依然没什么起伏,"我需要一个会开车、嘴巴紧、想赚钱的人,我在这儿看了好些天了,就你最合适。"

听到"赚钱",胡风易心里放松了一些,可这件事明显不简单,他犹豫了一会儿,还是问:"什么活?"

"也是开车。明天晚上十一点半,去螺臼广场接一个女孩,开到那边的育麟别墅,你在下面等一会儿,等她出来,再把她送回之前的地方就行,"段锐锋递过来一张字条,"这是地址。"

胡风易眯起眼睛,没有接:"什么意思?卖淫啊?违法的事我可不干。"

"不是卖淫,也不违法,"段锐锋把字条塞到他手里,"就是帮她做个小手术,放心,她是自愿的,别的地方做不了,所以这个事得保密……"

"什么手术?你能不能把话说清楚?"

段锐锋沉思了一下,压低声音说:"就是普通的堕胎手术。那些女孩怕同学和家人发现,不敢去正规医院,我也是帮她们……"

"这还不违法?"胡风易把字条扔到地上,"我不干!"

"那你知道偷钢筋判几年吗?"没等胡风易走远,段锐锋就在后面不紧不慢地说,"反正我都帮你记着呢,要不要我给你算算?"

胡风易停住脚,回身瞪着段锐锋,段锐锋扔给他一把车钥匙,指了指不远处一辆贴着"迅豹搬家"的小面包车。

"跟你卖钢筋一样,拉上货,送到目的地,再把车开回来,剩下的什么都不用你管,拉完一圈给你一千,现结。"

胡风易看了看手里的钥匙,有点蒙:"你的意思是,我只要跑两趟,就能赚一千块钱?"

段锐锋点点头:"回来之后你来找我拿钱。这是我的名片,我的诊所就在旁边。"

胡风易看了看手里的名片,发现他是个牙医,一堆问题又涌上来,但是段锐锋没给他机会问,接着说:"只要把她平安送到,你不会承担任何责任。如果你干得好,以后还能加钱,你卖钢筋什么的也不用担心被人知道。"

段锐锋的声音一直低低的,但是很强势,甜枣和刀片一块扔过来,没有给胡风易任何拒绝的余地。

第二天,胡风易请了假,十一点就到了螺臼广场,按照地址找到了那个名为"星河宾馆"的地方。前台坐着一个小平头,身材壮硕,染着金发,一晚上都在玩手游。尽管段锐锋告诉他这件事很安全,已经做了很久了,之所以找他是因为之前的司机生了重病,不得已才换人,可胡风易心里还是害怕。他想好了,万一发现苗头不对,他立刻就撤,反正方向盘在自己手里,腿也长在自己身上。

十一点半一到,楼上下来一个女孩,模样很清秀,看上去二十岁出头,穿着一件火锅店的工作T恤,胡风易特意看了看她的肚子,是有一点鼓。她怯生生地走向前台,金发男听见动静,放下手机。

"韩英梅是吧?"

女孩点了点头。

"手机。"

女孩从兜里拿出一个银壳的小诺基亚。金发男把手机锁到一旁的柜子里，又从里面拿出一个眼罩给她戴上，系紧，像测试盲人一样在她眼前晃了晃手指，女孩跟木偶一样没什么反应。

胡风易有些诧异地看着这一幕。整个过程很快，金发男一看就不是第一次做这件事。女孩也表现得很温顺，看上去像是提前知道这些。

胡风易把车开到宾馆门口，金发男打量了他一下，有些意外，但也没说什么。他拉开车门，检查了一下车内的遮光帘都拉好了，才让那个女孩上了车。

"别聊天，别摘眼罩，别往外瞅，我都看着呢，听见没有？"金发男冲着女孩的方向说，胡风易觉得，这些话也是说给自己听的。

金发男冲胡风易摆了下手，示意他可以开了。

一路上，胡风易一直想跟女孩搭话，旁敲侧击地问一些问题，因为他总觉得这不像是要去堕胎的样子。女孩戴着眼罩假寐，始终一言不发，像棵被打包好的盆栽。手机突然传来消息，是段锐锋。

别说话，把窗帘拉好，别让她看到路，可以多绕几圈，按时到就行。

胡风易吓了一跳，环顾了一下四周，不确定是巧合，还是段锐锋在面包车里装了监听器。他只好闭嘴，沉默着开了半个多小时，终于到了那栋别墅。

原本以为是什么装修豪华的精装别墅，没想到只是一个未完工的三层小独栋，坐落在一片黑漆漆的园区里，他想起工友说过这片别墅区，开发商跑了，留下这么大一个烂摊子。胡风易环顾四周，确实没什么灯亮着，像一座巨大的墓园，只有这栋别墅的三楼亮着白光，远看如一排白生生的牙齿。

车门哗啦一声被拉开,一个戴口罩、穿白大褂的红发中年女人把女孩带下车,让胡风易在下面等,说完,嘭的一声把车门关上,带着女孩上了楼。

三楼的窗帘被拉上,看不到一点光。胡风易在楼下抽烟,听到里面时不时传来几声痛苦的尖叫,他还是没有按捺住好奇,悄悄走了上去。

地上满是碎玻璃和各种垃圾,他索性脱了鞋子,蹑手蹑脚靠近那间亮着灯的房间。房间很空,刺白的灯光来自一盏手术用的无影灯,像一轮冰冷的白日,瞪着房间中央的一张手术椅,那个女孩戴着眼罩张腿躺在上面。除了女孩和医生,旁边还站着一名助理和一个身材高大的男人,男人正警惕地左顾右盼,胡风易赶紧藏好。

他听到女孩一直在压抑着哭声,问什么时候结束,医生不断安抚"快好了快好了"。又过了一会儿,胡风易听到一阵窸窸窣窣穿衣服的声音,还有冰冷器材发出的碰撞声,医生像背书一样说:"这两天别吃刺激的,像辣的、凉的,多喝水,多排尿……"

"可是我好疼啊……"

医生顿了顿:"刚取完卵是会有点疼,很快就会过去的。"

直到那时,胡风易才终于明白,自己被骗了。

"取卵?"吕东鸣的手一抖,被饮水机的热水烫了一下。

胡风易点点头,叹了口气:"准确地说是卖卵。我也是后来才知道的,那个牙医就是个卖卵中介,有女孩缺钱就去找他,卖一次能赚好几万,条件越好越贵……"

"等一下,"吕东鸣还是没有反应过来,"你的意思是,段锐锋开诊所只是个幌子,他私底下是做卖卵生意的?"

"诊所应该也营业，但是那些女孩怎么找到的牙医，或者牙医怎么找到的那些女孩我就不知道了，我当时只负责开车。他也确实大方，那一次真的给了我一千，后来我才知道那是按人头给的，有时候女孩比较多，我一口气能拿五六千，比我在工地上……"

"你明知道那是卖卵，为什么还去？"吕东鸣看着胡风易，突然有些生气。

"我有什么办法？我也被那个牙医骗了，他其实一点都不害怕我知道，只是想骗我蹚这趟浑水，等我反应过来的时候已经来不及了。他威胁我，如果我敢举报，我也脱不了干系，我那时候什么都不懂，我就想挣点钱，我不想再给我爸妈惹事了……"胡风易的脸涨得通红，越说越激动，"再说，那些女孩都是自愿的，卖卵要提前打十几天的排卵针，这个怎么强迫？她们也是为了挣钱，一次好几万，说实话我都有点羡慕，你想想那是十几年前……"

"你跟我说这个是什么意思？"吕东鸣打断他，"你想说姚蔓那些钱有可能也是卖卵得来的？"

"不不不，"胡风易连连摇头，"我跟你说这些的意思，就是让你不要怀疑姚蔓。如果姚蔓是段正翼的同学，那就刚好是我做的那一年多，虽然那些女孩戴着眼罩，但我多少会有印象，尤其是……"胡风易看了眼吕东鸣，"尤其是好看的女孩，段锐锋私下里管这样的女孩叫'珍珠'，我一开始也不知道是什么意思，后来才知道他是按价格分的，三万以内的叫'石头'，中间还有'琥珀'什么的，'珍珠'级别必须长得漂亮，或者特别聪明，这样的能到八万以上。以姚蔓的条件，绝对算得上'珍珠'级别，如果她去过，我肯定会有印象。"

吕东鸣沉默了一会儿。

他以前听说过卖卵子这种事，那种不正规的操作一般都会对女人的身体造成很大的伤害。他想到生谱月之前，他和姚蔓一起做过产检，医生没有看出任何问题。他打消了这个顾虑，把水递给胡风易，打算回到一开始的问题。

"所以，圣诞那天你跟段正翼说什么了？他为什么那么生气？"

"这是个误会，说实话，我跟段正翼没有怎么正面接触过，那时候他应该在上高三，他爸爸一直把他关在二楼不让他下来。就有一次，我把车开到楼下等段锐锋，突然有人往我头上倒了一盆尿……"胡风易顿了顿，面露厌恶，"我一抬头，段正翼就在二楼窗户那里看我。我气不过，找了个机会揍了他一顿，我本来等着段锐锋找我算账，没想到段锐锋什么都没说……"

"为什么？"

"估计他不敢告状吧，"胡风易耸耸肩，"那个段正翼弱不禁风的，估计在学校也经常被欺负，可能习惯了。"

吕东鸣点点头，想起葛兰跟他说的"穿裙子"事件，段正翼也是请求葛兰不要告诉父亲。不过，既然段正翼会对胡风易做出那种举动，至少说明两点：第一，段正翼知道他父亲在做什么；第二，他很厌恶这件事。

"圣诞那天，我看见段正翼还挺意外的，十多年没见，感觉他还跟以前一个样。我就想跟他打个招呼，没想到他还因为当年的事生气。"胡风易喝了口水，"不过也能理解，我也不想提起当年的事。"

吕东鸣在脑子里整理了一下胡风易说的事，发现还有最关键的一个问题没有解决，就是李远期。他听葛兰说，段锐锋在初中的时候曾经资助过李远期，李远期的成绩也一直名列前茅，从寻人启事上的照片看，她的长相虽称不上漂亮，但也明媚动人，刚好那个时候，李远期的母亲受伤住院，正是缺钱的时候，段锐锋会放过李远期吗？

吕东鸣再次拿出那张寻人启事，递给胡风易。

"这个女孩，在不在段锐锋的分类里面？"

胡风易看着照片上的女孩，沉默了一会儿："在，她是珍珠级别的，我记得她的成绩非常好……"

"所以她也被取了卵？她是因为这个才杀了段锐锋？"

"我不知道她有没有被取，因为案发之前，我偷偷跑了……"

"为什么？"

胡风易叹了口气，仿佛陷入很深的回忆。

"案发前几天吧，我去星河宾馆接一个女孩，李远期和她一起下来的，但是李远期没上车。那个女孩刚一上车还挺冷静的，但是不知道为什么，突然就开始哭，看上去特别害怕，问我一会儿去哪儿，是不是正规医院，我什么都不敢说。快到别墅的时候，她突然说反悔了，不想卖了，拼命想下车。我以前也遇到过这样的情况，但是只要跟她们说说能赚多少钱，她们基本上都能冷静下来。可那个女孩无论我怎么说都不听，她求我放她走，我当时有点心软，但是想到钱，我还是狠心把她送了过去……"

胡风易把杯子里的水一饮而尽，沉默了很久，接着说："后来我听说，那个女孩被取走了二十多颗，差点死掉，我心里很难受，特别后悔当时为什么要那么做，我突然一点都不想干了，刚好那段时间工地项目结束，我爸妈也想让我回家，我没打招呼就跑了。我当时在想，如果段锐锋找我，我就和他鱼死网破，反正我也有他的把柄。没想到几天之后，我就听说他被杀了……"

胡风易捏紧纸杯，空气里只有电流的声音。

"你的意思是……"吕东鸣犹豫着开口，"凶手有可能是这个女孩？"

胡风易摇摇头。

"我不知道……我不敢想，那段时间我很害怕，我怕警察找到我，怕我爸妈知道我干的事，知道寄给他们的那些钱是这么赚来的。我甚至想过自首……但是不知道为什么，报纸上没提段锐锋做卖卵中介的事，这件事就不了了之了……这么多年，我一直想忘记那段时间的事，还有那个女孩……"

"你还记得那个女孩长什么样子吗？"

"不记得，就记得她涂着很漂亮的指甲油，五颜六色的……"胡风易顿了顿，转身看着吕东鸣，"老吕，我今天跟你说这些，算是交了底了，我知道你信任我，我最信任的人也是你，所以我不想看你整天纠缠在过去的事里面出不来。当然，我也有私心，我怕你再查下去，去找段正翼，非得把当年的事问个水落石出，这件事又会被人记起来。万一闹到警察那里，你知道后果吗？后果就是，我的人生就毁了，不说别的，健身房会没了，什么都没了，你明白吗？"

见吕东鸣不说话，胡风易苦笑道："就当我求求你，行吗？"

吕东鸣沉默很久。

"你身上有烟吗？"

夏天还没过完，夜晚已经有些寒意了。

钢壳火石打火机"当"一声擦出火花。

吕东鸣点燃了香烟，深深地吸了一口。

辛辣的烟草气息冲进干涸已久的五脏六腑，却没有意想之中的通透舒展，反而喉咙像被什么突然攥紧似的，没过几秒吕东鸣就猛地咳嗽起来，一直咳到两眼通红。他努力让身体恢复平静，情绪却始终没有冷静下来。

胡风易讲的事情完全超出了他的预料和常识，事情好像往一个不可控的方向发展下去。虽然胡风易说，这些事跟姚蔓没有关系，但是他心里的不安却始终没有消失。

确实，如果再追查下去，会不会让事情更加失控？胡风易的担心不是没有道理，就算弄清楚当年的事，对现在又有什么好处呢？

姚蔓知道这些事吗？如果这就是她的秘密，为什么她不能说呢？

他突然很想见到姚蔓，想亲口问她一些事。也许她独自承受了很多痛苦，但是他之前从未在意过那些东西。如果他们之间能够坦诚地聊一聊，或许这件事就可以永远地过去了。日子还能像以前一样。

他掐灭了烟头，拿出手机，刚要拨通那串熟悉的电话号码，突然，手机振动了两下，收到一条微信。

是段正翼发来的。

听说你在找我，我明天在店里，要不要见个面？

28 枯骨

"如果你想让我原谅你，就告诉我所有的事。"

屋子有种刻意打扫过的洁净。

除了角落里成堆的半成品花环，地板和桌面都很亮，空气里散发着一股檀香的味道，与另一种说不上来的味道掺杂在一起，闻起来像搁置很久的棺木。吕东鸣默默打量着这个略显昏暗、简陋的门店，虽然整个屋子都不再是以前牙科诊所的装修，但是通往二楼楼梯的铁门还在。按照葛兰和胡风易的说法，二楼就是当时段正翼学习和睡觉的地方。

段正翼坐在那一堆花环中间，正在用细长的铁丝耐心编着一个工艺复杂的花篮。他脸颊瘦削凹陷，身形单薄，眼睛埋在阴影里，如果不是他的手一直在动，整个人真的像极了一具毫无生气的枯骨。从吕东鸣进门到现在，他一直没有停下手里的活，似乎今天的会面还不如这个花篮重要。

吕东鸣忍不住先开口了："你今天叫我来，不会是让我看你编花篮吧？说吧，到底什么事？"

段正翼的手依然没有停下："是你先来找我的，不是吗？"

吕东鸣突然想起上次留给超市老板的联系方式，看来老板都和段正翼说了。想到这里，他索性单刀直入："你的店叫'正蔓'，是和姚蔓有关吗？"

段正翼抬起头，灯光还是没有照进他的眼睛。段正翼没有点头，但是吕东鸣心里已经有了答案。

"你是怎么找到这里的？"段正翼绕开问题。

"这你就不用管了，我今天来就是想告诉你，我不管你之前和姚蔓是什么关系，有没有联系，今后不要再出现在我们的生活里了。"

段正翼的手一顿，从一旁拿起一把金色的小剪刀，吕东鸣有些紧张地盯着，但段正翼只是剪断了一根多余的铁丝。

"如果只是这件事的话，你可以回去了。"段正翼把做好的花篮放到一旁，直视着吕东鸣。

吕东鸣知道机会来了。

"行，那我上个厕所就走。"吕东鸣站起来，故意环视了一下四周，看上去并没有其他房间，他故意指了指通往二楼的铁门，"在楼上？"

上厕所是假，他只是借机去二楼看看。昨天听完胡风易说的段锐锋的事，他心中的疑问更多了。脑海里有两个念头拼命打架：一个是不要深究，这件事和你无关；另一个是，也许段正翼正在隐藏什么秘密，而这个秘密或许跟姚蔓有关。从那扇关着的铁门来看，第二个念头或许是对的。

吕东鸣原本以为段正翼会阻拦，没想到他只是犹豫了一下，就点点头："门没锁。"

楼梯很脏，像是很久没人上来过，之前若隐若现的棺木气息越发浓重。吕东鸣屏住呼吸。

楼梯上去是一条昏暗的走廊，左右各一个房间，其中一个是卫生间,走廊尽头隐约可以看到还有一扇虚掩着的门,屋里很亮,像是开着灯。吕东鸣故意用力开合卫生间的门,却没有进去,而是蹑手蹑脚地往走廊尽头走去。

吕东鸣从门缝看了一眼。

亮光不是灯,而是一道照进屋子的夕阳。阳光把小小的房间分成两半,亮光里是一堆乱七八糟的杂物,阴影处有一张书桌。

吕东鸣愣住了。

书桌前明显趴着一个人,穿着一件白大褂,一动不动,像是在睡觉。

吕东鸣有些紧张,犹豫了一下还是决定走过去。

"你好?"吕东鸣试探性地问了一句。

那个人没有反应,还是趴在那里。

吕东鸣慢慢靠近,还没把手放到那个人的肩膀上,吕东鸣就意识到不对劲。

这件衣服上全是灰尘。

他迅速抓住那个"人"的肩膀,连带着椅子转了过来。

是一具穿着衣服的骷髅。

嘴巴里面是空的。一颗牙齿也没有。

吕东鸣大叫一声,连连后退,不小心被一地杂物绊倒在地。

身后传来一阵"咚咚咚"快速上楼的声音。

吕东鸣转身看向走廊,只见段正翼手握一根长长的金属棍子向他奔来,不等他站起来,段正翼就高高举起棍子,朝着他的脑袋劈了下来。

好疼。

不知过了多久,吕东鸣慢慢睁开眼睛,花了几十秒才回忆起刚刚发生了什么。他的眼前被阳光晃得猩红，先是嗅觉慢慢回归，棺木味，腐臭味，灰尘味。他想动动手指，才察觉双手双脚被捆绑，脚上拴着铁链，很紧，连坐起来都办不到。

又过了几十秒，他的视觉才慢慢适应。

那具骷髅在对面看着自己。干枯的脸上似乎带着同情。

吕东鸣忍住恐惧，强迫自己移开目光，努力打量整个屋子，想要找到挣脱的方法。

就在这时，他听到楼下传来姚蔓的声音。

瞬间，巨大的恐惧蔓延全身，他用力晃动锁链，喉咙深处发出哀号。

天花板上似乎有轻微的响动，姚蔓和丁葵抬起头，盯着那个方向。

"楼上有人吗？"

"是狗。"段正翼淡淡地说，他看了看姚蔓和丁葵，继续坐下编那个花篮。

"说吧，你们找我干什么？"

"李远期回来了。"丁葵抢先一步说。

段正翼没有停手。

"什么意思？她回来跟我有什么关系？"

"段正翼，"姚蔓坐在他的对面，努力和他的视线齐平，"那十万块钱，其实是你寄给我的，对吧？"

段正翼手里的动作顿了顿，又继续编织。他努力回避着姚蔓的目光。

"我都知道了，"姚蔓继续说，"丁葵都告诉我了，现在，我需要你帮我把剩下的部分补齐。"

段正翼依然摇头。

"我不明白你在说什么。你们走吧。"

段正翼站起来,一副关门谢客的样子。

"那我告诉你一个秘密,"姚蔓像是下了很大的决心才把接下来的话说出来,"其实那天,我没有被麻醉成功。"

段正翼睁大眼睛,悚然地看着她:"你说什么?"

"就是拍照片的那天,段锐锋给我打了麻药……"姚蔓攥紧双手,"不知道为什么,我身体动不了,但是我的意识是清醒的,所以……"

"不……不可能……"

"所以,那天的所有事,我都记得,"姚蔓直视着段正翼,"如果你想让我原谅你,就告诉我所有的事。"

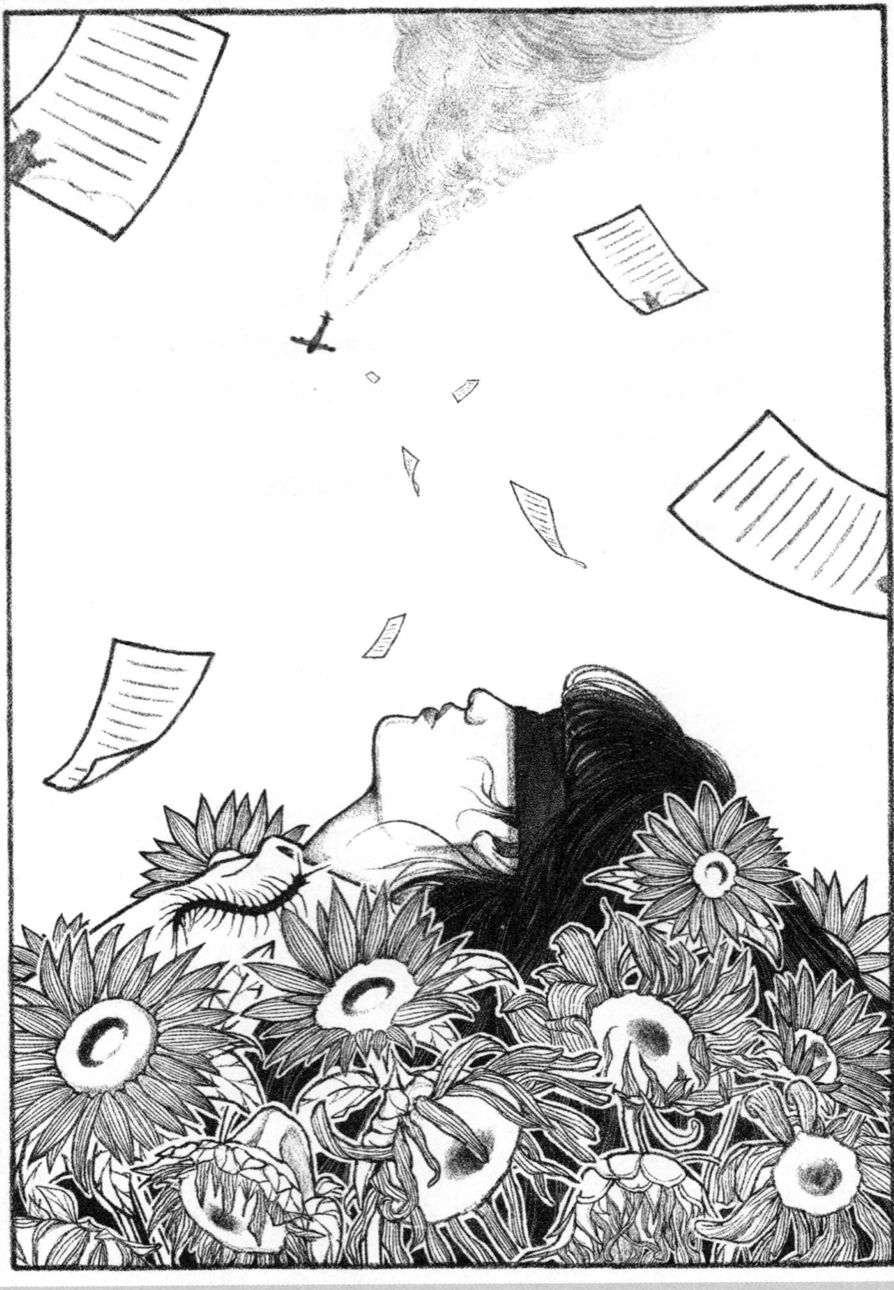

第四章

Chapter 4

29 剪刀

"你喜欢做这件事吗？"

母亲刘婉琼葬礼那天，段正翼一滴眼泪都没掉，他面无表情地盯着灵堂里哭泣的人，全程都在走神。他的脑子里只有两个问题：棺材里的女人真的是我妈妈吗？以及，那把剪刀到底去哪儿了？

段正翼要找的剪刀是一把剪纸专用的小剪刀，合金手柄，弧度圆润，左右雕着浅浅的龙凤，一指长的剪刀刃像张锋利的尖嘴。剪刀很旧了，却依然锋利，刘婉琼生前很珍视它，因为那是她母亲留给她的遗物，也是段正翼抓周时握住的东西。

刘婉琼的母亲窗花剪得好，在他们老家很有名，据说央视还有节目来采访过。刘婉琼也继承了母亲的天赋，从小就喜欢用小剪刀东剪西剪，她曾经想把母亲的手艺发扬光大，当一个专门剪窗花的手艺人，后来误打误撞成了牙医，她安慰自己，多少也算是个靠手吃饭的行当。但她还是保留了这个爱好，只要手边有剪刀有纸，几分钟就能在纸上开出一朵花来。生段正翼之前，她一直希望自己可以有一个心灵手巧的孩子，最好是个女儿。生下段正翼之后，她的愿望算是实现了一半。段正翼虽然不是女孩,但是手巧得惊人。有次她在厨房包饺子,给了段正翼一小块面团,一转眼他就捏成了一个小兔子,那时他才一岁。从幼儿园开始,刘婉琼就教他剪纸,无论教什么,他一学就会,学校的橱窗才艺展示栏里永远有标着"段正翼"名字的作品。

相较于刘婉琼的欣喜,段锐锋却对此不屑一顾,甚至有些失望。他对段正翼的期待是考上最好的大学,学什么不重要,但是要有用。所以他一直对抓周的结果耿耿于怀,明明旁边那么多好东西,算盘、钢笔、硬币、鼠标,什么都行,偏偏抓了这把没用的剪刀。剪刀能干什么?剪纸剪布剪头发?听起来都没什么出息。每当看到刘婉琼又在教段正翼剪东西,他都会在一旁提醒:"要是一直玩这些女生的玩意儿,只会让他的性格越来越软弱,长大了肯定会被人笑话,被人欺负的。"

刘婉琼从来不和段锐锋争辩,她只会看着段正翼,问:"你喜欢做这件事吗?"只要段正翼点头,哪怕幅度再小,她都会说:"喜欢就做,这不是什么女生的玩意儿。不用担心别人怎么看你,包括你爸。他有强迫症,看不惯的事就想让别人改,以为人能跟牙齿一样靠外力正过来。但人就是人,你长成什么样就是什么样,只要接受就可以了。"

段正翼知道,母亲这话还有另一层意思。因为他从小就是一个病秧子。

段正翼是早产儿,出生的时候脐带绕颈,差点没活过来,也差点要了母亲的命。出生之后,他就像个从温室培养皿里移植到荒原的树苗,树皮薄嫩,根系纤弱,一点风吹草动都能让他大病一场。

那时候他们家的诊所还在汽车站附近,和市医院相隔不远。他大部分的童年记忆,就是母亲骑自行车带着他,从诊所出发,过一个Z形的街区,再过一个菜市场,从海鲜、熟食和水果的气味里穿过,铃铛拨开拥挤的人群，轮子碾过地上的烂菜叶和松垮的石砖，从菜市场最外面的猪肉摊拐出来，闭上眼睛心里默数十个数，医院就到了。

挂号区永远有股盒饭的味道，坐在里面的医生头发长了又短，短了又长。病历本是蓝皮的，印着蓝天白云和整齐洁白的医院大楼，薄薄的，每换一本，上面的年龄就变一个。

因为时常请假缺席，他没有机会在幼儿园培养友谊。班里的同学总是记不住他的名字，干脆喊他"病秧子"或者"药匣子"，连老师都不太记得他。学校里的规矩很多，站着坐着、上课下课都有固定的动作和口号，段正翼每次回到班里，都要重新适应很久，可还是会出错。每到这时，老师都会让他站起来，当着全班同学的面把记错的动作和口号再做一遍。段正翼至今都想不明白，为什么记住规矩比保护一个孩子的尊严还要重要？他不肯做，老师就会让他一直站着。也没有人替他说话，小孩子最喜欢的场景，就是班里出现一个异类，且那个异类不是自己。后来，段正翼不生病的时候也干脆装病，去幼儿园的次数越来越少，照毕业照那天，老师甚至忘了通知他。

刚好，没有照片，那段日子就可以假装没有存在过。

段正翼不是没有朋友，他心里唯一一段友谊，发生在他小学住院的一段时间。

他已经不记得当时生的是什么病了，只记得每天都有吃不完的药和打不完的针，屁股和手背打到发青发硬，要用滚烫的热毛巾敷很久才能继续打。那段时间，他的脑袋昏昏沉沉，十人间的病房背阴，只有一扇朝北的窗户，白天也必须开着全部的白炽灯，睁眼闭眼都是一样，钟表上的时间失去了意义，像极了书上说的"极夜"。那段时间痛苦难熬，不知道什么时候是尽头。

有一天，病房里来了一个老太太，据说是中风，跟着来的还有两个大人和一个与他差不多大的小女孩。老太太一直昏迷，离不开人，需要三个人轮番照顾。所以那段时间，女孩经常出入病房。段正翼注意到她，不仅是因为她长得好看，声音听起来像一张清脆的锡纸，还因为她照顾人的样子一点都不像一个十岁左右的小孩。擦脸擦手、换药、换衣服、活动四肢、按摩关节……照顾昏迷病人的步骤烦琐且困难，但是她一点都没有不耐烦，甚至比她父母照顾得还要好。而且她的身上有种让段正翼羡慕不已的活力，她似乎不知道疲倦，照顾完病人，空余时间也不休息，不是在一个本子上涂涂画画，就是去楼下跳绳，或者帮助病房里其他忙不过来的人，她的精力好像一支永远都用不完的水彩笔。

因为段正翼大部分时间都在昏睡，所以两个人一直没有讲过话。直到有一天中午，他做了一个噩梦，梦到母亲被困在一张纸里面，他需要用剪刀沿着母亲的轮廓把她剪下来才能救出她来，可是他好害怕，双手哆哆嗦嗦，怕不小心伤到母亲，结果还是把母亲的两条腿剪掉了。父亲听到尖叫，突然从黑暗中伸出手来，把纸和母亲揉成一团，段正翼吓得号啕大哭，跪在地上拼命把那张纸捋平……就在这个时候，他的耳边真的响起了窸窸窣窣的声音，一阵药水和洗发水混合在一起的青草味把他从无边的哀号中唤醒。段正翼努力睁开眼睛，看到那个女孩正站在自己的床边，摆弄一张紫色的糖纸。

见段正翼醒了，她停下动作，认真地问："你现在嘴巴里是不是又咸又苦？"

段正翼这才注意到自己真的哭了出来，枕巾湿了一大块，他尴尬地擦掉眼泪，舔了一下嘴唇，确实是。无边的黑暗从脑海中渐渐退去。

女孩摊开薄薄的手掌，里面有两颗圆圆的巧克力。

"吃吧，它能欺骗大脑，让你好受一点。"

段正翼很少吃巧克力，毕竟父母都是牙医，以前偷吃的时候被父亲打过一次，从此他就再也不敢碰巧克力了。可是，他知道这个女孩很喜欢吃，他注意过，那一袋巧克力一共就六颗，按照口味一个颜色一颗。她好像很舍不得吃，每次都吃得很慢，一次咬一小口，像做作业一样认真。

段正翼不想要，但又不忍拒绝她的好意，于是说："一颗就够了。"

"两颗吧，第一颗只能盖住苦味，第二颗才能尝到甜味。"女孩把巧克力放到他的手心里，转身走了。

巧克力好甜，放在舌尖就融化了，像凝固的棉花糖，他几乎都快忘了这是什么感觉。果然第二颗比第一颗更好吃，细腻的甜味在牙齿间弥散，神奇的是，他真的觉得好了一些，梦里的绝望情绪渐渐退散，他也第一次涌起了想要认识一个人的冲动。

他打算第二天和那个女孩说谢谢，问问她的名字和学校，问她可不可以和他做朋友，结果一睁眼就看到那张病床空了。护士告诉他，昨晚那个老人突然病危，抢救无效离世了。

女孩和父母收拾东西离开的时候，他正被药物卷进睡眠的深海，对外界的一切浑然不知。

护士也不知道女孩的名字，只知道她的父母叫她"蔓蔓"。

段正翼心中正空落落的，突然觉得枕头下面有什么东西在咔嚓作响。

掀开，是最后两颗巧克力。一颗蓝色，一颗黄色。

这两颗巧克力段正翼没舍得吃，一直留着，怕化掉就放到了冰箱的最里层。他想等到自己最难熬的时候再拿出来吃。可是他万万没有想到，这个时刻居然那么快就到了。

那场旷日持久的病虽然在段正翼的身体上痊愈了，却给这个家留下了一个"后遗症"——从那天起，段锐锋有了一个目标，他想再要一个孩子。

段锐锋从来都不喜欢"意外"和"惊喜"，他喜欢任何事情都在自己的掌控里，按照自己计划好的步骤，一步步实现。他的人生一直都是这样的，考上大学，学口腔专业，结婚，创业，生子，每一步都是计划好的，也按部就班地实现了，所以才有了现在的生活。"孩子"对他是很关键的一步，几乎等同于"未来"，孩子的成败决定了自己下半辈子会往哪里走。而现在，这居然成了他最不可控、最不确定的东西。老天爷凭什么跟他开这种玩笑？让他计划好的一切全都押在这个可能随时会死去的孩子身上。

他很爱刘婉琼，他不想离婚，唯一的解法，就是再要一个孩子。

其实段锐锋早就有了这个念头，只是一直没找到合适的机会。这次段正翼得的是急性脑膜炎，病情几度危急，有一次医生甚至说了一句"做好最坏的打算"，这句话一下子点醒了他，不能再等了，这个想法完全可以借着这场病顺理成章地提出来。

他知道刘婉琼吃软不吃硬的脾性，所以一开始他还是商量的语气，关起门来，循循善诱，刘婉琼还以为他在开玩笑，没当一回事。说得多了，刘婉琼也意识到他是认真的，于是也认真地告诉他，不可能。她掀开衣服，露出肚子上的伤疤，蜿蜒鼓胀的白色疤痕像凝固的雨滴。"你还记得我从急救室出来你跟我说的什么吧？"

段锐锋当然记得。大出血，医生下了几次病危通知书，他当时也怕极了，不停祈祷，看到刘婉琼终于被推出来的那一刻，他一边发抖一边在她耳边不停地说："我不会再让你受这样的罪了。"

但这句话也有回旋的余地。

段锐锋紧紧握着刘婉琼的手："我们这次换个好点的医院，找最贵的医生可以吗？我们做无痛，全程无痛。我说过，我不会让你再受那样的罪了。"

听到这句话，刘婉琼失望极了。她盖上被子，不想再争辩，这样的态度反而一下子激怒了段锐锋。

"你有没有想过，万一他这次没挺过来呢？你能保证下次他没事吗？他要是真有什么三长两短，我们怎么办？多要一个不是最保险的吗？"

"保什么险？用我儿子的人生保你人生的险？凭什么？"刘婉琼终于忍不住提高音量，又马上想到段正翼应该还没睡，她顿了顿，忍住眼泪，低声说，"下次再说，可以吗？求求你，不要让儿子知道。"

段锐锋知道这条路应该是走不通了。他了解妻子，再逼下去也不会有任何结果，只会让她越来越抗拒。

好在，他还有一张牌。

前两天，刘婉琼不在，诊所来了一个五十多岁的女人，长脸，文着眉，说牙疼了两周，喝水都疼。段锐锋一查，牙髓全烂了，只能做根管治疗。根管治疗的费用并不便宜，女人挥挥手，做，只要以后牙不疼了，多少钱都行。

女人不知是哪里人，口音听起来很古怪，声音也皱巴巴的，像被盐腌过，但是很健谈，没聊几句就说自己在西郊的一个月子中心当护理工，工资很高，因为那里有很多有钱人，舍得花钱，里面的孕妇过的都是天堂般的日子。段锐锋一脸羡慕，说自己的老婆要是愿意再生一个，多少钱他都舍得花，可惜她不愿意。

女人听完段锐锋的诉说，笑了笑："不想自己生可以代孕啊！这还不简单？"

当时段锐锋并不清楚什么是代孕，女人用那个干燥的声音解释了半天，段锐锋才终于听懂。见段锐锋感兴趣，女人也忘了牙疼，从包里翻出一张小卡片。

正面写着"试管/供卵/代孕"，反面写着"包成功/包出生/包性别/包风险"，下面是六个模式，段锐锋看得眼晕。

女人指着"模式四"说："你们这种情况可以选这个，自己精子+自己卵子+代妈怀，孩子是你们的，还不用受罪，只需要出代孕费就行。"

"这个不会出事吧？"段锐锋还是有些担心。

"你放心，我们做了多少年了，每个环节都有人负责。月子中心就在那儿，出了事我们能干这么多年？"女人信誓旦旦，"我们也是做好事啊，人这一辈子，没个孩子怎么能行？"

"所以，你的意思是，我只需要取几颗卵，剩下的就不用管了，对吗？"刘婉琼听段锐锋说完，面无表情地问。

段锐锋点点头，又补了一句："而且全程无痛，他们跟我保证了。"

可能是因为段锐锋做出了让步，也可能是为了结束之前的那种折磨，刘婉琼想了想，居然同意了。她似乎默默下了一个决定，但是段锐锋并不知道那是什么。

接下来的几个月，刘婉琼像个没有任何脾气的布娃娃一样，任由段锐锋安排着自己的一切。去医院做各种检查，吃各种维生素、蛋白质，每天三顿都要喝一大碗乳白色的鲫鱼汤。

长脸女人叫魏姐，安排了专门的医生上门给刘婉琼打促排卵针。那阵子，刘婉琼几乎每天都会呕吐，肚子和胸胀得生疼。但是魏姐说这都是正常反应，再忍忍就好。十几天之后，段锐锋带刘婉琼去了月子中心。用了局部麻醉，取卵过程也很顺利，但是刘婉琼全程都在流泪。

几天之后，魏姐发来消息，说不知道为什么，卵泡都不合格，没法用。如果还想继续的话，必须再做一次。

这一次，刘婉琼拒绝了。

无论段锐锋如何恳求，刘婉琼都不愿意再退让一步。这样的态度反而让段锐锋开始怀疑，之前那次失败是刘婉琼故意的。他有种被欺骗的感觉，反而更加坚定了要再试一次的决心。

他私下联系了魏姐，让她继续安排人上门打促排卵针，然后提前给刘婉琼下安眠药，让医生在她熟睡时给她打针。等刘婉琼反应过来的时候，已经打完四针了。

刘婉琼感到难以置信，恶心胀痛的感觉比之前更加剧烈，加上激素变化的原因，刘婉琼的性格一下子变了好多。

她没有办法接诊，也没有办法去学校接送段正翼，辅导他功课，她把自己关在房间里，不吃任何段锐锋递过来的东西。她变得焦躁、易怒，像只被透明笼子关住的母狼，她甚至第一次对段正翼发了火，因为段正翼给她端来了鱼汤。

段正翼从来没见过这样的母亲，他觉得恐慌。虽然父母没有和自己说过任何事，但是对现在发生的一切他都心知肚明。段正翼只要听到他们屋子的锁舌"吧嗒"一声，就会蹑手蹑脚地来到他们房门前，趴在门上偷听。所以他们之前的每一次争吵，段正翼都听见了。

段正翼想帮助母亲，但是他不知道该做什么。他像是被母狼护住的幼崽，母狼自身难保的时候，他除了恐惧，什么都做不了。他甚至想，这一切都是自己的错，如果自己身体好一点，不让父亲那么讨厌自己，母亲是不是就不用受这些折磨了？

刘婉琼出车祸的那个晚上，段锐锋又给她煮了一大锅鱼汤，他没有忌惮段正翼，直接对刘婉琼说："就再试最后一次，我保证，这次之后我不会再提。"

刘婉琼挥手把鱼汤泼到地上，段锐锋顿了顿，起身又给她盛了一碗。

再泼，再盛。再泼，再盛。直到满屋子都是鱼腥味。

段锐锋没了耐心，说："鱼有很多，泼完还能再煮。反正鱼汤必须喝，针也必须打，我是不会放弃的。"

刘婉琼看着碗里的鱼头，突然笑了，她拿起一瓶矿泉水，一口气喝掉。段正翼坐在旁边，分明闻到了白酒的味道。

还没等他说话，刘婉琼就把矿泉水瓶一扔，从衣服兜里掏出那把金色的小剪刀——她母亲留给她的遗物——右手握紧，刀尖悬在自己的大腿上。

她目不转睛地看着段锐锋："段锐锋，我再问你最后一遍，你放不放弃？"

"妈！"段正翼吓坏了，连忙看向父亲，"爸，你快说啊！"

段锐锋抬眼看她，皱了皱眉："你发什么疯？现在不怕吓到你儿子了？"

"你放不放弃？"刘婉琼握紧剪刀。

"吃饭。"段锐锋低下头，不再看她。

刘婉琼冷笑一声，段正翼觉得母亲的状态越来越不对，正要起身抢剪刀，没想到母亲先他一步站起身，朝着段锐锋的肩膀用力扎过去。不过段锐锋反应很快，闪了一下，挥手把剪刀打落，然后反手打了刘婉琼一耳光。

"你疯了？！"

刘婉琼看着地上的剪刀，愣了愣，又看了眼段正翼，像是如梦初醒一般，转身跑了出去。

那就是段正翼最后一次见到母亲。

警方监控显示，在那个交通事故高发的三岔路口，刘婉琼的车本来就超速行驶，又在岔路口突然左转，撞上了一辆直行的大货车。大货车来不及刹车，一直把她的车顶到路边的墙上。从事故照片上看，已经看不出车原来的模样，更像是一个被用力攥紧的香烟盒。

母亲的遗体支离破碎，尤其是双腿。看到的那个瞬间，段正翼一下子想起了自己做的那个噩梦——他用剪刀把母亲的双腿剪掉了，而父亲伸出手，一把揉碎了她。

母亲的遗照是广告上的那张。笑容明媚，牙齿像贝壳一样洁白。

很多邻居过来安慰他和父亲，段正翼心里疑惑，为什么人们总会下意识觉得，葬礼上的亲属心里一定是悲伤的？有没有可能是内疚、庆幸或者恨呢？

父亲哭得很伤心，写了长长的悼词，从和母亲相识开始讲起，讲到自己的出生，讲到还未实现的旅行，但是没有一句和母亲真正的死因有关。

但是他不会忘记那一地的鱼汤，还有那把消失的剪刀。

他发誓一定要找到。

30 蜘蛛

> 蜘蛛从来不用出去捕猎,贪心的蜘蛛只需要把网织得更密一点就行。

段锐锋最享受做牙医的一点,不是把患者的牙治好,而是无论男女老幼,只要进了他的诊室,躺在那张窄窄的牙科椅上,基本上都会任他摆布。他想让他们躺下、站起、举手、张嘴都行,只要他要求,人们只能乖乖照做。因为这些人有求于他,天然地信任他,期盼他能帮他们解决最棘手、最痛苦的问题。

"特权"就是建立在"需求"之上。

这个浅显的道理,也同样适用于段锐锋的新"事业"。

因为刘婉琼的去世,段锐锋跟魏姐的"合作"也不得不中止,不过两人因此成了无话不谈的朋友。魏姐有次提议要不要试试"模式五",意思是"自己的精子+捐卵+代妈怀",供卵的女孩可以自己挑选,看中什么就挑什么,长相、体格、智商等等,这样生下来的后代会更"可控"。

这一下子说到了段锐锋的心坎里。他之所以想再要一个孩子,其实就是为了能够拥有一个各方面都不会出问题的后代。魏姐给他拿来一个文件夹,让他慢慢挑,价格好说。

文件夹里都是简历一样的资料信息,有的有照片,有的没有。大部分都是二十岁左右的年轻女孩。内容很详细,既像简历,又像同学录,更像是这些女孩把自己现有的人生挑挑拣拣,分门别类安置到那些小方格里。

翻着翻着,段锐锋心里闪过一个奇怪的念头——这些资料跟自己牙科病历本的内容很多都是重合的。区别在于,牙科病历本里不会出现"梦想""成绩""特长"这样的选项,也不会出现"月经时间""遗传疾病"这些更有指向性的问句。

可是想要知道这些并不难,段锐锋非常擅长和病人聊天,尤其是年轻的孩子。

他想起前段时间魏姐还吐槽没有"货源",说"卵妹"不好找,说者无心听者有意。

最近几年,段锐锋的牙科诊所生意并不好,不像头几年,全江苔也没有几家牙科诊所,那时候刘婉琼经常拉他义诊,攒下了不少老顾客。这两年,人们越来越注意口腔健康了,按理说是好事,但是随之而来的就是牙科诊所越来越多,牙科设备也越来越新、越来越先进,听说一台设备就是几万十几万,有的诊所里甚至还有CT机。与之相对的,就是他们的诊所,别说新设备,牙科椅都咯吱作响,门口发白的广告,凹陷的门槛,一切都还是十几年前的装修,镶嵌在老车站附近的商街上,像一颗发黄磨损的老牙。

加上刘婉琼去世,诊所没人帮忙,很多项目一个人做不了。那段时间他正想着要不要先把诊所关了,做点别的生意,转机就这样来了。

他时常想起曾经参观过的制作牙刷的流水线,装配机卡着一模一样的牙刷柄缓缓转动,插毛机飞速运转,把一簇簇刷毛塞入孔洞。每分钟就能填入九百个。其实命运也是如此，看似随机，实际上一切早就注定了。

魏姐非常欢迎他的加入，跟他讲了详细的流程。她告诉他，他先提供一些女孩的资料给她，她会帮忙跟客户对接。一旦客户同意，段锐锋只需要说服这些女孩去面试。至于怎么说服，那是段锐锋的自由。只要成功一单，他就能拿到一笔不菲的提成。

为了更方便和魏姐对接，也为了有一个"新面貌"，段锐锋关闭了旧诊所，带着段正翼搬到了西郊，在离那个名为"育麟天珍月子中心"不远的地方，租下一个两层的门店，大刀阔斧地进行了装修。这一次，所有的布局、规格、墙壁的颜色，甚至门口摆的花全都由自己来做决定，他喜欢这种全部都由自己掌控的感觉。

因为离市中心太远，回家一趟并不容易，所以他干脆把二楼改装成起居室和书房，让段正翼待在上面，这样自己也能时刻知道段正翼在干什么。

门头广告还是沿用妻子之前拍的那张照片。只要看着，就可以只记住妻子最美的样子。在他心里，这是一个能给自己带来幸运的女人。

想找到符合规定的女孩并不难，难的是如何让她们心甘情愿走到"出卖"自己的那一步。

既然"特权"建立在"需求"之上，那么有"需求"就会产生"特权"。

段锐锋首先瞄准的就是一些家境有困难的女孩。他找到螺臼镇中学的校长，说要资助贫困女生。校长当然不会怀疑，甚至感谢他这样的"善举"。他还找到那些留校当老师的老同学，一边叙旧一边不动声色地推销自己的诊所，让他们有空帮自己宣传宣传，也是给孩子们的福利。一般人很难想到他的真实目的，小地方也很在乎人际往来，老师们大都不会拒绝。

除此之外，他也重新印了诊所的广告，加粗强调"免费口腔检查""免费洁牙""19.9元的学生优惠套餐""八折优惠"之类的字眼，再把年龄限定在十四至二十六岁，然后派人去街头发，去各个论坛发布。他知道"免费""优惠"这样的字眼有天然的筛选功能，没有需求的人自然不会注意到，但是对一些没有进入社会的孩子来说，没有显现出太多危险的意味。因为贫穷和牙疼一样，早晚都有无法忍耐的一天。

一旦有符合条件的年轻女孩过来，他都会拿出"改造"后的病历让她们填写。如果她们有疑问，他会用提前准备好的理由去搪塞，有些人信，有些人不信。这都不重要，因为这也是他的"筛选"步骤——筛掉那些过于警惕的女孩，留下温顺听话的，日后就能省去很多麻烦。

蜘蛛从来不用出去捕猎，贪心的蜘蛛只需要把网织得更密一点就行。细细密密的表格拉开透明的蛛丝，什么都不用做，只需要静静等待走投无路的飞蛾自投罗网。

有了资料，就可以送去给客户，这个过程有长有短，有的女孩可能一辈子都不知道自己曾经和什么样的命运擦肩而过。而那些被选中的女孩，那些陷于困顿，或者由于各种原因跟段锐锋借了很多钱的女孩，以为自己走投无路的女孩，面对突然出现的一个出口，除了走，没有别的选择。

当然，不是每个女孩都会乖乖听话。

所以他改造了一楼最里面的一个房间，专门布置成了酒店的样子，就是为了误导别人，让人看不出来照片是在哪里拍的。趁着那些女孩被麻醉的时候,把她们拖进去,摆出令人浮想联翩的姿势。他不是没有过想要侵犯她们的冲动,但是他怕惹出不必要的麻烦。他要的只是照片而已。

不到万不得已,他也不会轻易泄露这些照片的存在。

照片是一张万能符,既可以在关键时刻保护他,也可以封住那些女孩的嘴。

时间久了,段锐锋渐渐有了一套自己的评判标准,他根据"基因"情况,把女孩们分成"珍珠""琥珀""石头"三个档次。他发现自己的眼光越来越准,基本上"珍珠"级别的都能谈到十万左右,"琥珀"次之,"石头"再次之。

不过,段锐锋始终没有忘记自己最开始那个目的——他也想要一个孩子,这个执念至今都在。而且他现在还有一个特权,就是可以比那些有钱的客户更早挑选。

奇怪的是,有了这个特权之后,他反而不着急了,经手的每个女孩他或多或少都有些不满意,就算是"珍珠"级别,也很难让他下定决心,要用这个女孩的基因生下自己的孩子。

直到2007年,某个阳光明媚的下午,两个女孩推开了诊所的门。

他一眼就看到了姚蔓,那个眉眼和自己妻子很像的女孩,她看着自己,毫不设防地问:"我有一颗牙很疼,您能帮帮我吗?"

想要得到最漂亮的"珍珠",除了需要提前撬开蚌壳,放入"珠胚",施与善意和恩惠,还需要耐心。

姚蔓的一切都很完美,可惜成绩没有他预想的那么好,但是没关系,这是一颗完美的"珠胚",他留下了姚蔓的档案,单独放在了一个地方。他想等姚蔓考上大学之后再做决定。

不着急。他可以等,他有足够的时间和耐心。

秘密之所以迷人,就是因为它早晚有揭开的一天。

只是他没想到,这个叫姚蔓的女孩,有一天也成了段正翼的秘密。

31 正畸

人不能像牙齿一样靠外力矫正。

自从母亲去世之后,一切都变了。

家变了,变得好空,段锐锋把所有属于刘婉琼的东西都收了起来,照片,衣服,甚至碗筷。他的理由是怕段正翼睹物思人,影响学习。

诊所变了,搬到了郊区,上下两层,又大又新,但是四周光秃秃的,只有肮脏单调的工地和复制粘贴一样的树。段正翼还记得,旧诊所门前有一棵很漂亮的杧果树,掉下来的杧果都是青色的,不能吃,但是闻起来很香。诊所对面还有一家很好吃的炸串店,小时候母亲总是背着父亲偷偷买自己最喜欢吃的炸包菜、炸香肠,母亲不爱吃,但是会陪着他一起吃,回家之前,两个人还会互相检查嘴角有没有调料渣。

桌子上的饭也变了。段正翼肠胃不好,饭量也小,有很多不能吃的东西。刘婉琼既要上班,又要负责他的饮食。她会小心翼翼地避开段正翼不能吃的东西,还想尽办法让他尽量多吃一点,即使段正翼吃不下,她也不会强迫,只会一脸心疼地看着他。

但是现在，一切都没了。

刘婉琼走后，段锐锋请了一个保姆，每天饭点准时过来做饭，做完就离开。段正翼发现，自己碗里的饭的量是以前的两倍。

"我吃不下，"段正翼看着眼前满满的一碗蛋炒饭，还有番茄汤，"而且我番茄过敏……"

"你不是番茄过敏，你就是挑食，真的过敏我会带你去医院，"段锐锋抬头看了他一眼，"我查过了，这就是一个人正常的饭量。你不吃完，怎么知道自己吃不下？"

母亲不在了，没有人替自己说话，段正翼知道自己没有争辩的余地。他强迫自己吃了两口，油腻的味道充斥着食道，他摇摇头："爸，我真的吃不下……"

"段正翼，你到现在还不明白吗？"段锐锋放下筷子，看着他，"如果你争气的话，你妈妈就不会死了。"

段正翼愣住了，这些字像针一样一根根扎进他的耳朵。他一时没有反应过来究竟是什么意思。

段锐锋看着他，继续说："如果你身体好好的，是个有用的人，你妈妈就不用受那么多苦了，知道吗？"

他露出和那天晚上一模一样的冷漠神情，用筷子指了指段正翼碗里的饭："把它吃掉，以后你就按正常人的饭量吃，养好身体，别让你妈妈白死。"

从那天起，吃饭成了段正翼最大的噩梦。吃东西对他来说就像是往喉咙里塞乒乓球一样痛苦。无论他怎么哀求，父亲都要亲眼看着他把盘子里的食物一口一口吃掉，即使吃完他会立刻跑到卫生间去狂吐，父亲也不会动摇。

他不是没有想过对策。有一次，他趁段锐锋不注意，把半碗面条倒在地上，然后用一张纸盖住，打算事后再清理，但是这个小动作根本没有逃过段锐锋的眼睛。段锐锋戴上手套，把地上的那堆面条一根根捡起，又放回了他的碗里，逼他吃掉。段正翼没有吃，而是像母亲当年那样把碗扔到了地上。

这样做的后果，就是被段锐锋拖到二楼的卧室，用一根狗链子拴住双脚，反锁住铁门，饿了整整三天。

那时候段正翼才想明白，怪不得当时在装修的时候，父亲特意叮嘱要做最好的隔音防护，还把一楼通往二楼的楼梯封上了，一扇铁门，只能从外面打开，唯一的钥匙攥在段锐锋的手里。还有这条狗链子，当初父亲从百货商店买回来的时候，他还天真地问父亲是不是要养狗。

所以那个时候，父亲就想到有一天会这样惩罚自己吗？

开始的两天，他一直在昏睡。他在想，睡着就好了，也许自己可以在睡梦中死去，像妈妈一样，死了就不会这么痛苦了。但是人之所以是人，就是因为有无法违抗的本能。第三天，他被饥饿叫醒，看到地板上躺着一道刀刃一样的夕阳，闻到空气里飘来的饭香，听到外面孩童的嬉闹，他终于忍受不住，哀求父亲放自己出去。

他想起母亲说，人不能像牙齿一样靠外力矫正。如果母亲还在，他想说，妈妈，是你错了。

从那以后，段正翼就变了。他不再辩解，不再抗争，强迫自己吃下正常的量，即使吃不下，也要把自己想象成一个没有知觉的机器，一口一口把所有的东西吃下去。而他的身体居然真的顺从了父亲的期盼，比以前强壮了很多。

很多年后，他看了一部恐怖电影，里面有三个虚构的故事，第二个故事里，一个国家举办大胃王比赛，所有人都成了吃饭机器，把头伸进比脸大的食盆里，面无表情地往食管里塞入看不出颜色、形状的食物，吃掉几十盆然后再吐掉。这些人老了之后，变成了一座无法移动的巨型肉山。

那部电影让段正翼回忆起了当年的那些噩梦，他抱住垃圾桶吐了很久，然后躺在地板上很久都没有起来。他原以为十几年过去，自己早就走出来了，但是身体像个忠实的仆人，一丝不苟地提醒着他，那些遭受过的伤害永远不会因为遗忘而消失。

他已经不记得那三天自己是怎么坚持下来的了，只记得最痛苦的时候，他想起的不是母亲，而是那两颗被自己藏在冰箱里的巧克力。

是那两颗巧克力救了自己吧。

还有那个给自己巧克力的女孩？

和那个女孩分别之后，段正翼不是没有想过去找她。但是去哪儿找？找到了之后说什么呢？更何况，父亲不会允许自己做"没用"的事，这是父亲的"法律"中唯一的规定，但是内容却时常更换。考上高中之前，是"保持第一，考上最好的高中"。考上高中之后，是"保持第一，考上最好的大学"。除此之外，其他事都属于"无用"的。

不过，三年之后，江苔一中开学那天，段正翼第一次感激父亲的要求。

看到那个女孩出现在教室门口的那一刻，是段正翼高中时代为数不多快乐的记忆。

直到那天他才知道，女孩的真名叫姚蔓。不过他没有主动相认，那时候的他不敢分心做任何事。没想到姚蔓还记得他。

下课之后，姚蔓主动来找他讲话，还是像之前一样开门见山。

"你叫段正翼是吧？"

段正翼点点头。

"你现在还做噩梦吗？"

段正翼很想告诉她，当时的那个噩梦真的成了现实，他们分别之后不久，母亲就像梦里一样碎掉了。直到现在，这个噩梦还时不时来纠缠他，他每次都会像之前那样大哭着醒来。但是再也不会有人给自己巧克力了。

可他不想说，于是摇摇头。

"那就好，"姚蔓点点头，"巧克力吃了吗？"

"吃了。"

"那就好！跟你说实话吧，那两个口味我一直没舍得吃才留到了最后，好像一颗是榛果味的，一颗是花生味的。不过我觉得，你应该比我更需要它们。"姚蔓看着他的眼睛，笑了笑，"对了，好吃吗？"

段正翼记得，父亲解开铁链，放自己出去的那一刻，他第一时间跑到冰箱里，找出那两颗巧克力，一口气塞到了嘴里。

很硬，很苦，冰得他难受，味道居然是咸的，喉咙里还泛着血腥味。

"好吃。"他说。

段正翼原本以为，自己的高中三年会像小学和初中一样，在枯燥的学习和排名里一点点熬过去，可是自从认识了姚蔓，他干涸的内心好像有什么东西在流动，清澈又温暖。

他很渴望见到姚蔓，和姚蔓说话，听到她糖纸一样脆生生的声音，哪怕只是看到她，他都觉得日子和以前不一样了。

而姚蔓似乎也察觉到了这一点，经常会找他聊天。姚蔓其实很内向，平时只会和李远期待在一起。可能是见过他在病床上被疾病和噩梦折磨得死去活来的样子，也可能是见到了班里男生对他的欺负，不想让他感到孤独。段正翼总觉得，姚蔓和自己聊天的感觉，并不是出于喜欢，而是掺杂着一点"同情"的意味。但是不管是哪种原因，段正翼还是心怀感激。

从那时起，段正翼心里就有了两个秘密。

第一个秘密是剪纸。

母亲去世之后，他时常想念以前母亲教自己剪纸的时光。但是父亲没收了家里所有跟剪纸有关的东西，他就偷偷买了一把和之前一样的金色小剪刀，还有一刀红纸放在桌洞里，只敢在学校里面偷偷剪。每当压力大的时候、想妈妈的时候，他都会拿出一张红纸，默念母亲教自己的图案，每剪完一张，他就觉得内心又平静了很多。

当时姚蔓正在帮葛老师筹办校刊，发现他会剪纸之后，就努力邀请他参与。他原本不想参加，一旦被父亲发现自己又在剪纸，免不了一顿暴揍，但是他更不想让姚蔓失望。

果然，他拿奖的照片刚刊登出来，段锐锋就发现了。

那天晚上，段锐锋逼着他交出了所有的东西，然后又像以前一样，拿出一副拳击手套给他。

这是段锐锋给他的"机会"。

小时候，每当段正翼犯错，段锐锋都会让他和自己面对面站着，给他一副拳击手套，摆出对打的姿势，并且告诉他："我不喜欢家暴，也不想单方面打你，我现在给你一个机会打倒我，如果你不行，那就是你的问题，怪不得任何人。"

当然，每次都是以段正翼倒在角落求饶告终。

每到这时，段锐锋都会鄙夷地停手。

"你只要一天没战胜我，就要永远听我的。"

段锐锋很小心，不会打他露在衣服外的地方。段正翼也很会隐藏，但姚蔓还是从他的走路姿势上发现了端倪。

252

她问段正翼:"你爸爸是不是又打你了?"

段正翼摇摇头,不想再提这件事。

姚蔓还是不放心,她想起之前有一次,她看不惯班里男生老是欺负段正翼,所以偷偷跟葛老师告状,没想到这件事却让段正翼"失踪"了好几天,回来的时候伤痕累累,说是出了车祸,但是班里的人都说,那些伤一看就是被打的。

姚蔓那时还怀疑过,段锐锋看上去那么温文尔雅的一个人,怎么会对自己的孩子下手这么狠?

她又问了段正翼一遍,没想到段正翼还是什么都不肯说。

姚蔓笑了:"你知道吗?你撒谎的时候耳朵会一动一动的。"

"是吗?"

不知为何,段正翼突然鼻子一酸。他想起小的时候,母亲也这样说过自己。为了不暴露内心,他努力改掉了这个习惯。但是有些时候,人的潜意识确实无法控制。

他顿了顿,和姚蔓说了父亲不让自己剪纸的原因,不过他篡改了最重要的部分,只说父亲不喜欢他做这种不"阳刚"的事。

"原来是这样,"姚蔓露出醒悟的神色,"你爸太奇怪了,谁说这就是女生擅长的?你剪得那么好,一看就有天赋……"

段正翼摇摇头。

"你太没自信了。不过我也一样,要不是李远期一直说我有画画的天赋,我也不知道。我想等考上大学之后,自己攒钱去学。你也不要放弃,好不好?等你考上大学,你爸就管不了你了。"

段正翼苦笑了一下,没有点头,也没有摇头。

"这样吧,我告诉你一个秘密,你知道南营河那边有一座老桥吧?"

段正翼点点头:"知道,怎么了?"

"如果你有什么愿望的话,可以去那个灵桥许愿,跟老板买条红丝带,就几块钱。很灵的。我和李远期的愿望都实现过。"

如果是以前,段正翼可能不会当真。但是那天放学之后,他迫不及待地去老桥旁边买了一条红丝带。晚上压在课本下面,用签字笔在上面一笔一画地写下他埋在心里的第二个秘密。

希望有一天,我能成为姚蔓最重要的人。

但是他没想到,这个秘密,会给他和姚蔓带来那么大的灾难。

32 丝带

"救救我,妈妈,我该怎么办?"

段正翼把那条红丝带藏了起来,藏在了自己床上三层褥子夹层的最里面。

他想等到高考之后,再把这条丝带系到许愿桥上。每天放学回到屋里,他都会把门反锁,掀开看一看那条丝带,然后才会坐下来开始写作业。每晚睡觉之前,他也会把手伸进去,摸着丝带,在心里默念一遍愿望,然后睡去,据说这样会让意念聚集在上面,愿望也更容易实现。

那天放学,他像往常一样回到屋里,一边放书包,一边习惯性地把手探进褥子。

空的。

他吓了一跳,赶紧锁上房门,掀开所有的褥子翻找,任何夹层都没有放过。

丝带消失了。

段正翼觉得浑身的血都在凝结。唯一的念头是,除了父亲,不可能有人进来。

他不是没有想过这条丝带被父亲发现的后果,但他想不出来。一定比发现他剪纸还要严重一万倍。所以他才如此谨慎,可是,他还是低估了父亲。

"段正翼!"段锐锋的声音突然劈进他的耳朵,他回过神,发现段锐锋正站在他的身后,似笑非笑地看着他,"叫你怎么不答应?"

段正翼努力让眼神聚焦。不对。房门明明已经锁了,为什么父亲能进来?

没等他想明白这件事,他就看到段锐锋手里的那条熟悉的红色丝带。

"你在找这个吗?"

段正翼僵在原地,不敢说话。

书桌正对着二楼的窗户,外面印着母亲的脸的广告布半透光,每当有阳光照过来,母亲那张温婉的笑脸都会出现在窗户外面。虽然是背面,可是每次段正翼都能感到母亲正在看他。他不知道父亲是不是有意这么安排,让他在做作业的时候、睡觉的时候,一抬头就能看到母亲。他花了很大的力气去忘记父亲对他说的那句话——"如果你争气的话,你妈妈就不会死了。"更多的时候,他想的是:"救救我,妈妈,我该怎么办?"

比如现在。

段锐锋笑了笑,坐在他的桌子前,随手翻了翻课本。

"最近学习怎么样?"

"挺好的……"他努力让声音恢复正常。

"长大了,想谈恋爱了是不是?"

段正翼沉默,一直在想要怎么解释这条丝带的事,可是他的身体和脑子都像凝固的沥青,一动都动不了。

突然,楼下传来电子门铃的声音,"欢迎光临"。

段锐锋看了看表:"差点忘了,今晚还有个客人预约复查。"

段正翼松了口气,如遇大赦。他期盼着父亲赶紧离开,好给他充裕的时间去想对策。但是段锐锋并没有给他这个机会。他把丝带缠在手上,起身走了两步,转身看着段正翼:"你跟我一块下来吧,这个客人你认识。"

段正翼木讷地跟着下楼,还没明白这句话的意思,就看到姚蔓站在一楼的前厅。

她看到段正翼,一脸惊喜地挥了挥手。

段正翼知道,一切都完了。

段锐锋的"副业",段正翼在初中的时候就一点一点猜到了。

那时,段锐锋带他搬到新的诊所,段正翼敏锐地注意到一些不太正常的变化。

父亲突然变得神神秘秘,家里好像一下子多了很多钱。父亲"请"来了一尊价值好几万的菩萨像,还有诊所的装修,父亲新换的红木桌椅,电脑一体机,都是以前舍不得买的。这里明明很荒凉,连客人都没以前多,哪里来的钱?还有,一楼最里面有一个黄铜把手的屋子,父亲从来不让自己靠近,也从没见他打开过。有时候自己在二楼做作业,父亲会突然把楼梯上的铁门锁上,就是为了不让自己下来。而他在二楼,即使趴在地板上也什么都听不见。

段正翼想知道为什么。于是那段时间,他开始留心观察来诊所的人,还有父亲的一举一动。不过父亲很警惕,好像处处都在提防着他,他什么都没有发现。

有一天他坐在桌前,听到门口似乎又有人来,但是广告布把他的视野挡得严严实实。他想到一个办法,用小刀在广告布的一个角偷偷划开一道口子,每当听到外面有动静,他都会小心翼翼地掀开口子,向外张望。

观察了一段时间，段正翼注意到，来这里的客人大多是年轻女孩，有的会来很多次，还有一辆贴着"迅豹搬家"的银灰色面包车总是停在门口，车窗漆黑，司机看上去是个小混混，车厢总是空的，很明显不是真的搬家公司。还有，之前那个介绍代孕的魏姐来得也很频繁。

段正翼心里有一个不好的猜测，他不敢多想，急需去验证。

父亲办公室里有一个深红色的密码箱，放在办公桌的下面，有一次他去找父亲签字的时候没有敲门，看到父亲刚从里面拿出来几个不同颜色的档案盒，里面有很多照片，很多花花绿绿的纸。段锐锋看到他进来的时候吓了一跳，立刻把所有的东西合上，然后大发雷霆。

答案一定在那里。

段正翼趁着某次去要生活费的时候，偷偷在角落的一盆绿植里放了一部手机，开启了录像功能。幸好父亲没有察觉，他应该也不会想到一个读初中的小孩心思居然会那么重。

拍到密码了。长长一串，居然是母亲和自己的生日。

可段正翼并不觉得感动，只觉得恶心。应该只是懒得记新密码吧，他不相信一个人可以伪善到这种程度。

父亲几乎不出门，不在办公室的时间更是少之又少。他耐心等待了很久，终于有一天，父亲要去螺臼镇中学当什么颁奖嘉宾，他抓住机会，打开了那个保险箱。

里面没有钱，只有三个不同颜色的档案盒。上面贴着三个奇怪的标签——"珍珠""琥珀""石头"。

"珍珠"的档案盒是白色的。"琥珀"的档案盒是黄色的。"石头"的档案盒是蓝色的。

打开，里面都是牙科诊所的病历，他随手拿起一份，第一页还很正常，就是一些基本信息和牙齿情况的备注，笔迹各不相同，第二页多了很多与牙齿无关的内容——梦想、兴趣爱好、肤色、脸型、月经周期、有无遗传病、有无吸烟酗酒、有无性生活、是否怀过孕……这些内容一看就是父亲的笔迹。

每一张纸的右下角都有一个数字，一开始他还以为是编号，但是这些数字有很多重复的，大多集中在"20—28"这个数字区间。

一些病历只有这两页，还有一些沉甸甸的，用订书机订着什么。他翻到背面，发现是一些照片。照片里的女孩都一丝不挂，全都是睡着的样子。

那是段正翼第一次见到女人的裸体。他吓坏了，手忙脚乱地把所有的东西塞回去，塞回保险箱，逃回了房间。

后来他上网查了很多资料，一点一点补全了父亲正在做的勾当。

从那天起，那辆搬家的面包车、响起的门铃声、年轻的女孩、父亲新买的手表、病历本，每一个看似日常的东西都有了不一样的意义。

像是小时候看的那种解谜书，"答案"那一页原本是一堆弯弯曲曲细密排列的横线，什么都看不出来，需要把"解密卡"扣在上面，严丝合缝地对齐所有纹路，你才能想清楚全部的事。

段正翼知道自己没有能力结束这一切，他只能像以前一样，强迫自己忘掉。

直到高一的时候，有一天姚蔓突然问他："你爸爸是不是叫段锐锋？是个牙医？"

莫名地，一股不祥的预感从段正翼心里升腾而起。

"怎么了？"

"没什么，就是想说你爸爸是个好人，我以前找他看牙的时候，他一分钱都没收。"

"没收你钱？为什么？"

"他说他认识高厂长，因为是熟人，所以免了钱，"姚蔓顿了顿，解释道，"高厂长是我爸妈的老板，开牙刷厂的。"

段正翼记得这个高厂长，他和父亲似乎是在一个口腔论坛上认识的，之后两人就有了合作，每次高厂长的牙刷厂出了什么新产品，他都会给父亲寄来很多样品，让父亲帮忙推销。

但是仅仅因为这层关系就免掉治疗费，听起来很不对劲。他想到了那个保险箱。

段正翼犹豫了很久，还是问："你治牙的时候……有没有睡着？"

"你怎么知道我睡着了？"姚蔓很惊讶。

段正翼心底一凉。

他害怕姚蔓怀疑，所以什么都没说。回去之后，他再一次趁着父亲不在，翻看了所有的文件，没有发现姚蔓的"病历"和照片，这才略微松了一口气。

也许姚蔓真的只是去看牙齿。

一直以来，他都是这样认为的。

但是现在，有这条红丝带，在这个节点看到姚蔓来到诊所，并不是一件好事。

这个想法很快得到了印证。

"开门。"段锐锋的声音在耳边响起，段正翼回过神，这才发现自己站在了那扇黄铜把手的门前，那扇父亲从来不让自己碰的门前。姚蔓呢？

"我说，打开。"段锐锋又重复了一遍。

段正翼只能推开。是一间卧室，陌生又熟悉的卧室。

他从来没有亲眼见过,但是他知道,档案盒里的每一张裸照都是在这里拍的。

姚蔓呢?

下一秒,他就在那张雪白的床上看到了一丝不挂的姚蔓,她正沉沉地睡着。

他吓得赶紧闭上眼睛。段锐锋把他推进去,关上身后的门。

"睁开眼,"段锐锋语气平静,"这有什么不敢看的?你不是喜欢她吗?不是要成为她最重要的人吗?"

段正翼绝望地摇摇头,却发不出任何声音。

"我告诉你,成为一个女人最重要的人,就是占有她的身子,"段锐锋拿出丝带,笑了笑,"你不用许愿了,我今天就能帮你实现愿望。"

他用力推了一把段正翼。

"去,趴她身上。"

"爸,对不起……我错了……"段正翼哭得浑身发抖。

"你哪里错了?你现在青春期,有冲动很正常,"段锐锋从一旁的柜子上拿下来一个相机摆弄,"我呢,就是帮你省略一下过程,毕竟你现在高三,时间很紧,耽误不起。"

"爸,我不敢了,我以后什么都不想……我会好好学习的,你放过她吧,她什么都不知道,都是我的错……"段正翼哀求地看着段锐锋,"求求你了,她真的什么都不知道……"

"这么容易就放弃了?到底有什么不敢的?你有胆子背着我写这种东西,没胆子来真的?"段锐锋脸上露出鄙夷的神色,"你今天必须去,快点。"

"不要……"

"我再说最后一次。"段锐锋看了看表,"这个麻药可管不了多久,她随时可能醒。"

听到这句话,段正翼颤颤巍巍地站起来,往前走了两步,看到姚蔓脸庞的瞬间,一种从未有过的羞耻感席卷全身。头好痛,胃开始抽搐。他闭上眼睛,试着想象现在的自己,看上去一定可怕极了,像一只被蟒蛇死死缠住全身的老鼠,除了发抖和哀号,什么都做不了。

闪光灯在背后亮起,他回过头,看到父亲举着相机,把他和姚蔓照了下来。

他知道自己没有任何余地了,他几乎是用最后的力气哀求:"爸,以后你让我干什么我就干什么,我绝对什么都不想了……求求你,放过我吧……"

段锐锋放下相机,看着他的眼睛,隔了几秒,点了点头。

"行,反正我给过你机会了。你最好记住现在的感觉,如果不想以后再出现今天这样的事情,就老老实实做你该做的。"

段正翼几乎是以最快的速度逃回了房间。

他颤抖着锁上门,坐在桌子前面,努力让思绪回到眼前这个正常的世界。

桌子上放着好几张摊开的英语试卷,空气里飘来邻居的饭香,远处有工地的噪声,椅子冰凉,台灯在墙上剜出一道亮光,其余部分都隐没在阴影里。

他抬起头,向外看去,又看到了母亲的眼睛。

广告布上的母亲一动不动,目光淡然,注视着外面的一切,也注视着他。

正常世界的秩序都在,好像在暗示刚刚的一切都是假的,像一个突然扭曲的时空。

可是他骗不了自己。段正翼用力掐住自己的手臂。不是假的。

姚蔓还在下面,由于自己的缘故。父亲在给她拍照吗,像对待其他女孩那样？是自己的错，是他把姚蔓留在了那个房间里，而他逃出来了。

不，不要想了。都是假的。他拿起钢笔，强迫自己把注意力放到试卷上。

像以前一样写作业，脑子里只有作业就好了，这样便什么都不用想了。

他努力把目光按在面前的试卷上，试卷上的横线像悬在眼球前面的针。

好了，做题，不要想。什么都不要想。

段正翼握紧钢笔，拼命写着，越来越用力。他现在只能做这件事，除此之外，什么都做不了。

他救不了妈妈，救不了姚蔓，救不了自己。

笔尖划烂纸张，墨水淹没这些蛆虫一样的字母。

好像过了很久，又好像只有几秒钟。他听到楼下传来关门的声音。

一切都结束了吧？父亲会处理好一切，姚蔓醒来，父亲会骗她只是在麻药的作用下睡了一小觉。像之前一样，姚蔓根本不会怀疑，父亲不会把照片给别人看的。谁都不会知道刚刚发生的事。一切都结束了。可是我该怎么办？

眼泪滴在纸上，世界瞬间清晰了一点。

他的目光也跟着落在纸上。

凌乱的笔触如同烧焦的电线一样疯狂缠绕在一起，病毒一样堆积出三个重复的汉字。

杀了他。

33 边界

可是孩子呢？在他们没有力量反抗的时候，除了忍耐，他们还能做什么？

杀人没有想象中那么难。

这个世界好像做好了十全的准备，随时等待迎接一个崩溃的人。

杀人也没有想象中那么容易。

每次和父亲独处，段正翼都会在脑海中幻想父亲在自己手里咽气的场景，好几次，他边吃饭，边握紧了手里的叉子，盯着父亲近在咫尺的脖子，但是总有一个透明的边界在挡着他。距离那个边界最近的一次，是一个夜晚，段正翼拿着刀子，站在父亲的床边，盯着他。段锐锋的呼吸很浅，很轻，好像一根寺庙里的细香烛，一掐就断。就那样一点轻浅的鼻息，只要消失，很多人的痛苦就结束了，可是他没能下得去手。

也许父亲说的是对的，自己就是一个没出息的胆小鬼。

他每天都在想，一对互相憎恶的父子，因为血缘捆绑在一起，究竟哪个更可悲？人无法选择父母，同样地，父母也无法选择孩子，所以要互相谅解。可是，大人明明有特权，生出来不想要的孩子，可以杀，可以扔，可以打，可以厌恶，可以让他们痛恨自己。可是孩子呢？在他们没有力量反抗的时候，除了忍耐，他们还能做什么？

段正翼只敢用剪纸宣泄自己的愤怒。他喜欢十八层地狱的概念，上面说，人死了，就失去了权势，穷人和皇帝都要接受审判，作恶的人死后一定会去地狱受到惩罚，如果作恶太多，受到的惩罚就越多。那像父亲那样的人，是不是每一层地狱都要过一遍？

他忍不住把脑海里的画面剪出来，剪出来一张，好像就在心里"杀死"了他一次。

但父亲毕竟活着。

他活着一天，自己就一天不能自由。段正翼痛恨自己无法突破那个边界。

假如有人帮他就好了，假如还有一个跟自己一样恨父亲的人就好了。两个人的力量一定大得多，两个人一起的话，就没有人会退缩了。

这个念头出现的那个晚上，他听到了李远期和父亲争吵的声音。

那天父亲忘记锁二楼的门，所以他蹑手蹑脚地下去，听清楚了他们的争吵。

李远期似乎被骗了，在大声质问那个出钱"买"她的雇主是谁，父亲的声音一直低低的，说的什么他没听清，只记得李远期临走时丢下一句："你没有资格替我的身体做决定！"

他想起来了，之前偷偷看那些档案的时候，在"珍珠"的文件盒里，看到了李远期的病历，后面订着她的照片。

他知道该怎么做了。

"你的意思是，你帮我引开他，我去拿病历，然后去举报？"李远期在操场跑道上停住脚，狐疑地看着他，"既然你早就知道这些事，为什么你自己不做？明明你更方便。"

"我不敢，"段正翼实话实说，"我怕我举报了，万一他没有受到惩罚，或者出狱之后，他会弄死我的，我是他儿子，我逃不脱他的控制。"

"那他就不会弄死我吗？"

"你不会暴露的。就算他知道是你，你也可以逃得远远的，我会给你钱。"

"我凭什么相信你？"

"凭我恨他，我想让他死。"段正翼没有隐瞒。

身旁有一些跑步的人经过，段正翼压低声音："我妈妈就是被他折磨死的，再这样下去，早晚有一天我也会……快高考了，我不想大学期间甚至更遥远的未来都要听他的摆布，你肯定知道任人摆布的滋味不好受，而且，你难道不想知道那个花钱买你的人是谁吗？"

李远期停下脚步，在操场边缘坐下，沉思了很久。

"所以有很多人，对吗？"李远期转头看他，"你说有三个档案盒，里面有很多病历，意思是，和我一样受害的女生很多，对吗？"

段正翼点点头："将来还会有更多。"

一个足球缓缓滚到两个人的脚边。

"同学，帮忙踢一下球！"远处一个穿着足球队服的女生喊道。

李远期用力踢了一脚，球在夜幕笼罩下的操场上画出一道漂亮的弧线，径直飞进足球场的中央。

"好球！"远处一些围观的男孩女孩笑着拍手。

李远期笑了笑，转身看着段正翼。

"我答应你。"

然而计划还没开始，李远期的母亲就突然出事了。

李远期找到段正翼，决定退出计划。

"那个雇主加价了，我没办法……我要救我妈妈。对不起……"李远期看上去很痛苦，"我不明白，为什么老天爷不帮我，反而帮他？"

段正翼也想问这个问题，他看着李远期，不知道下一步应该怎么办。

难道就这样放弃了吗？他很想告诉李远期，姚蔓也是其中一个，甚至是下一个，难道你想眼睁睁看着朋友也这样吗？他知道这样说的话，李远期说不定会改变主意，但是他不敢。

姚蔓的那堆照片里，也有自己。被别人看到的话就完了。

自从那天之后，他再也不敢直视姚蔓了，他替自己感到恶心。姚蔓似乎也察觉到了这一点，直到毕业，以及毕业之后的很多年，两个人都没有再联系过。可是段正翼没有一天不想念她，他想念那天之前自己对姚蔓的情感，那是没有被任何东西玷污过的，最干净的情感，像是一捧世界上最干净的水。

东西脏了可以用水洗干净，水脏了要怎么办？

段正翼不再坚持，他知道李远期也是身不由己。

他们都是。

但是很快，转机就来了。

李远期找到段正翼，告诉他，她想快点行动，越快越好。

"段锐锋就是个杀人犯。"

李远期红着眼睛，告诉了他那段时间发生的事。

原来有一个叫丁葵的女孩被取了二十六颗卵子，差点死掉，而这居然不是第一次发生这种事。段锐锋给了她一点营养费就把她打发了。李远期知道之后，借口身体不舒服才从那个宾馆出来，但她只有三天时间。太久的话，段锐锋会怀疑。

"不要犹豫了，就明天。"李远期攥紧拳头，"明天你负责把他引开，我去拿档案，我们结束这一切。"

34 雷声

爸爸，你说过，打倒你，我就赢了。

"怎么突然要出来跑步？"段锐锋一边跑一边看向身边的段正翼，"你不是最讨厌运动吗？"

"快高考了，我想增强精力，自己跑的话没动力。"段正翼淡定地说着早就准备好的答案。

他看了眼缓缓降落的夕阳，在心里估算时间。

他已经把家里的钥匙、密码告诉了李远期，也提前关上了监控和警报器。他叮嘱李远期，拿到档案就快点走，先不要看。如果一切顺利的话，现在李远期应该已经拿到了。

"高考准备得怎么样？"段锐锋看出他心不在焉。

"没问题。"

只有这个答案，段锐锋不想听别的。

"那就好。"

段锐锋突然停下脚步，似笑非笑地看着他："段正翼，你是不是又有什么事瞒着我？"

"什么？"段正翼吓了一跳。

"我问，你是不是有什么事瞒着我？"

"没有啊。"段正翼努力保持镇定。

段锐锋笑了："儿子，你知道吗？你撒谎的时候，耳朵会动。"

段锐锋身后的天际，黑暗已经从河面升起。

段锐锋掏出手机："你可能不知道，上个月我在保险箱那里也安了一个警报器，要是有人动的话，门会自动反锁的。"

发现门打不开的瞬间，李远期心里闪过两个念头。

第一个是，还是被段锐锋发现了。

第二个是，段正翼骗了她。

李远期尝试了所有能出去的方法，都失败了。不过她很快让自己冷静下来。不着急。还有回旋的余地。至少，她可以先看看雇主是谁，再把所有的档案毁掉。

于是她打开档案盒，找到自己的病历，刚拿起来就觉得沉甸甸的，发现后面订了一沓照片。

她毫无防备地翻开，大脑瞬间嗡嗡作响。

居然是自己赤身裸体躺在一张床上的样子。

一瞬间，小时候被父亲强行脱下裤子"晒屁股"、被任钢看、被周围人嘲笑的记忆汹涌袭来。

这是什么时候拍的？她颤抖着翻看了几张，突然在一张照片上看到螺臼镇中学的校服。

怎么会是初中的时候？突然，她想到了那个梦境。鹅卵石的梦境。

她清楚地记得那个下午，她来诊所面试，迷迷糊糊在沙发上睡着了。出去的时候还和姚蔓说过，自己做了一个梦，梦里自己的衣服被人脱掉了，那时候她还安慰自己，就是一个奇怪的梦。

难道是真的？李远期感到浑身僵硬。

她强迫自己冷静下来，继续翻看其他档案。

不只有她。很多照片。很多女孩的裸照，一模一样的地点、昏睡的样子，她甚至还看到了丁葵。

她把自己和丁葵的病历放进兜里，然后强忍住恶心，把所有的照片一一撕毁。

突然，她的手在档案盒的夹层里停住，里面那几张照片的内容让她不寒而栗——段正翼站在床边，注视着赤身裸体的姚蔓。

窗外突然传来轰隆的雷声。

雨毫无征兆地下了起来，大得前所未见。

李远期木然地抬起头，玻璃上的雨水像刀刃，恨不得把窗户刹碎。

等她回过神来的时候，发现办公室的门不知道什么时候开了，段锐锋和浑身湿透的段正翼站在门口。

"你这个骗子！"李远期看着段正翼，怒不可遏。

"我没有……我没有……"段正翼瑟瑟发抖。

段锐锋看到地上碎了一地的照片，有些愠怒地看着李远期。

"李远期，你知不知道什么叫忘恩负义？"

"那你知不知道什么叫卑鄙无耻？"李远期抓起地上的照片，甩到他的脸上，"你拍这些照片的时候不觉得恶心吗?!"

"各取所需，有什么恶心的。别忘了，是谁在你没钱的时候帮了你？还有，你妈妈现在还在医院躺着呢，你不救她了？你要眼睁睁地看她死……"

"你闭嘴！"李远期抓起办公桌上的一个玉蟾朝段锐锋砸过去。

玉蟾碎在墙上，段锐锋一下子被激怒，冲过去和李远期扭打在一起。

李远期哪里是段锐锋的对手，很快就被打倒在地上，段锐锋双手掐住李远期的脖子。

李远期拼命挣扎，努力看向不远处的段正翼。

"帮我……"

段正翼吓坏了，缩在角落看着眼前的一切。他一点都动不了，满脑子都是"完了，我完了，我该怎么办？"。

李远期失望地闭上眼睛，等待空气一点点流失。正在这时，段锐锋突然松开了手。

李远期猛烈咳嗽起来，弯腰呕吐。

段锐锋气喘吁吁地直起腰，看了眼奄奄一息的李远期，拿出手机，低头发了一条信息。

李远期瞅准时机，一把握住他的脚踝，用尽残存的所有力气一拽。

段锐锋仰面倒地，后脑勺狠狠砸到了桌角，血从后脑勺流了出来。

他浑身抽搐，没一会儿就不动了。

李远期在地上缓了很久，捂着肚子，慢慢从地上捡起姚蔓的照片，放到衣服里面，然后跌跌撞撞地走进雨幕。

临走时，她失望而厌恶地看了看在角落里瑟瑟发抖的段正翼。

不知过了多久，段正翼觉得浑身冰冷，才意识到终于又有了人的感知。理智渐渐回到身体。

远处躺着段锐锋的尸体。

他死了吗？就这样死了吗？段正翼慢慢站起来，一点点朝父亲挪过去。

面前的男人好陌生。

那像香烛一样微弱的鼻息真的消失了吗？一切都结束了吗？

他颤抖着把食指探到段锐锋的鼻子下面。

一道微弱的气息像水蛇一样缠住了他的手指,他吓得赶紧缩回了手。

没有结束。还没有结束。

一道闪电打下来,突然劈开了他的视野。

他看见了,敞开的保险箱里静静地放着一把剪刀。

母亲的剪刀,好像在那里等了他很久。

爸爸,你说过,打倒你,我就赢了。

我不需要你的拳击手套。

那把剪刀只有一步之遥。

35 糖纸

"我留着他,就是想让他亲眼看看我有多好。"

那具骷髅坐在角落,仿佛一个旁观者,盯着一屋子的人。

他似乎才是那个被罪恶"放过"的人。

段正翼一边慢慢解开吕东鸣身上的绳索,一边对姚蔓和丁葵说:"你们走吧,该说的我都说完了,一切都过去了。"

"过去了?"姚蔓看着那具角落里的骷髅。

"对,我现在很好,我在做我喜欢的事,插花,剪纸,做圣诞装饰,做标本,全都是以前我爸爸不让我做的事,我现在很自由……"

"如果自由的话,你就不会还留着他的尸体了。"

"我留着他,就是想让他亲眼看看我有多好。"

吕东鸣见身上的绳索松开,他迅速起身,一拳打在段正翼的脸上。

段正翼重重摔倒在地,口鼻都出了血。

吕东鸣拉住姚蔓:"让他一个人在这里烂掉挺好的,我们走!"

姚蔓用力掰开他的手,转身扶起段正翼,转头对吕东鸣说:"有些事,我之后会和你说清楚的。"

吕东鸣攥紧拳头，恶狠狠地看了段正翼一眼。

段正翼揉揉脸颊，摇了摇头："你们快走吧，以后不要再来打扰我了。"

姚蔓仍然不死心："我跟你说过了，我被段锐锋打麻药的那天，我一直是醒着的，所以我知道发生了什么……"

"那你更应该恨我。"段正翼打断她。

"我当然恨你，恨你那时候那么懦弱，为什么你就任凭他拍那些照片却什么都不做，还丢下我一个人跑了。"姚蔓流下眼泪，"后来我一直劝说自己，你那时候也是被逼无奈，没有能力反抗段锐锋。可是后来呢？李远期为什么失踪？你知道那么多事为什么一直不说？"

"你不用替我解释，我做了对不起你们的事，我就应该一辈子受惩罚。"段正翼环视四周，目光落在那具骷髅身上，眼底依然闪过一丝憎恨。

"如果你真的想让我原谅你，你就应该告诉我真相。"姚蔓直视着他。

"如果我告诉你的话，你真的会原谅我吗？"段正翼抬起眼睛。

姚蔓轻轻点了点头。

段正翼如释重负地松了下肩膀，良久才说："那十万块钱确实是我寄给你的……"

姚蔓恍惚了一下。

"不是李远期？"

段正翼点点头，转身离开屋子，往楼下走去。众人跟在他身后，下到一楼。

段正翼继续说："那天晚上，段锐锋给李远期的雇主发了一条短信，说李远期拿到了资料。他让雇主赶紧去找李远期……再之后，李远期就消失了。"

姚蔓追问:"那个雇主是谁?"

段正翼没有回答:"后来警察把李远期当凶手调查,我以为自己逃过一劫,没想到你到处找李远期,我怕事情败露,就撒谎称李远期拿走了十万块钱,然后把这笔钱给了你,目的就是让你相信李远期还活着……是我阻止你去找她的。对不起……"

姚蔓还想追问,远处突然传来警笛声。

所有人都吓了一跳,姚蔓回头,看到拿着手机的吕东鸣。

"你报警了?"

吕东鸣目光冰冷:"现在不报警,他跑了怎么办?"

段正翼一点都不慌张,笑了笑。

"你错了,我不会跑的,我等这一天好久了。"

他突然从口袋里掏出两个东西,放到姚蔓的手心里,然后迅速跑进楼梯,反锁上那一扇密不透风的铁门。

段正翼的声音从门缝里透出来。

"我记得一颗是榛果味的,一颗是花生味的。你尝尝吧,真的很好吃。"

姚蔓摊开手掌,是两颗圆圆的巧克力。

一颗蓝色,一颗黄色。

姚蔓拼命拍打铁门:"段正翼,你和警察解释清楚,你把以前的事都说了,一切才能重新开始……"

警笛声越来越近。

"怎么有水?"丁葵突然叫了一声。

三个人后退一步,门缝里流出了一些透明的液体。

吕东鸣嗅了嗅,脸色一变:"是汽油!"

姚蔓赶紧跑上前,用力拍门。

"段正翼!你出来!你不要被那些事毁掉,一切都能重新开始的……"

"姚蔓,别说了,"段正翼打断她,"我的人生已经毁掉了,十几年前就毁掉了,我以为杀了段锐锋,一切就能好起来,可是我还是什么都没改变……"

段正翼的声音小了下去。

"姚蔓,你去前台的抽屉找吧,里面有你想要的答案。"

里面传来打火机点燃的声音。

"姚蔓快走!"丁葵大喊一声。

吕东鸣手疾眼快,一把把姚蔓拉出了屋子。

几秒后,浓烟从门缝里涌出。

就在这时,三辆警车停在门店前面,几名警察持枪冲进去。

消防队也赶到了。消防员用力撞开铁门,浓烟瞬间涌出,两名警察拖出了奄奄一息的段正翼。

抽屉里是一部手机,是当年段锐锋的手机。

里面留着最后一条信息。收件人名为"高建林"。

姚蔓记得这个名字。是高厂长。

36 含羞草

> 人真的是很复杂的生物，你很难因为一件事去界定一个人是好人还是坏人。

姚蔓不确定高建林什么时候"选中"了李远期，她只能确定两件事。

高建林一直想要一个孩子。

高建林是姚蔓家的恩人。

很多人都觉得姚蔓的父亲姚启顺是个没什么心事的人，每天握着一个套着毛线杯套的保温杯噘着嘴吹茶叶吐出来的浮沫，要么就是从锡箔片里抠出各种药丸囫囵吞下，平时最大的运动就是背着手在厂区里转悠，见到谁都笑呵呵的。只有姚蔓觉得，父亲脸上的笑容不是真的，那是一辈子说着"请进""欢迎光临"长出来的，每个字的尾声都是水泥，抹出他脸上的褶子，盖住了很多东西，没人看得清那笑容下面是什么。

后来姚蔓才想明白，那是他最后的尊严。

因为他和高建林是同学，两个人当年都有机会上大学，偏偏姚启顺的身体不争气，关键时刻掉链子，从此他的人生就像破了的乒乓球一样，再也没有起来过。就连现在这个工作都是高厂长看着老同学的面子才有的。他似乎一直很想做一些事，去证明自己的人生还有另一种可能。

所以，在姚蔓刚刚升入高三那年，姚启顺毫无征兆地辞掉了这个干了一辈子的工作。

他在餐桌上宣布这个消息的时候，电视里正播放着当地企业家给全市人民拜年的广告，高厂长坐在烂枣色的红木桌后面说着恭喜发财。在红彤彤的新年序曲里，母亲刚把最后一个热菜端上桌，父亲就说了辞职的事。

那顿饭也邀请了李远期母女，那时候任钢还没有来，菜市场的悲剧也没有发生。每个人都满头大汗准备坐下开吃，这句话一出，像咔嚓一声拉了电闸，关上了每个人的声音和动作，只有高厂长还在电视里面笑容可掬地作揖。

姚蔓谨慎抬眼，观察着母亲的反应，她知道，父亲选在这个时候说，是瞅准了有外人在，母亲不好当面发作。梁生枝果然没说什么，愣了几秒，拿起遥控器调大了电视的音量，又端起可乐喝了一口，对着就近的一团空气说："吃饭。"没人敢动，父亲率先夹起一根青菜，其他几双筷子才犹犹豫豫爬上饭桌。

李远期在桌子下面探出一只手掌，轻轻摸了摸姚蔓的膝盖，温热的触感刺激着姚蔓的泪腺，她也伸出手。两只手在桌子下面紧紧攥着，像在抵御一阵被麻药遮盖的巨大疼痛。那时她尚不知这件事会引发怎样的海啸，只知道过去那些令人生厌的日子可能也要变得奢侈。

姚启顺辞职的原因，是一大包含羞草的种子。

他在看门的时候认识了一个能说会道的女人，受那个女人的蛊惑，姚启顺觉得这是一个非常有前景的创业项目，据说很多人也因此发了大财。

他想成功，想和老同学高建林一样成功。

于是姚启顺离开了六平米的门卫室，开始开垦家里那六平米的菜园，从一个士兵变成了国王。

梁生枝整个春节都没和姚启顺说一句话，突然有一天她也想通了，主动拔掉了里面还没长大的葱蒜苗，甚至帮姚启顺从外面运了土回来，这让姚蔓在很长一段时间里都觉得匪夷所思。后来她想，也许母亲是被父亲身上从未有过的坚决触动了。

父亲这次是认真的。囿于身体的拖累，他一辈子没主动做过什么，像个枸杞一样在门卫室泡了几十年，终于，他第一次生出一些力气，想为自己做这件事。只要这些种子变成精灵手指一样细密的嫩芽，就能挣来一笔钱，还能从哗哗流逝的时间里捞回点什么。

等待天气回暖的那段时间，姚启顺找工人在院子上方架起一整排不锈钢管，盖上了一层米皮一样的半透明塑料布，把每个角落挡得严严实实，整个院子如同一只蒙了白翳的眼睛。塑料布一盖，风和雨都吹不进来，院子温暖得像母腹。

天气刚一暖和，姚启顺就按照女人的指示，把草籽在温水中泡了一天，然后一点点播撒在菜园里，盖上薄土，浇了一层水，蒙上塑料膜保温，他动作轻柔得仿佛照看新生儿的护士。

按照女人的说法，十天左右就应该有嫩芽冒出来，但是姚启顺一直等了半个月，那块土地只冒出稀稀拉拉的几个绿点，姚启顺拨了女人留下的电话，想问问是哪里出了问题。连打三遍，里面的女声都说这是空号。

姚启顺不信，去了女人留下的厂区地址，才发现那里是一个养猪场。直到那一刻，姚启顺才敢承认，自己被骗了。

姚启顺人生中唯一一次创业就这样失败了。像一场山洪，冲走了父亲干了一辈子的职业、好不容易找到的人生目标，以及父母之间最后的温情。父亲的精神像菜园里刚刚冒头的草芽一样，再也没了肥料和水，一天天萎靡下去，连咳嗽都变得极轻。他把自己关在里屋，像闷一缸酱菜一样闭着门，把梁生枝的叹气和数落一并挡在门外。六平米的王国逐渐堆满翠绿的酒瓶子。那阵子，屋里的怨气闻起来都是馊的。

父亲的精神新鲜几天烂几天，好的时候，他会骑上自行车，每天早出晚归，到附近的小区找人打球，有时候赶上社区的乒乓球赛，还赢回来几个薄薄的保温茶杯。不好的时候，他又会重新回到"酱缸"里，歪歪斜斜地躺着看天，两只眼睛像一堆烧成灰烬的纸钱，看着是死的，有人在身边一晃，还能再唤醒一丝光亮。

那段时间，姚蔓不愿意回家，大休的时候，她和李远期会去河边，一直溜达到天黑才回家。

盖在院子中的塑料布在几场雨后日渐塌陷，来不及排出的雨水聚在头顶，被不锈钢管拦出均匀圆润的褶皱，每个垂落的褶皱里面都汇聚着一汪晶莹的雨水，掺着细小的泥沙。有阳光的时候，那雨水就会折射出波光粼粼的影子，轻轻游弋，像在河底。

塑料布最终在夏末的一场暴雨后彻底塌掉，雨水泻进院落，砸进菜园，像是一场轰轰烈烈的告别。

像这个塑料布一样，父亲的死也毫无征兆。

有一天晚上，姚启顺从床上起来，外面下着很大的暴雨，他给自己煮了几个饺子，然后义无反顾地去了厂区，在高高的铁门上搭了一根绳子，踩着几块烂砖头把自己系了上去。

姚启顺被人发现的时候，天已经亮了。雨过天晴，新来的门卫是个驼背，一辈子低头看东西。早上七点，他掏出钥匙，从厂门里面拉开铁门。那扇坑坑洼洼的铁门滑过一道扇形的弧线，停在一汪宽阔的雨水里，雨水清澈，能看到轮胎轧过水泥留下的印记，波纹渐渐平息，他看见水面上有云，还有两只垂落的脚尖。

等姚蔓和梁生枝赶过去的时候，警察刚刚拍完现场的照片，正准备取下绳子。高厂长和几名厂区领导都在，正在和警察说着什么。

姚启顺的尸体被警察拦腰抱着，像是商场里被丢弃的人形模特一样僵硬，慢慢放到地上时，从他衣服一侧的兜里掉出一个橙色的乒乓球，在地上弹了一下，随后一头嵌进旁边的淤泥里。

姚蔓看见父亲那两只宽厚的大手不自然地垂在身体两侧，指尖僵硬，两手空空，像是再也不想抓住什么了。

李远期走到瘫倒在泥地里的姚蔓身边，把她背起来，往人群外走去。

姚蔓沉浸在失去父亲的悲伤中，丝毫没有注意到高厂长的目光一直停留在李远期的身上。

父亲的死让全家陷入困顿。因为当时父亲不仅是去打球，还学会了打牌。但是他的运气一直就是这样，不信命是不行的。那个不起眼的小茶馆，不仅耗尽了姚蔓一家为数不多的存款，还让她们欠下几万块的债务。

这一次，又是高建林接济了姚蔓一家。

人真的是很复杂的生物，你很难因为一件事去界定一个人是好人还是坏人。

高建林被抓的时候，只是问了警察一句：这件事，可不可以不让我儿子知道？

一个会不断接济老同学的人,也会花钱去伤害一个无辜女孩的身体。

一个担心自己孩子的人,也会毫不留情地把另一个孩子扔到河里。

高建林跟警方交代,暴雨那天晚上他收到段锐锋的信息之后,开车去找李远期。看到李远期从村里出来,往医院的方向跑去,他本想上去和她讲话,但是雨太大,他没刹住车,不小心撞死了李远期。

究竟是不是不小心,没有人知道。

只知道那天晚上,他为了不被发现,一路开车到南营河边,把李远期扔进了河里。

暴雨帮了他。

一片漆黑的水世界,河流奔涌向前,仿佛永远不会停歇,可以带走一切坠入河中的物体,带到很远很远的地方。树枝,瓶盖。还有那件绣着蜻蜓的外衣。

37 田螺

那个掉进南营河的高中男孩终于找到了。

新闻一：

那个掉进南营河的高中男孩终于找到了。

警方做了几次模拟实验，将与男孩体形、体重差不多大小的人体模型投入水中，模拟当天的天气和水流条件，追踪该模型的过程中，发现了一条通向长江的暗河。暗河流速很快，救援队继续加大搜寻力度，最终在南营河汇入新历县的榕河水闸大约十公里处发现了男孩的遗体。

发现遗体的地方是一个流速较缓的拐弯处，因为有岩石遮蔽，河底沉积着大量的障碍物，如石头、船只、淤泥、水草等，根据推断，男孩被河水带到这里的时候已经死亡，尸体被河底的障碍物缠住，又被淤泥覆盖，所以很难被发现。男孩身上没有明显的外伤，死亡原因初步推断就是地震当晚意外坠河溺亡。

不过，警方在清理发现男孩的地方的淤泥时，意外发现了一块人类下颌骨。

法医根据牙齿的磨损情况推断，这块下颌骨属于一名十七至二十岁的年轻女性，在水里浸泡的时间长达十年以上。

警方立刻将 DNA 数据输入系统，发现该下颌骨属于十二年前一则悬案的嫌疑人李远期。

警方对当年没有寻获遗体一事做出解释，根据对当年天气状况的追踪，李远期失踪那天的雨势太大，无法模拟当天的情况，所以一直没有找到。

新闻二：

2012 年夏天，李远期失踪一年多之后，一期名为《江苔田螺》的主题节目火了，江苔市顺势打造"田螺之城"，声势浩大。

一个因为田螺生意发财的饭店老板意外在餐馆门前的河道里摸出了一具尸骨，可是他怕影响生意，没有声张，悄悄把尸骨埋在了一棵榕树下。

警方在那棵榕树下面挖出了那具尸骨。经过 DNA 比对，确定是失踪了十二年的李远期。

2023 年 10 月，江苔市警方决定重启发生于 2011 年的"牙医被害案"的调查。

新闻三：

2023 年 12 月 10 日，魏某凤、赖某清、胡某易被警方羁押，据此案的公诉机关江苔区检察院指控，三人在此宗非法取卵案件中分别起了联系、陪同体检、打促排卵针、带至无名别墅进行取卵手术等作用。

公诉机关认为，魏某凤、赖某清结伙非法行医，情节严重，其行为应当以非法行医罪追究刑事责任。两人在共同犯罪中起辅助作用，是从犯。开庭期间，被告人魏某凤、赖某清对起诉指控的事实及定性均不持异议。

非法取卵案属非法贩卖卵子案的利益链条上的一环,该案背后还有多名涉案人员,或被另案处理,或仍处于被侦缉状态。

根据我国《人类辅助生殖技术管理办法》,禁止以任何形式买卖配子、合子、胚胎,医疗机构和医务人员不得实施任何形式的代孕技术。我国明令禁止以任何形式买卖精子、卵子、受精卵及胚胎。

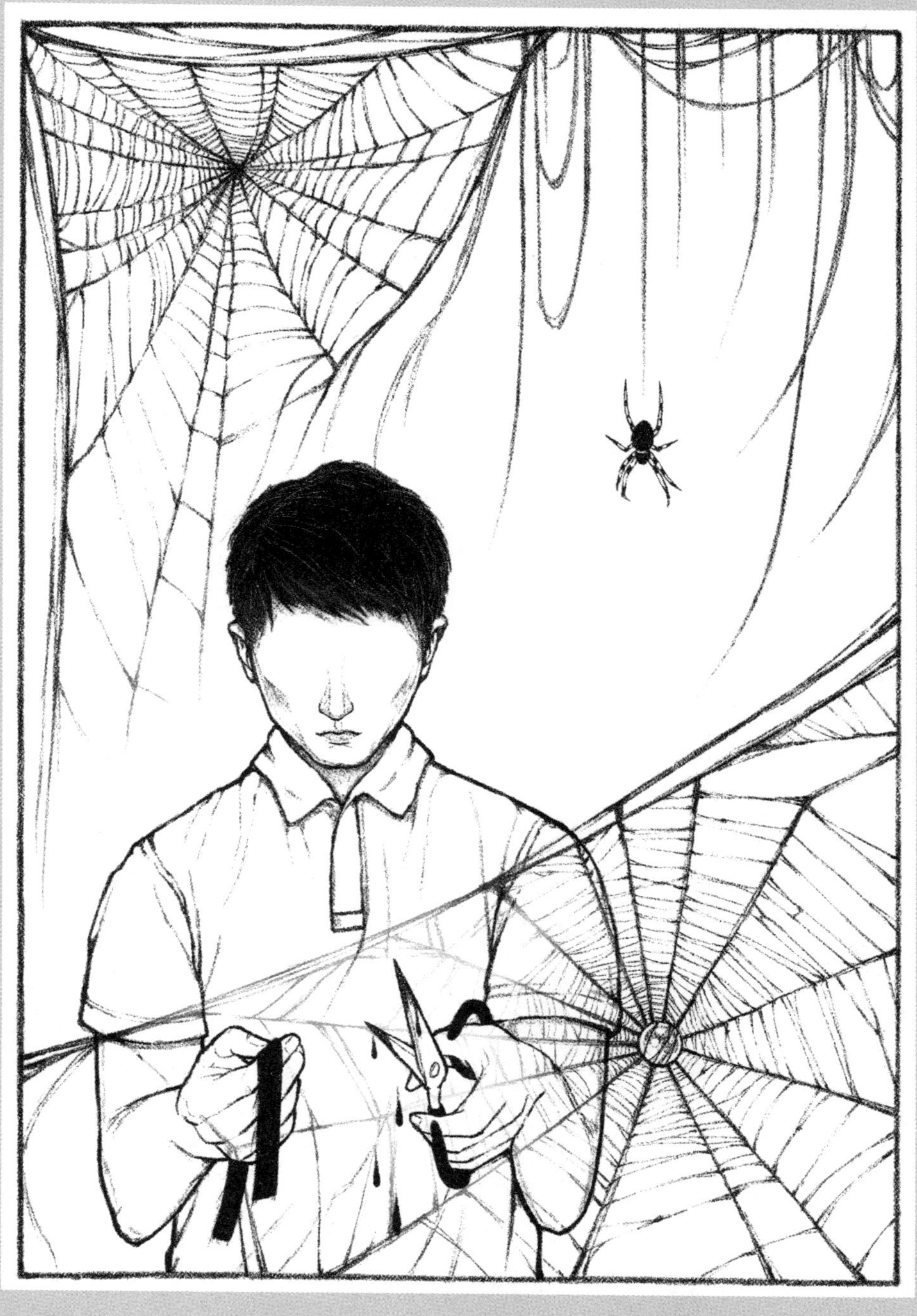

第五章

Chapter 5

38 清醒梦

你从来没有骗自己相信一件事吗？因为你太希望那件事是真的。

你从来没有骗自己相信一件事吗？因为你太希望那件事是真的。

李远期确实没有回来，那通把我从鬼门关拉回来的电话来自我的想象。

所以更准确的说法是，不是李远期救了我，而是我救了我自己。

那个长着娃娃脸的心理医生说，之所以会出现这样的幻觉，其实是一连串原因导致的结果——

那天，新闻里在播放男孩落水的新闻，提到了南营河，提到了那则妇人从河里复活的都市传说，还有丈夫无意间砸开箱子，里面是李远期的衣物和十万元现金，加上失血带来的神经迷乱，墙角"起死回生"的蜻蜓幻象，以及对李远期的思念和内疚，让我幻想出了那通并不存在的电话。

当然最重要的，是我的求生本能。

有人在采访美国911恐怖事件的亲历者时，很多人都提到，在濒死之际，他们见到了一个给他们力量的人，是那个人在最后时刻拉了他们一把,把他们从生死边缘拽了回去。

人的大脑就是这么神奇,会把一些信息整合加工,编出一个无懈可击的谎言,让你对此深信不疑,而这个"谎言"的力量居然是真的。

所以,并非我欺骗了别人,而是我把自己也骗了。

可是,如果眼睛所看到的就是真相,那我能看到的李远期,为何不是现实?

知道全部真相之后,我觉得自己有一部分正在苏醒,另一部分也在死去。

苏醒的部分带回来一切被我忘掉的记忆。我想起很多事。

我想起母亲临死前的遗言是:"我对不起远期,对不起远期。"我当时还在想,为什么会对不起李远期?

直到那天,我想象李远期叫我回到当年的老房子,看到满屋子都是翻找的痕迹,我以为是李远期在找什么,实际上是我自己。

我在破败的家具里翻找,试图找到当年被我遗漏或忽视的线索。终于,我在母亲那个沉重的木箱夹层里,找到了李远期从档案盒里拿走的丁葵的病历。

那份病历就是我唯一的线索。所以我唯一能找的人就是丁葵。

只可惜,我已经没有机会再问母亲当时发生了什么。

我只能根据其他的碎片去想象。

我想象那个暴雨的夜晚,李远期浑身是伤地走出诊所。那时候的她一定以为自己杀人了,知道自己未来无法再照顾正在医院昏迷的母亲,于是跌跌撞撞地找到我妈妈,把偷出来的病历交给她,并且跟她讲述了那晚发生的一切,告诉她高厂长是那个害自己变成这样的人。

她是希望母亲帮她报警?还是希望母亲去帮她谈判?我不得而

知。我只知道，母亲没有照做，而是心怀内疚地藏起了那几张纸。

毕竟，高建林是姚家的恩人。母亲永远不会忘记那些关键时刻的恩惠。

或者，母亲是否也看见了我那些"不堪"的照片？出于某种隐秘的羞耻及母亲的私心，她不希望有人看到那些照片，于是默默销毁了。她更希望这件事像一颗煮熟的种子，永永远远埋藏在漆黑的土里。

而母亲也在李远期消失之后，代替她照顾了李桃玉很多年。

所以，是为了赎罪吗？

希腊语中，"遗忘"的反义词不是"记得"，而是"真相"。

可是，并不是每件事都有真相。

所以相较于得到"真相"，去"记得"也许是人唯一能做到的事。

我还记得最后一次和李远期见面时，那天她穿着那件她最喜欢的有蜻蜓亮片的衣服。

如果没有记错的话，那天应该是她决定住进星河宾馆的前一天。

我们沿着河走了很久很久，一直到晚上。路灯亮起的时候，她从口袋里掏出那条藤蔓花纹的金属手链戴在我手上。

她鼓励我当年一定要考上大学，先她一步去看看外面的世界。

"那你呢？你要复读吗？"我问。

李远期没有回答我的问题，而是说起了别的事。

她说小的时候，她最喜欢做的事，就是沿着一条河一直行走，她想知道这一条河的"命运"是怎样的。因为河流一直是沿着阻力最小的路径奔流，所以不是每一条河都能抵达大海，有的会经过山脉，和其他的河流汇合，有的会流经荒原，永远停留在那里。不是河道控制了河流的走向，而是流水自己的选择。

"有时候你什么都不用做，河流会有自己的方向，只要跟着走就好了，你早晚会知道自己应该停留在哪里。"

她的话刚说完，远处的河面上突然亮起一面巨大的灯箱广告，高瓦数的射灯照亮了一小片夜空，四个醒目的红字静静地悬在夜空中——"锦绣前程"。

这四个字倒映在河里，壮烈夺目。

我当时还没来得及回味李远期的话，就被这四个巨大的红字吸引了目光。

我指着它们，转头看向李远期。

"看，老天爷在说，那就是我们的未来。"

李远期也停住了脚，长久地看着，眼底闪着波光，不知道在想什么。

后来我们才知道，那是当时一个名为"锦绣前程"的综合小区，为了卖房做宣传，在全市各个地方都买了灯箱广告，每当夜幕降临，灯箱都会准时亮起。每一个开车经过的疲惫路人、在阳台晾晒衣物的女人、在病床上行将就木的老人，一扭头都能看到。

不过那时候的我们，真的以为有神降临。

39 水花

从一数到二十六,溅起了二十六朵小小的水花。

走廊里又是一股鸡汤味。

丁葵嗅了嗅,没有以前那么厌烦,因为她已经决定不再喝了。

她进了门,发现桌子上摆着一张病历。产科医院的。

丁葵愣了一下,问:"这是什么?"

齐长飞不慌不忙地走出来:"老婆,你一直这么抗拒生孩子,是不是因为不能生啊?"

"你什么意思?"

齐长飞抽出诊断报告。

"我妈带我去查了,我的精子状况很健康,按理说很容易怀。可我试了那么多次都没成功,是不是你有什么问题?"

齐长飞顿了顿,接着说:"你之前告诉我的是,你不喜欢小孩,所以不想要,我当时是相信你的,我觉得没关系,我可以一直等到你想要……"齐长飞耸耸肩,"但是不喜欢生和不能生,是两码事,对吧?"

"你有毛病啊?"丁葵不想忍了,一字一顿地说,"我说我不喜欢,你听不懂人话吗?"

"你之前瞒着我,我不怪你。"齐长飞再次耸耸肩,"怀不了孕的人很多,不是什么大事,我们可以想想别的办法……"

齐长飞神秘地笑了笑,从旁边拿出一份宣传材料。

"老婆,你觉得我们可不可以去代孕?"

鸡汤是褐色的,已经凉了,上面漂着薄薄的鸡油,像一片肮脏的冰河。

木糖醇的盒子放在一边。

丁葵拧开火,打火石噼啪作响。

十二年前的那个晚上,丁葵因为担心李远期,连夜跑到诊所,却目击了段正翼把剪刀插进段锐锋脖子的瞬间。

段正翼吓坏了,反倒是她先冷静下来,告诉段正翼,她可以把段正翼反锁到二楼,帮他制造不在场证明。交换条件是,事情一旦结束,警方归还段锐锋的尸体,她要段锐锋的二十六颗牙。

丁葵把牙齿一颗一颗放进正在沸腾的汤里。

从一数到二十六,溅起了二十六朵小小的水花。

刚刚,她把齐长飞赶出了家门,扔掉了他所有的东西。毕竟这个房子完全是自己买的。

她留下了那份代孕组织的宣传材料,决定明天去看看,收集一些证据再去报警。

梦里的那片湖水,应该不会再回来了。

40 沼泽

有时候你什么都不用做，河流会有自己的方向。

只是离开了几天，一开门，屋里竟弥漫着一股沼泽的气息。

阳台上被碰碎的绿植还在，有的已经干枯发黄，有的枝干已经枯萎，叶片却保留着生机勃勃的死相。阳台的门没关，家具上浮着一层白白的灰尘。

"先休息吧，这几天太累了。"吕东鸣帮姚蔓脱下外套。

"不用了，我想先收拾一下家里。"姚蔓轻轻躲开他的触碰。

吕东鸣顿了顿："那我和你一起吧。"

结婚这么久以来，除了搬家那天，两个人几乎没有一起收拾过屋子。房间没有生命，却又像是有生命一样，居然不知不觉"生长"出这么多东西，每一个角落都要清理。清理到阳台的时候，姚蔓突然抬起头。

"裂缝怎么没了？"

吕东鸣也抬起头，顺着她的目光看去。

"是啊，怎么没了？难道是看错了？"

"两个人一起看错?"姚蔓笑了一下。

这好像是这段时间以来姚蔓第一次笑。

吕东鸣也笑了:"没有才是好事。"

姚蔓不再说话,在小桶里拧干抹布,继续奋力地擦着阳台的地板。

墙上从来没有裂缝。

吕东鸣看着她的身影,有些担忧。

从医院回来之后,医生说姚蔓最近受了太多刺激,所以经常会记错一些事,把真的当成假的,把假的当成真的。所以这段时间,他要好好陪着她,尽量不做刺激姚蔓情绪的事。

确实,最近发生太多事了,就算是他,也觉得有些混乱。

胡风易被判了刑,健身房只剩下自己在打理,将来还不知道要不要关门转行。

段正翼被警察救出来了,但是重度烧伤,经抢救后还在昏迷中。当年的案子也重启了,未来可能还有更多的事出现。

其实,他心里也有很多疑问没有得到解答,比如段正翼为什么要给姚蔓巧克力,姚蔓为什么不花那些钱,最后那些"对不起"是什么意思……他想问,但是忍住了。一方面是想到了医生的叮嘱,另一方面是父母跟他说的,夫妻之间最重要的是"需要",不是"坦诚"。

所有的事都搞清楚,并没有什么意义。

"吕东鸣,你听到我说话了吗?"

吕东鸣回过神来:"怎么了?"

"我说,有件事我一直想问你。"

"你说。"

姚蔓在小水桶里拧干抹布,转头看向阳台。

"我一直想问,谱月死的那天晚上,真的是我没有关门吗?"

一声嗡鸣,记忆像奔赴隧道亮光的火车,突然疾驰过来。

那天是店庆,他累了整整一天,回到家,姚蔓已经睡了。他想到姚蔓早上起得很早,做了很多减脂餐,应该累坏了。

他懒得洗澡,直接上了床。身体很累,大脑却很兴奋,可能是身上残留的烟味一直在刺激他的鼻腔。吕东鸣感觉鼻子好痒,戒烟整整一年,他一直坚持着没有复吸,现在却突然有些忍耐不住。

他在床上翻来覆去睡不着。为了不吵醒姚蔓,他干脆起床,在屋里踱步。

窗外下雪了,冷风吹得他一激灵,他突然想起白天胡风易好像把他的烟放在自己衣服兜里了。

要不要去找?吕东鸣默默和自己打赌,要是找不到就算了,去冲个澡,然后睡觉,什么都不要想。

可是偏偏就让他找到了。

烟盒里只剩一根。软塌塌的,细长的蓝色烟嘴像精灵的拇指。

吕东鸣将烟抽出来,放在鼻子下面贪婪地嗅了嗅。

他蹑手蹑脚地进了卧室,姚蔓在熟睡。

要抽吗?他想起自己为了向姚蔓证明人可以掌控身体开始戒烟,已经坚持这么久了。

没关系,只抽一根,姚蔓不会发现的。

他一寸一寸拉开了阳台的门。

啪的一声点燃,深深地吸了一口,向空中喷出一大团雾气。

感觉真好,不管是吸烟还是下雪。这个世界仿佛安静了下来,只有风和烟丝灼烧的声音。

他抬头打量着阳台，看到头顶的玉兰花盆在风中摇摇晃晃。

啊，又忘了，姚蔓说过好几次了，要他把绳子系紧一点，可是他每次都忘。

现在就弄。

他贪婪地嘬完最后一口烟，想把烟头从窗户扔出去，却没注意烟头弹到了角落，静静熄灭了。

他哈了哈气，搓了搓冻僵的手指，努力散掉身上的烟味。

明天再弄吧。今天太冷了。

他跺跺脚，进了屋，瞬间席卷而来的暖意让他一路走进了卧室，忘记回身关上门。

记忆是很奇怪的东西，当你决定不违抗它的时候，它也会突然松开双手，让你看清一些你以前根本没有注意到的东西。

刚刚姚蔓在擦阳台的时候，看到角落里的蓝色烟头，脑子里又忍不住从头回想那天发生的事。

卤牛肉溢出来的褐色汤汁，沉在浑浊碗底的鸡蛋碎壳，滴着水的生菜，溅在菜板上的沙拉酱，写着"免费品尝"的手写便笺，印着"泰来健身"logo的包装袋……然后是一场陷入沼泽的酣睡，再醒来，就是谱月的血掺着泥水流出来的画面。她确定，这中间她绝对没有醒来，更没有去过阳台。

"所以，有没有可能是你去了阳台，忘记关门了呢？"

姚蔓问了他一句，静静地看着他的眼睛。

吕东鸣暗暗掐住手指，片刻，摇了摇头。

姚蔓笑了笑，觉得松了一口气。

李远期说得没错。有时候你什么都不用做，河流会有自己的方向。

此刻，她终于下定决心离开过去的生活。

冰箱里的那颗巧克力，应该还没有过期。

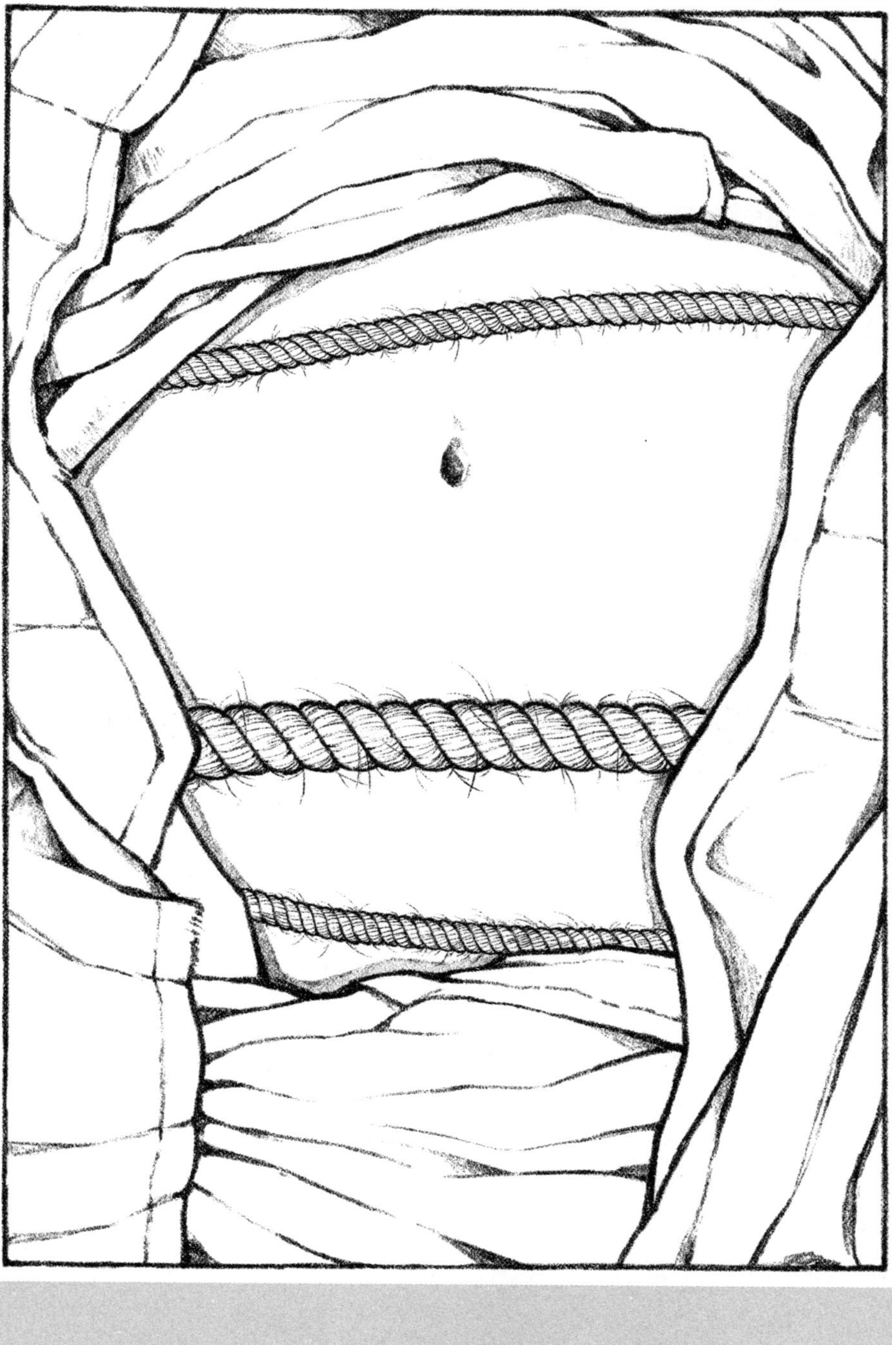

© 中南博集天卷文化传媒有限公司。本书版权受法律保护。未经权利人许可，任何人不得以任何方式使用本书包括正文、插图、封面、版式等任何部分内容，违者将受到法律制裁。

图书在版编目（CIP）数据

河流之齿 / 史迈著. -- 长沙：湖南文艺出版社，2024.9. -- ISBN 978-7-5726-1989-2

Ⅰ. I247.5

中国国家版本馆 CIP 数据核字第 2024EY1145 号

上架建议：小说·悬疑推理

HELIU ZHI CHI
河流之齿

著　　者：史　迈
出 版 人：陈新文
责任编辑：匡杨乐
监　　制：毛闽峰　刘　霁
特约策划：张若琳
特约文案：紫　盈
特约营销：刘　珣　焦亚楠
封面设计：梁秋晨
版式设计：马睿君
插 画 师：壹零腾 OTEN
出　　版：湖南文艺出版社
　　　　　（长沙市雨花区东二环一段 508 号　邮编：410014）
网　　址：www.hnwy.net
印　　刷：北京嘉业印刷厂
经　　销：新华书店
开　　本：875 mm × 1230 mm　1/32
字　　数：254 千字
印　　张：9.875
版　　次：2024 年 9 月第 1 版
印　　次：2024 年 9 月第 1 次印刷
书　　号：ISBN 978-7-5726-1989-2
定　　价：52.00 元

若有质量问题，请致电质量监督电话：010-59096394
团购电话：010-59320018